# A MÃO DO DIABO

# DEAN VINCENT CARTER

# A MÃO DO DIABO

Tradução
Bruna Hartstein

*Copyright* © Dean Vincent Carter, 2006

Título original: *The Hand of the Devil*

Capa e ilustração: Rafael Nobre

Editoração: DFL

Texto revisado segundo o novo
Acordo Ortográfico da Língua Portuguesa

2010
Impresso no Brasil
*Printed in Brazil*

CIP-Brasil. Catalogação na fonte
Sindicato Nacional dos Editores de Livros, RJ

| | |
|---|---|
| C315m | Carter, Dean Vincent |
| |     A Mão do diabo/Dean Vincent Carter; tradução Bruna Hartstein. – Rio de Janeiro: Bertrand Brasil, 2010. |
| |     252p. |
| | |
| |     Tradução de: The hand of the devil |
| |     ISBN 978-85-286-1456-5 |
| | |
| |     1. Literatura juvenil inglesa. I. Hartstein, Bruna. II. Título. |
| 10-4456 | CDD – 028.5<br>CDU – 087.5 |

Todos os direitos reservados pela:
EDITORA BERTRAND BRASIL LTDA.
Rua Argentina, 171 – 2º andar – São Cristóvão
20921-380 – Rio de Janeiro – RJ
Tel.: (0xx21) 2585-2070 – Fax: (0xx21) 2585-2087

Não é permitida a reprodução total ou parcial desta obra, por quaisquer meios,
sem a prévia autorização por escrito da Editora.

Atendimento e venda direta ao leitor:
mdireto@record.com.br ou (21) 2585-2002

*Para mamãe e papai... por tudo.*

Vivemos numa plácida ilha de ignorância, em meio a negros mares de infinitude, e não fomos designados a ir longe.

*H. P. Lovecraft*

# PRÓLOGO

*Zaire*
*2 de julho de 1932*

A velha cabana erguia-se solitária na praia. Uma névoa baixa, vinda da água, cobria a areia como um manto, envolvendo a pequena estrutura de madeira antes de se dissipar em meio à fileira de árvores por trás. Mesmo a vários metros de distância, Cutter podia escutar o barulho. Tirando do bolso um lenço encharcado, enxugou a testa; em seguida, virou-se e acenou com a cabeça para seu guia, Obi. Eles se aproximaram da cabana bem devagar, hesitantes, conscientes demais do que se escondia lá dentro.

Obi parou, inspirou fundo e lançou um olhar de cautela para o homem branco. Cutter sorriu, antes de perceber, um tanto alarmado, que seu companheiro estava tremendo.

— Você foi muito corajoso de vir *até* aqui — assegurou-lhe. — Fique aí. Vou entrar sozinho — disse, colocando a mão sobre o ombro do guia.

— Não consigo dar mais um passo — murmurou Obi, com a voz envergonhada.

## 10

— Não se preocupe, eu entendo. — Cutter se virou e olhou de volta para a cabana. Já seria uma visão fantasmagórica mesmo sem a névoa que emanava do rio, típica dos cemitérios. E agora o zumbido, a cacofonia enlouquecedora, parecia zombar de sua mente. Podia jurar que a pequena construção estava ficando maior, aumentando de tamanho, com o barulho cada vez mais alto.

— Se você me chamar — disse Obi, com a voz cheia de remorso. — Eu talvez não consiga te ajudar, meu amigo.

— Eu sei — replicou Cutter. — Não tem problema.

Ele seguiu em frente, espantando a névoa com os pés, até alcançar a porta de madeira. O barulho agora era horrível. Esforçou-se para ignorá-lo enquanto erguia a mão em direção à maçaneta. Entrar exigiria um tremendo esforço, e naquele momento parecia faltar-lhe a força de vontade necessária. Sua mente atormentava seu corpo com visões do que o esperava do outro lado. Pressionou a maçaneta um pouco. A porta não se mexeu.

Cutter sentia-se consumido pelo mesmo medo paralisante que acometera seu guia. A Dama estava lá, esperando por ele. Não tinha dúvidas quanto a isso. Fechou os olhos e ordenou a seu corpo que empurrasse, que lutasse.

De alguma forma, sua mão moveu-se, como que guiada por uma força invisível, e empurrou a maçaneta para baixo. Foi preciso um pouco de força, mas a porta acabou cedendo. Vozes gritavam em sua cabeça, mandando-o parar, ir embora. Sabia que o medo gélido, nauseante, aliado à falta de sono, alimentava sua já fértil imaginação, mas não podia parar agora. Ainda que estivesse mais perto da morte do que jamais estivera, não podia voltar. Ela já o dominara. Sabia que devia ter voltado para o vilarejo em busca de auxílio. Sabia que devia ter mantido a promessa que fizera à mulher, mantendo-se longe de perigos assim. Sabia um monte de coisas.

A fenda entre a velha porta e o batente empenado aumentou. De repente, o barulho emergiu da escuridão da cabana, envolvendo o homem e interrompendo qualquer pensamento. Ele ficou parado, praticamente incapaz de ver qualquer coisa naquele ambiente escuro, mas sabendo o tempo todo que ela estava ali.

Obi ainda não conseguia se mexer. Era conhecido entre seu povo por sua força e coragem, mas isso foi antes de descobrir que o monstro era real. Jamais poderia ter se preparado para algo assim. Cresceu escutando as lendas da tribo, mas, até então, não havia imaginado que elas contivessem alguma verdade. Ao ver Cutter parado com a mão na maçaneta da porta, teve certeza. O terror no rosto do homem branco era óbvio. Estava nos olhos, na palidez da pele. Alguma coisa pousou sobre o lábio superior de Obi, mas ele não conseguiu sequer espantá-la. O homem branco estava tremendo. Ele tinha aberto a porta o suficiente para poder entrar na cabana.

As paredes pareciam vivas. Cutter viu silhuetas escuras, que mudavam de forma sem parar, encobrindo as laterais da cabana. Ondas, fantasmas estranhos formados por milhares e milhares de pequenos insetos zumbidores. Uma cama velha e uma caixa de madeira também estavam cobertas pelas criaturas, sem nem um pedacinho de madeira à mostra. Foi então que a viu, e seu coração quase parou. Sobre uma tosca prateleira, feita com um pedaço de tronco, estava um gigantesco mosquito vermelho. Sua aparência não era diferente da dos milhões de corpos que a rodeavam, mas seu tamanho era inacreditável. Ela era tão grande quanto a mão de uma criança. Sem se deixar perturbar pelo frenesi de seus seguidores ou pela chegada do intruso, ela ficou apenas ali, observando-o.

Reunindo um controle ainda maior sobre o corpo, Cutter pegou a rede e uma jarra grande de dentro da bolsa que carregava a tiracolo. Depois de todos aqueles anos em campo, suas ferramentas ainda eram simples, porém eficientes. Desatarraxou a tampa da jarra e a enfiou no bolso. Os mosquitos agora sobrevoavam seus sapatos, alguns decidindo aventurar-se pernas acima. Cutter tremeu e quase deixou a jarra cair. Erguendo a rede sobre a cabeça, avançou em direção à prateleira, pisando inúmeros corpos minúsculos, rezando para não provocar uma reação em massa. Ela parecia segui-lo com os olhos, as asas batendo devagar. Ele se aprontou para abaixar a rede, e foi quando escutou um grito terrível.

O grito parecia vir ao mesmo tempo de dentro e de fora de sua cabeça. O som de sangue coagulando assemelhava-se ao berro agonizante de um lunático. A atmosfera dentro da cabana mudou: as manchas escuras sobre as paredes se dissolveram e milhares de formas pequenas tomaram o ar, formando uma nuvem densa ao seu redor. A Dama permaneceu em silêncio, imóvel. Cutter percebeu que o grito que escutara devia ter sido uma premonição: era idêntico ao que agora rasgava seus pulmões.

Assim que os seguidores da Dama terminaram de se refestelar com o sangue do homem, foi a vez de ela se alimentar. Quando finalmente terminou, havia pouco mais do que uma gota do fluido vermelho no corpo inerte.

Da praia, Obi escutou o grito aterrorizante. Assim que o grito cessou, as sensações voltaram, aliadas a um sentimento de culpa nauseante. Ficou ali por alguns segundos, tentando se obrigar a virar e correr. Então, como se viesse do próprio ar, escutou uma voz. Uma voz feminina.

*Venha... não tenha medo. Não vou machucá-lo...*

Seu queixo caiu. A respiração tornou-se irregular. Escutara as palavras, mas não conseguia acreditar nelas. Será que o mito era real? Será que a criatura podia realmente entrar na mente do homem? Isso era impossível. Mas ele não havia imaginado aquilo, tinha certeza. Ela o chamara.

*Então?*

## 13

Alguma coisa o empurrava em direção à cabana. Não desejava aproximar-se, mas sentia-se impelido. Desviou os olhos da cabana para o sol que se punha, e de novo para ela. Fechou os olhos e pensou em sua casa, em sua família. Quando achou que estava se livrando daquele domínio, seus pés começaram a aproximá-lo pouco a pouco da porta. *Por favor*, rezou, os olhos ainda fechados. *Por favor, deixe-me ir.* Sua mão, não mais sob seu controle, ergueu-se em direção à maçaneta. O ar lá dentro parecia mais fresco. Ele esperou pelo abraço, e por todas as promessas nele contidas.

Uns três quilômetros rio abaixo, Ernest Faraday estava sentado à sombra, enxugando o suor das pálpebras sardentas. A África não lhe proporcionava nenhum dos confortos com os quais estava acostumado, e a cada dia parecia trazer-lhe um novo horror, um novo desconforto. Odiava o calor opressivo; era como se estivesse sendo cozido vivo. Sonhara na véspera que estava preso dentro do bico da velha chaleira de sua avó, incapaz de fugir do vapor ininterrupto. Embora fosse cedo, a temperatura era uma perturbação constante. Odiava aquele lugar. Mesmo à sombra, era como se estivesse no inferno.

E, do inferno, observava os nativos descarregando na margem do rio os suprimentos de um barco ancorado nas proximidades. Eles se moviam como uma criatura grande, segmentada, entoando baixinho um mantra enquanto trabalhavam. Faraday escutou uma voz vinda de algum lugar às suas costas. Era uma voz feminina, embora, até onde sabia, não houvesse nenhuma mulher nos arredores. As únicas que vira em semanas tinham ficado a quilômetros de distância, no vilarejo. Virando-se, examinou a escuridão em meio às árvores. Nada. Virou-se de novo, enxugou o suor das sobrancelhas com o polegar e continuou a supervisionar a atividade na praia. Estava convencido de que o calor o fazia ouvir coisas.

**14**

Burke e Pollard, seus dois assistentes do escritório em Londres, estavam ocupados discutindo sobre o método mais rápido de transportar os mantimentos praia acima. Burke estava entusiasmado, gesticulando enlouquecidamente enquanto seguia os perplexos trabalhadores de um lado para outro da areia.

— Veja só — disse —, eles estão numa fila bem ordenada. Não vejo nenhum mérito em...

— Eles deviam estar carregando as coisas em duplas — interrompeu Pollard, provando mais uma vez que nunca concordava com o colega. — Em duplas, eles poderiam carregar duas vezes...

Um cachorro começou a latir em algum lugar fora do campo de visão de Faraday. Era Carruthers, o yorkshire de Burke.

Pollard encolheu-se.

— Dá para fazer essa besta sarnenta calar a boca? Você sabe muito bem o que eu penso de cachorros!

— Bom, não deve ser pior do que o que eles pensam de você — devolveu Burke.

Pollard segurou a língua, balançando levemente a cabeça em sinal de aversão.

Faraday suspirou. Esperava ansioso pelo pôr do sol e pela breve trégua no calor escaldante. Afugentando um inseto do rosto, observou os nativos em seu trabalho pesado, imaginando por que eles não o haviam abandonado semanas antes. Algo pousou em sua nunca sem que ele percebesse. Um dos trabalhadores começou a gritar e balançar os braços, e Carruthers pôs-se a mastigar a beira da calça larga que o homem usava. Faraday xingou, levantou-se e começou a andar em direção à água.

— Burke! Se não consegue controlar...

O mosquito agarrado à sua nuca escolheu esse exato momento para espetar seu tubo de alimentação.

# 15

A sensação foi como se enfiassem uma agulha comprida e gelada em sua carne. Depois, à medida que os longos, longos segundos iam se passando, a dor aumentou, e Faraday começou a pular, terrivelmente agitado. Bateu na nuca repetidas vezes, numa tentativa vã e desesperada de remover o que quer que estivesse causando aquela agonia.

Seus gritos atraíram a atenção de Burke e Pollard, que olharam com visível perplexidade.

— Que diabos ele está fazendo? — Burke se virou e começou a andar em direção ao chefe.

— Não sei, mas pelo menos ele está mexendo aquela bunda preguiçosa, para variar — murmurou Pollard, seguindo atrás. Eles se aproximaram do patrão, sem saber ao certo o que dizer ou fazer.

— O que foi que aconteceu, sr. Faraday? — Pollard parou, e seu queixo caiu. Burke também tinha visto.

Agarrado à nuca de Faraday estava o que parecia ser um mosquito, só que havia algo de errado com o tamanho do bicho. Muito errado. Ele era enorme. Os dois homens deram um passo para trás, as bocas escancaradas. Faraday estava fazendo um barulho tenebroso, num sofrimento obviamente atroz. Os trabalhadores tinham parado as atividades e observavam com tristeza o homem branco, como se já tivessem testemunhado aquele espetáculo antes.

— Pelo amor de Deus! — berrou Faraday. — Tirem isso de mim! Tirem... — Ele cambaleou como um cego e caiu de costas na areia, os olhos revirados, os membros em convulsão. Segundos depois, estava morto.

Burke e Pollard se entreolharam; em seguida fitaram, incrédulos, o corpo. A pele de Faraday estava adquirindo rapidamente um tom esverdeado. Enquanto eles observavam, horrorizados, o inseto grotesco — agora de um vermelho-amarronzado, devido a todo o sangue que consumira — saiu de debaixo da cabeça do homem, voou e pousou em sua testa, de onde analisou os dois observadores. Um vapor se desprendia do ferimento de Faraday. Enquanto os dois assistentes olhavam, um líquido começou a ensopar a areia em torno da cabeça do morto. Parte era sangue; o resto era alguma outra coisa.

— Ai, meu senhor Jesus! — Pollard começou a vomitar. Ao que parecia, a cabeça de Faraday estava se dissolvendo.

O inseto bateu as asas por alguns instantes, depois parou, e voltou a batê-las. E então alçou voo. Burke e Pollard só perceberam vagamente os latidos do cachorro que partira correndo da praia para socorrê-los. Sem aviso, o monstro foi direto para cima deles. Em seu desespero de fugir, Burke tropeçou e caiu, abrindo a cabeça numa pedra afiada. A dor foi terrível, porém curta, uma vez que a morte chegou rapidamente. Pollard, seguindo o exemplo do colega, tropeçou em Carruthers e caiu na areia. Ao se virar, xingando e debatendo-se, viu de relance o longo tubo de alimentação do inseto instantes antes de ser ferroado. O som da picada foi fraco, mas os gritos de Pollard atravessaram quilômetros.

Carruthers cheirou em volta da cabeça de seu dono, ganindo. Não podia aceitar que ele estivesse morto. Os nativos tinham fugido. Parte dos suprimentos que carregavam foi abandonada a meio caminho da margem; alguns começavam a flutuar rio abaixo. Depois que Pollard parou de gritar, e Carruthers de ganir, o silêncio reinou, quebrado apenas pelo som da água e por um débil lamento.

# I: PROPOSIÇÃO

*Londres*
*Setembro de 2005*

Meu nome é Ashley Reeves e tenho muita sorte de estar vivo.

Uma coisa é escutar uma história de terror, outra bem diferente é estar no meio de uma. Mas foi onde estive há apenas alguns dias, e tenho medo de que, se não escrever cada detalhe de minha terrível experiência na ilha Aries, acabe me convencendo de que foi tudo mentira, fruto da imaginação doentia de um jovem à beira da loucura.

Eu ter sobrevivido a essa experiência já é um mistério, visto que encarei a morte mais de uma vez. Mas talvez o aspecto mais preocupante de tudo isso tenha sido o que me levou a visitar a ilha, em primeiro lugar. Sou um jornalista e, portanto, naturalmente propenso a perseguir histórias. Esta, porém, devia ter me deixado com o pé atrás desde o começo; só percebi tarde demais que deixei minha ambição me causar mais problemas do que a quantidade com a qual eu conseguiria lidar.

Este é um relato sobre uma criatura extraordinária. Uma criatura tão perigosa que, se tivesse sido capaz de se reproduzir, teria eliminado o homem da face da Terra.

Mosquitos são apenas insetos. Nada além de pequenas máquinas biológicas. Só que eles também são hospedeiros. Eles transmitem doenças como malária, febre amarela, febre do Nilo Ocidental, dengue e encefalite. Transmitir doenças parece ser sua principal função. Talvez os mosquitos tenham sido destinados a enfraquecer a espécie humana: a malária, sozinha, já tirou milhares de vidas. No entanto, os mosquitos não sabem o que estão fazendo. Eles não sabem que são portadores de doenças terríveis. Seria algo realmente inacreditável se um mosquito, ou qualquer inseto, fosse capaz de pensar.

Contudo, sou lembrado de tempos em tempos que a Mãe Natureza adora um paradoxo.

Acho que muitos jornalistas chegam a um ponto em suas carreiras em que pensam já terem ouvido de tudo. Cheguei a esse ponto surpreendentemente cedo, com histórias sobre porcos de três cabeças, ovelhas azuis e plantas falantes; a única coisa que me chocava era a audácia dos idiotas por trás delas.

A revista para a qual trabalho, a *Missing Link*, foi lançada há alguns anos. Meu editor, Derek Jones, saiu do jornal para o qual trabalhava há vários anos e fundou a *Link* sozinho, a fim de tirar proveito do fascínio do público por todas as coisas "inexplicáveis".

A revista tem sido um sucesso, e já conquistou um número respeitável de leitores fiéis. Entrei para ela há alguns meses, recém-saído da faculdade com um diploma em jornalismo. Só que nessa época já haviam ocorrido algumas mudanças na *Missing Link*. Derek acabara de vender a revista, embora tivesse decidido permanecer como editor. O novo dono era obcecado por credibilidade e desejava que a *Link* se concentrasse mais em coisas estranhas e aberrações da natureza do que no que ele considerava "baboseiras". Demos adeus ao pequenino homem verde e abrimos os braços para a flora e a fauna. Pouco tempo depois, recebemos o novo rótulo de "revista científica", dedicada a coisas estranhas e maravilhosas. Para mim foi uma época estimulante, e eu estava ávido por me envolver em reportagens sérias.

Pouco a pouco, porém, comecei a ter dúvidas sobre em que, exatamente, eu tinha me metido. Eu já sabia havia tempos que honestidade e jornalismo podiam ser um casamento difícil, mas fiquei surpreso em descobrir o quão difícil era na verdade. Precisava aceitar que distorcer os fatos não era um simples lugar-comum, mas algo constante. Os elementos do trabalho foram perdendo seu apelo; só quem não perdeu foi Gina Newport, a fotógrafa da revista. Tinha vinte e dois anos e era quase um ano mais velha do que eu. Eu gostava dela, muito, desde a primeira vez em que a vira. Mas não sei por que nunca encontrava a oportunidade ou a coragem de fazer nada em relação a meus sentimentos. Assim é a vida.

Segunda-feira passada, um dia que agora me parece perdido na névoa do tempo, foi o dia em que recebi a carta de Reginald Mather. Era um glorioso dia de outono, portanto decidi ir correndo para o trabalho, escolhendo minha rota favorita ao longo do canal. Ao chegar ao escritório, tomei um banho, me vesti e fui até a banca de jornal mais próxima comprar uma caixa de suco de laranja. Sentando-me atrás do computador, abri o suco e comecei a folhear a pequena pilha de correspondência que o estagiário me trouxera. A carta de Mather era a última, e foi a única que não foi parar na lata de lixo.

A carta era breve, o que me chamou a atenção de cara. Geralmente, os lunáticos que escrevem para mim enchem folha após folha tentando me convencer de que possuem uma história fantástica para a revista. A carta de Mather era séria, concisa e, por conseguinte, mais convincente.

Caro sr. Reeves,

Tenho em minha posse um espécime conhecido como "VERMELHO DO GANGES", indivíduo único e extraordinário da família do mosquito AEDES AEGYPT. Se o senhor consultar um especialista sobre o assunto, ele certamente lhe dirá que esse mosquito não existe.

Envio um mapa para ajudá-lo a encontrar o caminho para a ilha Aries, localizada no meio do lago Languor. Sou o proprietário da única casa da ilha, portanto, não será difícil me encontrar. O senhor pode alugar um barco no porto de Tryst. O capitão do porto é um camarada bastante prestativo, e posso assegurá-lo de que seus preços são razoáveis.

Seria de extrema importância que viesse imediatamente, embora eu compreenda, é claro, que a agenda de um jornalista deva ser bastante apertada. Sinto não ter um telefone, portanto, espero-o a qualquer momento, ou, caso contrário, uma carta dizendo que não poderá vir.

Peço-lhe que seja discreto. Estou disposto a partilhar minha descoberta com o mundo, mas, por ser um homem reservado, preciso omitir certos detalhes. Assim sendo, peço-lhe, se possível, que não divulgue os pormenores desta carta a ninguém.

Tenho a honra de ser, caro senhor, seu obediente servo,

## Reginald C. Mather.

Li tudo uma segunda vez. Ao contrário da maioria das cartas que eu recebia, esta era intrigante. Tive um palpite de que Mather estava dizendo a verdade, e que poderia haver uma fascinante história ali. Pelo menos, seria um dia longe do escritório. Li mais uma vez, em seguida decidi falar com Derek. Estava prestes a ir vê-lo quando uma bola de papel amassado acertou minha nuca.

— Uau!

— Oi, Ash! — Era Gina. — O que está acontecendo?

— Ah, estava indo ter uma palavrinha com Derek, para decidir se devo investigar isso ou não. — Ergui a carta.

— Alguma coisa interessante? — Ela se sentou na beirada da minha mesa, sua proximidade já me deixando nervoso, e pegou a carta. Enquanto lia, tentei não ficar olhando para o rosto dela. Algumas vezes, achava que ela também gostava de mim, mas eu não tinha certeza se gostava o suficiente.

— Parece interessante — disse ela, devolvendo-me a carta. — Você devia ir.

— É. Mas também pode ser outro louco.

— É o que torna tudo mais interessante. — Ela deu uma risadinha.

— Não sei. Algumas dessas pessoas são perigosas.

— Não seja tão paranoico. Além disso, você devia aproveitar a chance de passar o dia fora do escritório.

— Eu sei. Só que…

— Onde mora o cara mesmo?

— Na, hum… — Peguei o envelope e li em voz alta o endereço escrito atrás.

— No Lake District? — Os olhos de Gina se acenderam. — Ah, vamos lá, por que você ainda está pensando? Se não quiser ir, eu vou.

Concordei balançando a cabeça. Ela estava certa. Eu nunca tinha ido ao Lake District, mas sempre planejara uma visita.

— Acho que vou checar os horários dos trens.

— Faça isso — concordou Gina, dando-me um tapinha nas costas. Ela se levantou da mesa e começou a se afastar.

— Certo. — Olhei para a sala de Derek, para ver se ele estava no telefone. — Mas, olha só — gritei para as costas de Gina —, se ele for um louco, vou jogar a culpa em você.

—Você acha que eu te meteria numa enrascada? — Ela se sentou à própria mesa e começou a verificar uma pilha de fotos.

— Não, acho que não — repliquei, levantando-me. Fui até a sala de Derek e bati à porta.

Eu devia saber como ele reagiria. Derek preferia o tipo de história que podia ser pesquisada e escrita em umas duas horas. Aquela provavelmente levaria o resto do dia e talvez o seguinte. Quando entrei, ele olhava pela janela, parecendo perdido em seus pensamentos.

— Oi, Derek.

— Que foi? Ah... — disse ele, virando-se. — Desculpe, eu estava...

—Você está bem? — Fechei a porta atrás de mim.

— Estou, estou bem. Só estou preocupado com um amigo. Trabalhamos juntos numa revista há alguns anos. Ele está desapareci-do desde a semana passada. É um pouco preocupante.

—Ah, espero que ele esteja bem.

— É, eu também. — Ele se sentou atrás da mesa bagunçada. — De qualquer forma — continuou, deixando o assunto de lado —, o que posso fazer por você?

Mostrei a carta a ele. Ao terminar de ler, Derek me fez algumas perguntas sobre o tipo de artigo que eu pretendia escrever. Ele sem-pre fazia isso, só para ter certeza de que eu já tinha pensado no assunto.

— E você acha que essa viagem vale a pena?

Tive a impressão de que ele já sabia a resposta. Ainda assim, tentei assegurá-lo do potencial da história.

— Esse sujeito — falou ele, as sobrancelhas arqueadas em sinal de dúvida —, ele soa como um cientista ou algo parecido. Ele já escre-veu para cá antes?

— Que eu saiba, não, mas parece estar sendo sincero, o que é bom, para variar. A carta não diz qual é a profissão dele.

— Hum. Bom, se você quiser ir atrás, tudo bem.

— Ótimo. —Virei-me para sair.

Derek se levantou e andou até a janela de novo.

— Mas — acrescentou ele —, mesmo que você descubra que são devaneios de algum outro louco, traga *algo* de volta, certo?

Olhei para ele por alguns segundos, intrigado com o que ele dissera.

— O que você quer dizer com "traga algo de volta"?

—Você sabe... certifique-se de que não foi tudo perda de tempo. Você já deveria saber que não é de bom-tom voltar para o escritório de mãos abanando, Ashley. Tire algumas fotos ou coisa parecida.

Faça uma montagem se tiver de fazer... mas traga algo que possamos usar.

— Está falando sério? — Eu não tinha certeza se ele estava brincando ou não. Nunca dava para saber com Derek. — Você é quem sempre reclama dos impostores e dos que nos fazem perder tempo!

— Eu os desprezo — disse ele, balançando a cabeça, porém sorrindo. — Mas espera-se que você tenha uma boa imaginação.

— Imaginação? E quanto à minha integridade?

Ele apenas riu.

— Integridade uma ova. Vai, sai da minha frente.

— Eu vou. Ah... espera — acrescentei, virando-me de volta. — Por falar em fotos, posso pegar a Gina emprestada se ela não estiver ocupada?

— Não, não pode. E não ache que eu não sei o que você está planejando.

— O que você quer dizer com isso? Não estou planejando nada.

— Ah, vamos lá, não sou cego, pelo amor de Deus! — Ele soltou uma risada matreira. — Desculpe, mas não posso abrir mão dela no momento. Vai ter que tirar suas próprias fotos. — Derek abafou o riso enquanto eu saía da sala, e não pude deixar de pensar em quem mais sabia da minha queda por Gina.

Não fazia muito sentido ficar perambulando pelo escritório, então, digitei rapidamente um artigo urgente que precisava ser terminado e dei uns dois telefonemas para checar os horários dos trens. Ao sair do escritório, passei por Gina, que estava ao telefone. Ela murmurou "Boa sorte" para mim. Gostaria de ter podido levá-la junto. Pelo menos ela seria uma boa companhia.

Enquanto esperava no ponto de ônibus, imaginei se deveria ter procurado na Internet por informações sobre o Vermelho do Ganges. Ainda assim, Mather provavelmente era a melhor fonte de informação, uma vez que estava de posse da criatura.

De volta ao meu apartamento, coloquei toda a minha parafernália de trabalho (notebook, gravador etc.) numa mochila, juntamente com meu aparelho de mp3 e a câmera Nikon, e saí para pegar o metrô para Euston.

A estação estava movimentada, como sempre. Passei uns bons vinte minutos na fila para comprar o bilhete do trem de 12h45 para Windermere, de onde pegaria uma conexão para Tryst. Nos poucos minutos que me restavam, comprei alguns sanduíches e uma bebida numa lanchonete, além de uma brochura numa livraria. Quando o trem finalmente chegou, 25 minutos atrasado, eu já estava profundamente irritado e esperava que não houvesse mais atrasos.

Encontrei um lugar para sentar, e pouco depois o trem passava trovejante pelos campos ao norte de Londres. Grande parte dos outros passageiros eram homens de negócio, com algumas famílias viajando num dia de folga e uma meia dúzia de adolescentes para completar. Comecei a ler o livro que tinha comprado, quase sem notar a passagem do trem por Watford, Milton Keynes e Rugby. A viagem prosseguiu sem incidentes, até que, pouco depois de deixarmos Nuneaton, uma queda de sinal acrescentou outra meia hora à nossa estimativa de chegada. Estava ficando cada vez mais improvável que eu conseguisse voltar a Londres antes que o último trem partisse de Windermere. Não era o fim do mundo, mas eu esperava que a história valesse a pena, ou Derek não ficaria muito feliz com as despesas. Coloquei o livro de lado e olhei pela janela para os campos, rios e estradas intermináveis, pontuados, de quando em quando, por uma pequena cidade ou fazenda.

Peguei no sono em algum momento, gentilmente embalado pelo ritmo monótono do trem. Quando acordei, estávamos chegando a Preston. Sentei-me, peguei meu mp3 e escutei música por mais uma hora antes de chegarmos a Windermere, pouco depois das 16h30. Passei a curta viagem de conexão para Tryst pensando em tudo o que eu sabia sobre mosquitos, que era praticamente nada.

À medida que o trem ia se aproximando de Tryst, o número de passageiros no vagão dilapidado diminuía, até que só ficamos eu e um cavalheiro idoso. Saí do trem e pisei a plataforma, surpreso com o quanto a temperatura havia caído em tão pouco tempo. Parecia que o inverno perdera a paciência e chegara três meses antes.

Acima de mim, notei uma grande massa de nuvens cinzentas que não parecia estar se mexendo. Fui até a bilheteria e pedi indicações para chegar ao porto. A mulher por trás da vidraça me perguntou se eu planejava sair de barco, e eu respondi que sim. Ela me lançou um olhar estranho.

— Jura? — perguntou. — Você escolheu um péssimo dia para isso, meu jovem. Vai começar a chover a qualquer instante. E está ficando escuro lá fora. — Ela se inclinou na cadeira para ver a entrada da estação pela lateral da cabine.

Segui o olhar dela e concordei com a cabeça.

— É. Que sorte a minha! Ah, a propósito, a que horas é o último trem de volta para Windermere?

— O último trem para Windermere — repetiu ela, virando as folhas de uma pasta enorme sobre a mesa — sai às 21h07.

Olhei para meu relógio. Passava um pouco das 17h30. A hora, assim como o tempo, não estava a meu favor. Precisava me precaver. Era pouco provável que eu conseguisse fazer a história e voltar para a estação a tempo de pegar o último trem. E, então, o último trem de Windermere para Euston já teria partido de qualquer forma. Eu não voltaria a Londres naquela noite.

— A senhora conhece alguma pousada nas proximidades?

— Você pode tentar a Rocklyn, subindo a rua. É bem legal.

— Qual?

— A Rocklyn Bluewater. A dona é uma ex-atriz de teatro... ou pelo menos é o que ela diz. Mas é uma boa senhora. Ela deve ter quartos disponíveis nesta época do ano.

— Certo. Obrigado.

Permaneci algum tempo do lado de fora da estação. Estava ficando bastante frio, e o céu parecia atrair nuvens cada vez mais escuras. Senti o cheiro de chuva no ar. À minha esquerda ficava o lago, que dominava toda a vista naquela direção. A rua que descia à minha frente, até uma das margens da vasta faixa de água, era ladeada por casas e lojas. A mulher da bilheteria não me dissera onde ficava o porto, mas não fazia a menor diferença: dava para ver um pequeno píer de madeira no sopé do morro, com vários barcos ancorados nas proximidades.

Só encontrei umas poucas pessoas na rua principal. Em algum lugar um cão latiu, mas, fora isso, havia poucos sinais de atividade. As lojas ao longo da rua eram antigas e malconservadas. Elas transmitiam um ar de apatia, de falta de cuidado. Uma placa gasta pelo tempo, ao lado de uma loja de sapatos fechada, dizia: AS RUÍNAS. Fiquei espantado com a precisão dos dizeres.

À minha direita, não muito longe do topo do morro, vi um prédio grande com uma placa do lado de fora em que se lia:

## POUSADA ROCKLYN BLUEWATER
## VISITANTES SÃO BEM-VINDOS!

Ao entrar no prédio, aproximei-me da recepção e falei com a proprietária em pessoa, uma senhora idosa, baixa e magra, vestida de modo excêntrico e com o que parecia ser uma peruca loura.

— Ah, olá, meu jovem! Sou Annie Rocklyn... muito prazer em conhecê-lo! — Sua atitude superamigável me pegou de surpresa, assim como a incrível quantidade de maquiagem com que ela pintara o rosto. — O que posso fazer por você? Todos os nossos quartos são muito bem mobiliados e...

— Se a senhora pudesse me arrumar um quarto para esta noite, seria ótimo. Preciso visitar alguém lá no lago.

— É claro! Você está com sorte. Temos vários quartos vagos no momento. Hum... você disse o lago? — Seu sorriso esmaeceu um pouco.

— Sim, sou jornalista — falei, numa tentativa de impressioná-la. —Vou visitar o sr. Mather. Ele vive na ilha. A senhora o conhece?

— Pessoalmente, não. Bom, na verdade, ninguém o conhece. Ele não vem à cidade. — Ela se inclinou para frente de modo conspiratório: — Prefere ficar sozinho, se entende o que eu quero dizer.

— Entendo. Pois bem, devo fazer o check in agora ou espero até mais tarde? Só devo demorar umas duas horas.

— Tranco a porta às 23h30, mas se chegar depois é só bater... Geralmente fico acordada até tarde. Sempre fui um tanto coruja. — Ela sorriu, e o batom exagerado brilhou com a luz do abajur espalhafatoso que ficava ao lado do livro de hóspedes.

— Certo. Muito obrigado.

Virei-me para sair. Enquanto andava em direção à saída, escutei Annie me seguindo pelo saguão, dizendo:

—Você é de Londres, não é? Já falei que participei de uma peça no West End?

— Jura? — perguntei, sem querer ignorá-la. — Alguma peça que eu conheça?

— *Run for Your Wife*.

—Ah — respondi, sem saber ao certo o que dizer em seguida. — Boa peça... Bem, muito obrigado. Acho melhor eu me apressar.

— Ah, sim, claro. E tome cuidado! Aquelas águas podem ser bastante perigosas num tempo como este.

—Vou tomar. E obrigado de novo.

Segui para o porto, caminhando rapidamente, e quase tropecei numa das pedras soltas espalhadas pela rua de terra que descia até o lago. Vi um píer de madeira e uma espécie de escritório ou cabine.

Aproximei-me e bati à porta. Escutei uma tosse alta, seguida por um xingamento abafado. A porta se abriu.

Se eu tinha chegado na hora errada ou se ele apenas detestava interrupções, eu não saberia dizer, mas o homem, sem dúvida, não ficou feliz em me ver. Ele era baixo, gordo e mancava ligeiramente. O cabelo longo e grisalho estava amarelando em alguns lugares, indicando que se tratava de um fumante inveterado.

— Então — começou ele de modo brusco, um olho mais aberto do que o outro, enquanto exalava uma longa nuvem de fumaça no ar. — O que você quer?

— Com licença, o senhor é o gerente do porto?

— Capitão — retrucou o homem, sem mudar a expressão.

Fez-se um silêncio constrangedor antes que eu ousasse replicar.

— Desculpe. Capitão do porto.

— Sou.

— Ah, ótimo! Será que eu poderia alugar um barco para atravessar até a ilha?

— A ilha, é? — Ele me olhou de cima a baixo e abriu um sorriso forçado, como se algo o divertisse. Em seguida, foi mancando até uma mesa e abriu um grande livro de bordo. Pareceu levar algum tempo para encontrar o que estava procurando. Através de uma janela suja, pude ver as nuvens de chuva se acumulando sobre o lago e a cidade. Elas pareciam prestes a irromper a qualquer instante. Era como se estivessem esperando eu chegar à água para descarregar seu peso.

— Nome? — Ele lambeu a ponta de uma caneta esferográfica e se preparou para escrever.

— Reeves. Ashley Reeves.

— E precisa do quê? — O capitão começou a escrever, parecendo desconfortável com aquilo, a mão envolvendo a caneta como uma garra.

— Apenas de algo pequeno e simples para me levar até a ilha e me trazer de volta.

— Entendo.Vai precisar de um barco bem ligeiro se não quiser ser pego pela chuva — observou ele, olhando pela janela.

— É. Chuva não é nada legal.

— Não, não é. Bem estranho decidir sair de barco numa noite como esta, não acha?

— Desculpe?

— O número seis — replicou o capitão, ignorando-me. Ele pegou algo numa prateleira acima da mesa e saiu porta afora, fungando. Eu o segui.

Lá fora, a sensação era de que um grande pulmão havia sugado todo o oxigênio do ar. Eu podia escutar o som de madeira arranhando madeira; eram os barcos batendo contra o píer.

— Devia ter trazido uma muda sobressalente de roupas — falei comigo mesmo.

— Hã? — O velho olhou-me confuso. Deu uma tragada funda no cigarro murcho, que parecia um adorno permanente em seu rosto.

— Desculpe. Estava apenas pensando em voz alta. Drenagem mental.

Ele sacudiu a cabeça e se virou.

Na ponta do píer, o capitão saltou para as rochas que circundavam uma pequena praia. Um barco de aparência horrível fora puxado até a areia e abandonado ali.

Um rugido alto soou acima de nós, e o cheiro de terra impregnou o ar. A chuva agora era inevitável. O velho ergueu a cabeça para o céu, apertando os olhos ao fazer isso.

— Não tem muita gente por aqui — observei.

— Não. A maioria das pessoas tem juízo suficiente para ficar dentro de casa.

— É — concordei. — Eu, hum… não posso culpá-las.

— Vai desejar ter sido uma delas. — Ele falou tão baixo que eu quase não escutei.

— Como?

— Nada — retrucou, vendo minha expressão intrigada. — Apenas drenagem mental. Aquele ali é seu barco — disse, apontando para a pobre embarcação abandonada na areia. Olhei para ela, e de volta para ele. O capitão observava o céu novamente, analisando-o com uma expressão de desdém. Ao sentir as primeiras gotas caírem sobre meu nariz e bochechas, indaguei-me se, afinal de contas, a viagem tinha sido uma boa ideia.

— Então, o barco tem motor? — Isso foi tudo o que eu consegui pensar em dizer além de *Você não espera de verdade que eu coloque essa caixa velha na água, espera?*

— Tem — respondeu ele, fechando o casaco em volta do corpo. — É aquele negócio grande atrás. — E removeu uma lona azul, revelando um motor externo.

— Ah, certo.

— São 20 libras. Em dinheiro.

— Ah... é claro — retruquei, pescando o dinheiro do bolso.

— E quero o barco de volta amanhã antes das nove... inteiro.

Entreguei uma nota de 20 libras ao capitão, que a agarrou com ganância. Ele se virou e começou a andar de volta para a cabine, deixando-me sozinho com aquele monte de madeira flutuante em forma de barco. Eu teria dito que nunca usara um barco a motor antes, mas ele havia deixado claro que, por enquanto, nosso negócio estava terminado. Escutei-o bater a porta com força ao entrar na cabine. Se eu pretendia chegar à ilha antes que os céus se abrissem, era melhor andar rápido.

Felizmente, manejar o barco era mais fácil do que eu imaginara, e logo me vi cruzando a superfície do lago Languor. Já me afastara uma boa distância da praia quando um trovão rugiu alto no céu. As nuvens estavam se livrando do peso, e não se contentavam em fazer isso em silêncio. Até onde eu saberia dizer, o barco estava indo o mais rápido que podia, o que não era rápido o suficiente. A chuva gelada castigava minha pele e mãos, deixando-as progressivamente dormentes. Olhei para a esquerda e vi ao longe o que parecia ser o meu destino. Eu estava atravessando em linha reta para a margem oposta do lago, quando deveria ter saído do píer na diagonal. Virei o barco para a esquerda, corrigindo meu curso e colocando a pequena massa de terra em meu ângulo de visão. Outro trovão soou nos céus e a chuva se tornou um dilúvio.

Pouco depois, a chuva aumentou tanto que escureceu minha visão. A ilha virou pouco mais do que uma mancha disforme. A superfície do lago parecia viva, água voando em todas as direções, e de vez em quando o barco decolava e voltava a bater com força sobre a superfície turbulenta. Na hora, a roupa e o cabelo encharcados eram a menor das minhas preocupações. Não queria pensar na possibilidade de o motor morrer e me deixar à deriva naquela imensidão profunda e gelada. Parecia injusto que a nuvem cinzenta e pesada estivesse concentrada apenas sobre o lago e em nenhum outro lugar. Mesmo assim, continuei em direção à ilha, a cortina d'água, ao que parecia, piorando a cada segundo.

Logo depois, percebi que estava me aproximando da praia, e desliguei o motor. Infelizmente, quando notei que o barco apontava direto para uma rocha pontiaguda, já era tarde. Eu estava me aproximando rápido demais, mesmo com o motor desligado, e não tinha como evitar a colisão. Peguei minha mochila e pulei pelo lado da embarcação na água fria e escura.

Por sorte, não bati em nada ao mergulhar, embora estivesse rodeado de pedras. A água estava muito mais gelada do que eu imaginara, mas, graças a Deus, vinha só até a minha cintura. Minha mochila afundou por um breve momento; decidi, então, levantá-la para evitar que se encharcasse ainda mais. Não pude fazer nada a não ser observar o barco colidir contra a pedra e explodir em inúmeros pedaços. Não esperava que o prejuízo fosse ser tanto. Era uma boa indicação das condições do barco. Soltei um palavrão, amaldiçoando o capitão do porto por me dar uma embarcação tão precária.

Segurando a mochila no alto, arrastei-me até a pequena faixa de areia, onde parei, ensopado. Xingando, olhei de volta a imensidão escura. Os pedaços de madeira que um dia foram um barco começavam a chegar à praia, trazidos pelas ondas. Não havia muito o que fazer em relação ao naufrágio, e eu estava tomado pelo pânico só de pensar que poderia ficar preso ali. Com certeza, Mather tinha seu próprio barco, e provavelmente se compadeceria de meu infortúnio. Lembrei-me também que havia trazido meu celular. Ele devia ter molhado, mas talvez não por muito tempo. Pendurei a mochila no ombro, na esperança de que pudesse secá-la na casa, e comecei a subir a encosta, sentindo-me cansado, encharcado e com pena de mim mesmo. Estava escuro, chovia, e eu esperava do fundo do coração que todo aquele esforço para chegar à ilha não tivesse sido em vão. Pouco tempo depois, vi uma luz piscando em meio às árvores, no morro atrás da praia.

Nesse instante, meu celular tocou. Ele fez um barulho estranho e, quando finalmente consegui pescá-lo de dentro da mochila, já tinha parado de tocar, e a tela estava apagada. Ou a bateria tinha acabado ou a água danificara o circuito. Qualquer que fosse o caso, eu estava sem comunicação com o mundo lá fora.

# II: INICIAÇÃO

Subi com dificuldade a pequena encosta, forçando a passagem pela trilha estreita que fora aberta entre as árvores, meus sapatos cheios de água. Pensei em todos aqueles pedaços de barco batendo contra as rochas. Não sabia o que ia dizer ao capitão do porto quando voltasse para Tryst. Parte de mim desejava fugir dele. Isso seria muito desonesto, mas poderia me fazer economizar um bom dinheiro. Tudo o que ele sabia era meu nome e, portanto, talvez não se desse ao trabalho de tentar me encontrar.

Saindo do mato, deparei-me com uma casa. Não era exatamente o que eu havia esperado. Não sei por que, mas tinha imaginado uma charmosa casinha campestre, rodeada de hera e rosas. Em vez disso, encontrei um bangalô comum de tijolos cinzentos, que parecia ter sido construído às pressas. O telhado era mais baixo de um lado, e a porta, embora forte e maciça, parecia ligeiramente empenada. Ainda que sua aparência fosse singular, a casa não tinha charme nem personalidade. Imaginei por que alguém iria escolher viver num lugar tão remoto e desconfortável, podendo a qualquer momento perder o contato com a civilização devido a uma mudança no clima.

Parei na varanda, grato por me ver protegido da tempestade. O espaço era suficiente para acomodar apenas uma pessoa. Pensei na carta de Mather e imaginei, parado ali à porta, se eu estava prestes a conhecer outro maluco, outro lunático excêntrico que, enlouquecido pelo estresse da solidão, buscara alguém — qualquer pessoa — que o escutasse, mesmo que só por um minuto. Senti-me apreensivo por um momento, mas, dado o frio que me acometia, resolvi arriscar. Mesmo que ele provasse ser louco de carteirinha, ficaria feliz em sentar e escutar suas baboseiras, desde que estivesse seco e aquecido.

Senti algo escorrendo na ponta do meu polegar direito, e percebi que devia ter arranhado o dedo numa pedra, ao cair na água. A pele estava vermelha e começava a arroxear em alguns lugares. O sangue pingava de um pequeno corte. Ao colocar o dedo ferido na boca, tive certeza de escutar um suspiro, e uma mulher murmurando: *Ele está aqui!*

Fiquei parado por alguns segundos para ver se escutava mais alguma coisa, mas nada. Convencido de que tinha sido o rádio ou a televisão, bati à porta e esperei. Tudo o que podia ouvir agora era a água pingando da beira da varanda, até que a porta finalmente se abriu.

Mather também não era o que eu esperava. Pelo tom da carta, eu imaginara um homem educado e refinado. Em vez disso, fui recepcionado por um camarada baixo e rechonchudo, com entradas no cabelo, roupas velhas e óculos de armação grossa e levemente torta. Olhando para ele, dava para ver que quase não tinha contato com o mundo lá fora. Ou isso, ou não havia espelhos na casa. A meu ver, sua aparência geral sugeria um homem de pouca inteligência; suas maneiras, porém, desfizeram rapidamente essa impressão.

— Sr. Reeves? — Um sorriso hesitante acompanhou a pergunta.

— Isso mesmo. O senhor deve ser Mather — retruquei, meu cabelo ainda pingando água.

— O próprio! — Sua expressão se iluminou. — Por favor... entre. — Ele me fez entrar logo, fechando rapidamente a porta. — Sinto-me tão culpado por fazê-lo vir aqui com este tempo horroroso. Teve problemas para atravessar o lago?

— Bom, sim. Eu, ahn... bati o barco, infelizmente. Ele está destruído.

— Poxa! Que horror! O senhor está bem?

— Estou, estou bem. Só alguns hematomas, mas...

— Deus do céu, deve ter sido horrível! — Sua voz denotava preocupação, e também curiosidade.

— Acho que bati nas pedras da beira da praia.

— Então tem sorte de estar vivo. A água deve estar congelante.

— É, um pouco. Mas estou bem, mesmo — assegurei ao homem. — Eu devia ter checado a previsão do tempo antes de sair.

— É, devia. Mas, mesmo assim, precisamos levar em conta que a natureza pode ser imprevisível.

— Hummm...

Segui-o até a sala, consciente de que minhas calças estavam pingando. A lareira estava acesa e, sem hesitar, soltei minha mochila e me postei em frente ao fogo, absorvendo o calor de que tanto precisava. Entreguei meu casaco a Mather, que o levou para algum outro lugar. Ele voltou pouco tempo depois com uma pequena cadeira de madeira e a colocou do meu lado.

— Por favor, sente e seque-se. O banheiro fica no corredor, se precisar usá-lo. Pode tomar um banho se quiser. Eu seco suas roupas enquanto isso.

Apreciei a generosidade dele, mas não queria importunar.

— Não, não, está tudo bem, mesmo. São só as calças. Mas tenho certeza de que elas vão secar logo. Infelizmente, não trouxe outro par.

— Ah, entendo. Não acho que as minhas lhe sirvam. O senhor é uns trinta centímetros mais alto do que eu — observou ele, abrindo as mãos em sinal de desculpa.

Sorri, um tanto nervoso. E logo comecei a sentir o calor atravessando minhas roupas e o corpo.

— Acho que nessa velocidade vou estar seco logo, logo.

— Espero que sim. Pois bem, que tal um pouco de chá? — Ele olhou de relance para a janela, e um relâmpago iluminou a clareira lá fora.

— Qualquer coisa quente seria ótimo — repliquei. — Estou ansioso para escutar sobre o mosquito do qual falou. Parece fascinante. — Podíamos ouvir a chuva se intensificando, acompanhada de um ou outro trovão.

— Ah, tudo a seu tempo. Tenho bolo, ou posso fazer alguns sanduíches se estiver com fome. Vai passar a noite aqui, certo? Não posso mandá-lo embora nessa tempestade.

— Hum, ahn, não quero atrapalhar. Além disso, já reservei um quarto na Rocklyn Bluewater. Embora tenha perdido meu barco, ficaria muito grato se o senhor me ajudasse a voltar para o continente.

— Ah — falou ele, um tanto desapontado. — Entendo. Bom, tudo bem, se quiser ficar lá, então… ficarei feliz em levá-lo de volta… só que a tempestade parece estar piorando e…

— Não, é muito gentil da sua parte, mesmo, mas posso inserir tudo nas despesas, e posso também, o senhor sabe…

— Sim, é claro… só que, com o lago tomado por uma tempestade tão violenta assim, navegar pode ser um negócio difícil, como deve saber, por causa do infeliz acidente. — As labaredas dançavam refletidas nas lentes dos óculos. — Tem certeza de que está bem?

— Estou, de verdade. — Sorri, tentando tranquilizá-lo. — Suponho que… se for perigoso voltar… quero dizer, não gostaria de colocá-lo em nenhum…

— Excelente! Então está resolvido. O quarto de hóspedes já foi arrumado para uma eventualidade assim. E agora, tem certeza de que não quer um sanduíche?

— Ah sim, seria ótimo, obrigado.

Por um momento, Mather pareceu desligar-se da conversa. Algo estalou no fogo e o tirou de seu estupor.

— Ah, sim, é claro, sanduíches. A-há! — E com isso saiu apressado da sala de novo.

Xinguei em silêncio, irritado pela situação em que me encontrava. Uma pensão era uma coisa; a casa de um estranho, especialmente alguém que vivia tão isolado, era outra bem diferente.

Dei uma boa olhada na sala. Afora a luz intermitente gerada pelo fogo, a única iluminação era a de uma pequena lamparina a óleo sobre um aparador, à minha direita. Mas, apesar da penumbra, pude ver um grande número de livros dispostos sobre várias prateleiras ao redor. E, ao olhar com mais atenção, o que a princípio me pareceram quadros ou pôsteres pendurados nas paredes, notei que eram na verdade silhuetas. Observei de perto uma que estava acima da lareira. O artista tinha talento: o contorno em papel preto de uma borboleta grande, com asas elaboradas e longas antenas, fora cortado com perícia. Era perfeito; cheguei a achar difícil que a verdadeira sombra da criatura fosse mais impressionante. Analisei outros dois exemplares antes de Mather reaparecer com uma bandeja.

Sentei-me de volta na cadeira e tomei um gole do chá enquanto Mather me entregava um prato com sanduíches de queijo e tomate. Ele se sentou numa poltrona, bem atrás de mim.

— As silhuetas — comentei. — Foi o senhor mesmo quem fez?
—Virei-me e vi o rosto do homem se iluminar.

— Foi, eu mesmo — respondeu ele, erguendo os olhos para a borboleta acima do consolo da lareira. — Gosta?

— Humm. São muito boas.

— É uma homenagem que eu concedo apenas aos melhores espécimes da natureza. Representá-los como sombra, em preto e branco, elimina qualquer pretensão, qualquer extravagância. Entenda, adoro a forma deles, e não as cores. É o mesmo princípio da fotografia em preto e branco. Ela expõe a verdade, elimina todo o excesso, revelando a imagem nua e crua... a beleza. — Ele tomou um gole do chá.

— Um velho amigo meu fez a mesma coisa com fotos de belas mulheres. Ele insistia em dizer que eram todas ex-namoradas. — Mather riu.

— Se eram, então devem ter ficado com ele por algo mais que não a aparência. De qualquer forma, o que conheço eu das mulheres?

De repente, lembrei-me da voz feminina que escutara pouco antes de entrar.

—Vive aqui sozinho, sr. Mather?

—Vivo. Por quê?

— Nada, é que pensei ter escutado uma voz de mulher quando estava esperando lá fora, foi sua televisão?

— Céus, não! Nunca tive um desses aparelhos infernais.

—Ah... um rádio?

Mather fez que não.

— Então devo ter imaginado.

— Não se preocupe, sr. Reeves, todos nós escutamos vozes de vez em quando. Não há com o que se preocupar.

—Verdade. — Olhei de novo para a figura sobre a lareira. — O senhor tem a mão firme.

—Tenho. A mão firme, aliada a uma profunda concentração, vem dos meus dias como cirurgião. Estou aposentado agora, mas a gente não perde essas habilidades.

— E onde o senhor exerceu a medicina? — Dei uma mordida no sanduíche. Estava gostoso.

— Nos primeiros anos, trabalhei no Guy's Hospital; depois, voltei para Charing Cross, onde estudei. Aposentei-me cedo e vim para cá, a fim de seguir meu hobby.

— Etimologia?

Mather riu.

— Acho que etimologia é mais a sua especialidade do que a minha.

— Ahn? — Levantei os olhos de meu sanduíche, erguendo as sobrancelhas. Foi então que percebi meu erro. — Ah, *ento*mologia, é claro. Sempre confundo as duas.

— Não tem problema... eu costumava cometer o mesmo erro, antes de ficar fascinado pelos insetos. Desde então, em quase todos os livros que compro, a palavra "entomologia" aparece escrita na capa. Prefiro deixar o estudo da linguagem e suas complexidades para os outros. Acho que às vezes deve parecer um investimento inútil, levando em consideração que as línguas sofrem mudanças constantes.

—Verdade. É impressionante a rapidez com que elas evoluem.

— Ah, evolução — disse Mather, olhando para o fogo. — Outro de meus interesses. Tão simples e, ao mesmo tempo, tão profundamente complexa. Ela já deu grandes saltos, mas deixou passar muita coisa no processo.

— Deixou passar? — Enfiei o último pedaço do sanduíche na boca.

Mather parecia absorvido pela dança do fogo.

— Bom, por exemplo — continuou ele, um pouco aéreo —, você nunca se perguntou por que, depois de todos esses milhares de anos, nosso suor, que continua a realizar seu trabalho muito bem, ainda fede e mancha nossas roupas?

— Não posso dizer que...

— E o sangue... por que ele é de um vermelho-vivo, e não transparente como a água? Por que ele nos entrega tão facilmente com seu odor pungente? Isso apenas facilita o trabalho dos predadores.

—Talvez seja essa a questão — respondi. —Talvez seja a forma de a natureza manter o equilíbrio. Quero dizer, se os predadores não pudessem rastrear suas vítimas, morreriam de fome. Eles precisam ter algum tipo de vantagem.

Mather riu consigo mesmo e decidiu não prosseguir com o assunto, mas o que ele dissera me deixou intrigado. Eu começava a imaginar aonde aquilo tudo ia chegar, e estava determinado a retomar o propósito de minha visita quando ele de repente se levantou e levou os copos e pratos de volta para a cozinha.

Enquanto escutava o barulho de louças batendo e água escorrendo, fui até uma das prateleiras cheias de volumes pesados. Manchas secas e grandes se haviam formado em minhas calças. Era como se eu tivesse me urinado ao contrário. Como resultado da secagem, meu corpo todo começava a pinicar. Cocei o joelho, em seguida examinei dois títulos na prateleira à minha frente: *Manhunters of the Congo Basin*, de M. Baxter, e *Queen of the Hive*, de Hawke Ellison. Um título em particular chamou minha atenção: *Her Story*, de R. H. Occum. O livro estava deitado sobre uma pilha de edições semelhantes. Com a curiosidade despertada pelo título, peguei-o.

A capa mostrava um grande pentagrama com um mosquito no meio e símbolos estranhos em volta. Logo acima, ficava o título, impresso numa fonte antiga, e sob ele o nome do autor, em outra fonte igualmente elaborada.

Folheando o curioso livro, percebi que não era só a capa que ostentava uma fonte tão singular. O texto todo era muito bem montado e impresso, e as gravuras reproduzidas com grande profundidade e detalhe. Enquanto passava de uma ilustração a outra, notei certo padrão. Todas mostravam um mosquito bastante grande atacando uma ou mais pessoas aos berros. As primeiras mostravam centuriões romanos fugindo da besta como quem corre para salvar sua vida. As páginas seguintes retratavam saxões, bretões, europeus medievais e várias outras culturas e países até épocas bem recentes. O mesmo monstro parecia ter causado toda espécie de problemas no decorrer da história. Passei os olhos por algumas partes do texto. Era uma coleção de histórias sobre uma criatura lendária conhecida como a Mão do Diabo — um inimigo formidável, a julgar pelo dano que causava. Rezei para que a criatura demoníaca retratada no livro não tivesse nada a ver com o Vermelho do Ganges. Eu já tinha quase acabado de folhear o livro quando notei uma presença a meu lado.

— Uma bela coleção — falei com nervosismo, virando-me para olhar Mather, parado na porta atrás de mim.

— Obrigado — replicou ele. — *Vagos, curiosos tomos de ciências ancestrais*, como diz o poema. — Ele se aproximou e olhou o livro em minhas mãos. — Já fui um ávido colecionador. Costumava passar horas vasculhando sebos. Fiquei absurdamente feliz ao encontrar esse.

— Entreguei o livro a ele. Mather passou as mãos sobre a capa. — Já ouviu falar na lenda de Nhan Diep?

— Não, acho que não.

— Ah, é uma antiga história vietnamita maravilhosa.

— É? Minha avó era vietnamita.

— Jura?

— Juro. Ela conheceu meu avô quando ele foi lutar na guerra, em 1966. Ele era piloto americano.

— Ah. Bem, talvez ela conheça a história. É bastante popular...

— Ela morreu há alguns anos.

— Sinto muito. — Seguiu-se uma pausa desconfortável.

— Então... podemos ver o Vermelho do Ganges? Estou ansioso para dar uma boa olhada nele. Gostaria de ter pesquisado um pouco mais antes de vir. Não sei nada sobre ele, tenho de confessar.

— Ah — disse Mather, batendo as palmas suavemente. — Acho que não é uma boa ideia perturbá-la a uma hora dessas. Eu a alimentei não faz muito tempo; ela sempre fica um pouco irritada depois de comer. É melhor deixarmos isso para amanhã.

— O que o mosquito tem de especial que o levou a entrar em contato comigo?

— Muitas coisas. O Vermelho do Ganges é o único de sua espécie.

— Jura?

— Juro. E o senhor vai ficar pasmo com o tamanho dela. Ela é grande demais até para ser considerada uma aberração da natureza. Não... — Mather ergueu os olhos de modo quase reverente. — Ela é algo mais. Muitas culturas adoravam o Vermelho do Ganges. O *Her Story* está cheio de relatos sobre isso.

— Ah, certo. Assim como de lendas sobre, ahn...

— Nhan Diep — completou ele, pronunciando lentamente as palavras para ter certeza de que eu as captara dessa vez.

— Isso.

— Pode pegar o livro emprestado hoje se quiser. A leitura sempre me ajuda a dormir. E ele vai acender sua imaginação para a apresentação de amanhã — concluiu ele, balançando a cabeça em sinal de promessa.

— Ficarei feliz em dar uma olhada. Mas não acho que terei problemas em pegar no sono hoje.

— Ótimo. — Ele me entregou o livro.

Achei que não seria nada mal dar uma olhada no livro, talvez eu pudesse usá-lo no artigo. Não consegui pensar em mais nada para dizer. Meu desconforto deve ter sido visível, pois Mather falou:

— Desculpe qualquer inconveniência, sr. Reeves, vou empenhar-me para lhe oferecer todas as comodidades possíveis, a fim de que o senhor se sinta confortável e bem-vindo, o que, é claro... o senhor é. Muito bem-vindo.

— Ah, obrigado. Eu... estou bem, mesmo.

— Bem, gosto de me recolher cedo, portanto vejo o senhor pela manhã. Prometo compensá-lo por hoje oferecendo-lhe amanhã a história de sua vida. Não tenho dúvidas de que já lidou com muitos charlatões, sr. Reeves. Mas ficará feliz quando descobrir que sou bem diferente. O banheiro está à sua disposição, se quiser tomar um banho de banheira ou uma chuveirada. Deixe eu lhe mostrar o quarto, e então poderá usar as instalações.

— Ah, sim. É claro. — Eu o segui, enfiando *Her Story* debaixo do braço e pegando minha mochila ainda úmida no caminho. A hospitalidade de Mather era bem-vinda após a difícil viagem pelo lago, mas eu ainda sentia certo desconforto do qual não conseguia me livrar. De qualquer modo, não queria aborrecê-lo. Até então, eu não tinha motivos reais para me preocupar.

— Vou acender o fogo. Se a sua mochila ainda estiver molhada, vai secar mais rápido ao lado da lareira.

— Obrigado, está ótimo.

Mather me levou até o modesto banheiro. Pode ter sido de um tom champanhe um dia, talvez até bege — era difícil dizer: o tempo desbotara as cores. No entanto, era limpo, assim como o resto do lugar. Mather parecia ser um sujeito particularmente organizado.

O quarto de hóspedes era pequeno, mas aconchegante, e parecia ter sido limpo recentemente. A cama fora recém-arrumada, os lençóis dobrados nas pontas. Soltei minha mochila ao lado dela enquanto Mather acendia o fogo. Em poucos minutos, as chamas crepitavam.

Larguei o livro que ele me emprestara sobre a cama, fui até a pequena janela do quarto e olhei a escuridão do lado de fora. O vento e a chuva continuavam a castigar as árvores, mas os relâmpagos e trovões tinham cessado.

— Alguém morou aqui antes? — perguntei, enquanto Mather ajeitava os óculos.

— Ah — disse ele, juntando-se a mim na janela. — O antigo dono foi quem construiu a casa. Ele morou aqui por um tempo, mas no fim, já velho, resolveu ir viver com a filha. Vi o anúncio da casa num jornal. Parecia ser um lugar maravilhoso. Com certeza, vir morar aqui foi um grande passo rumo ao desconhecido, mas em compensação.. Tenho colhido os frutos desde então. — Ele sorriu.

— Há quanto tempo está aqui?

— Quase cinco anos, acho eu. Isso... — Ele pareceu se perder em devaneios por um ou dois segundos, como se alguma lembrança o tivesse pego de surpresa. — Com licença, preciso terminar de arrumar as louças. — Fungando, saiu em direção à cozinha.

Sentei na cama e olhei para minha mochila, de onde saíam nuvens de vapor. Pouco tempo depois, tive certeza de escutar Mather falando. Ele vivia sozinho havia tanto tempo que imaginei que falar consigo mesmo fosse um hábito.

Pouco depois, meu anfitrião retornou. Ele andou até a lareira, pegou minha mochila e a apalpou por fora.

— Humm. Acho melhor esvaziá-la e verificar cada coisa individualmente. A água entra em tudo que é canto. — Ele me olhou, tirou os óculos e limpou as lentes no pulôver. — O senhor me parece abatido, "lavado", se me perdoa a brincadeira. Espero que não tenha pegado um resfriado.

Eu me sentia bastante exausto. O naufrágio em pequena escala e o tempo desagradável tinham me abalado. Eu precisava descansar.

— Bom, vamos combinar uma coisa — disse Mather. — Vou deixá-lo agora para que possa usar o banheiro e se acomodar. Que tal tomarmos café juntos amanhã por volta das oito horas? Aí podemos começar com a história.

— Parece ótimo — concordei, entusiasmado. — Mal posso esperar para ver o mosquito.

— Ah... — Mather sorriu. — Tudo a seu tempo. Vou ler um pouco no quarto. Se precisar de mim, é só bater. — Ele se virou para sair.

— Certo. Muito obrigado. — Só então percebi todo o absurdo da situação. Ali estava eu, dormindo num quarto estranho, numa casa estranha, com um sujeito bastante estranho, no intuito de conhecer uma criatura estranha (se é que verdadeira). Havia também o fato de que eu quase me afogara. De repente, tive a bizarra sensação de estar no sonho de outra pessoa. Decidi então que dormir seria uma boa ideia. Era melhor usar logo o banheiro e ir me deitar.

Um trovão soou de novo lá fora. A tempestade ainda não daria trégua à ilha. Olhei para meu relógio. A água entrara no mostrador, aumentando e distorcendo os números. Passava um pouco das nove da noite. Peguei a mochila que deixara secando ao lado do fogo e saí do quarto.

Pude escutar a chuva caindo com vigor enquanto andava em direção ao banheiro. Senti um cheiro forte de desinfetante ou alvejante que não tinha percebido antes. Presa numa haste frágil, a cortina do chuveiro que envolvia a circunferência da banheira parecia nova, praticamente sem uso. Lavei-me, apreciando a sensação da água morna em meu rosto.

Minutos depois, de volta ao quarto e já despido, ponderei um pouco mais sobre minha situação. Afora o barco de Mather, não conhecia outra forma de sair da ilha. Olhei para minha mochila, agora a uma distância segura do fogo. Pegando-a, tirei o celular de dentro e apertei o botão de ligar. Nada aconteceu.

Ao tirar a capa da bateria, resmunguei ao ver água caindo sobre meu joelho. Coloquei o telefone no chão, próximo à grade da lareira, para que ele pudesse secar lentamente. Por ora, não seria possível contatar ninguém. Não que, àquela altura, eu achasse que fosse precisar pedir ajuda. Apenas me sentia um tanto vulnerável sem nenhuma conexão vital com a civilização. Graças a Deus o gravador estava seco, assim como a câmera Nikon. O estojo da máquina estava um pouco úmido por fora, mas fiquei feliz em ver que o interior não estava molhado.

Coloquei a Nikon no chão, ao lado da cama, e me virei para observar as labaredas dançantes. Eu quase nunca tinha a oportunidade de apreciar um fogo assim, embora tivesse a sensação de que logo seria arrebatado pelo sono.

Antes de ceder à exaustão, entrei debaixo dos lençóis limpos e comecei a ler *Her Story*.

Era uma vez, no distante e misterioso passado do velho Vietnã [li], um fazendeiro jovem e trabalhador chamado Ngoc Tam. Ele era um homem honesto e generoso, que se casara com uma bela moça de um vilarejo vizinho. Nhan Diep era uma garota esguia, cheia de vida e bem-humorada, mas, por possuir um espírito inquieto, ela logo se viu cansada e desiludida com o dia a dia da fazenda, e passou a desejar uma vida de luxos.

Certo dia, ela de repente começou a se sentir muito mal e caiu num torpor profundo e debilitante. Tam encontrou-a caída no chão e a carregou de volta para casa. Mas, apesar de seus esforços para reanimá-la, Diep morreu nos braços do enlouquecido marido. Tam ficou inconsolável e chorou por vários dias. Ele se afastou dos amigos e da família e se recusou a deixar levarem o corpo da mulher ou a permitir que ela fosse enterrada.

Tam não sabia como conseguiria viver sem sua preciosa Diep. Em desespero, vendeu todos os seus bens e comprou uma jangada e um belo caixão, onde colocou o corpo de sua mulher. Levando a jangada até um rio das proximidades, içou as velas e partiu, na esperança de encontrar um meio de curar seu coração partido. No 22º dia de viagem, a ajuda veio a seu encontro.

Naquela manhã, ao acordar de um sono conturbado, viu que a jangada havia parado ao sopé de uma montanha. Deixando a jangada e o caixão para trás, logo se viu subindo uma encosta, atravessando um tapete de milhares de flores raras. Ele parou numa pequena clareira e, então, ao retomar a subida, notou um velho na trilha à sua frente, apoiado num curioso cajado de bambu. O homem tinha cabelos brancos e compridos, que balançavam suavemente na leve brisa, e uma pele queimada e enrugada. Tam sentiu que, de alguma forma, o estranho já o conhecia.

De repente, ficou claro para Tam que o velho era, na verdade, Tien Thai, o gênio da medicina. Tam caiu de joelhos, as mãos juntas em súplica, e implorou ao gênio que devolvesse a vida à sua amada.

— Ngoc Tam, eu conheço você e suas virtudes — disse o velho. — Mas o controle que sua mulher exerce sobre você ainda é forte. E não irá enfraquecer. Você precisa evoluir, aprender a não sofrer pelo seu amor por ela.

— Mas não posso viver sem ela. Eu lhe imploro, se estiver em seu alcance, devolva minha Diep à vida.

O gênio replicou:

— Não posso recusar esse pedido, pois seu amor e luto são sinceros, mas já vi grandes homens confiarem seus corações aos caprichos de mulheres egoístas e volúveis. Já vi mulheres de grande sabedoria ficarem à mercê de homens malignos e sem coração. De uma forma que fico feliz em não compreender... fazer isso deve ser terrível.

Ngoc Tam replicou em tom de desafio:

—Você não faz ideia da criatura maravilhosa que minha mulher é. Nunca amei nada na vida tanto quanto a amo. Preciso tê-la de volta, ou a vida não fará mais sentido.

O velho gênio suspirou:

— Está bem, então — concordou ele. — Faça o seguinte: fure seu dedo com o espinho de um daqueles arbustos e deixe três gotas pingarem sobre o corpo de sua mulher. Faça isso, e ela voltará para você.

Tam ficou de pé num pulo, correu até um arbusto grande e arrancou um espinho de aparência perigosa. Agradeceu profusamente ao gênio e voltou correndo pela trilha.

Quase caiu na água em seu desespero de subir na jangada. Conseguiu subir, levantou a tampa do caixão e espetou o indicador esquerdo com o espinho. Três gotas de sangue caíram sobre a palma de Nhan Diep.

Diep abriu os olhos como se acordasse de um sono profundo. Sua pele pálida e enrugada recobrou o viço e a vitalidade. Ela arfou e se sentou, olhando em volta. Tam pegou-a nos braços e abraçou-a apaixonadamente.

O gênio seguira Tam, e agora se aproximava devagarinho dos dois. Seus olhos cruzaram com os de Diep.

— Não se esqueça de suas obrigações, Nhan Diep — o gênio disse a ela. — Lembre-se da devoção de seu marido. Retribua o amor dele, e trabalhe duro. — Ele virou as costas para o casal enamorado, dizendo apenas: — Agora, vão. Que os dois sejam felizes!

A história era emocionante, e fiquei tentado a continuar lendo, curioso para descobrir o que tinha a ver com o mosquito, mas meus olhos estavam pesados como chumbo, e eu não tinha mais forças para mantê-los abertos. Coloquei o livro na mesinha de cabeceira, perguntando-me se minha avó já tinha me contado aquela história quando eu era pequeno. Algumas das minhas primeiras lembranças são dela lendo para mim até tarde da noite; seu entusiasmo pelo folclore de seu povo e o talento para imitar vozes nunca deixando de me deliciar. "*Mais uma, vovó! Mais uma!*", eu insistia, e quase sempre ela contava outra, e mais outra, até eu pegar no sono, sentindo-me feliz e amado.

Com o abajur apagado, o quarto caiu na escuridão. Conforme meus olhos se ajustavam, pouco a pouco, fui distinguindo as várias formas da mobília. Senti saudade de casa, do conforto e da familiaridade de meu próprio quarto. Na penumbra, a solitária estante de livros em frente à cama parecia um monólito preto e anguloso. Ao olhar para o teto, lembrei do quão imprecisas pareciam as dimensões da casa vista de fora. Havia um espaço triangular entre o topo da estante e o teto, o que significava que um ou outro estava desnivelado. Depois de olhar por alguns segundos, comecei a me sentir enjoado, então virei de lado e decidi olhar para a janela.

Ao fechar os olhos, pensei em Mather, o qual me dera a impressão de ser um sujeito bastante amigável. Mas havia uma aura de mistério em torno dele, como se ele estivesse escondendo alguma coisa. Tinha a sensação de que sua história, quer fosse genuína ou não, iria valer a pena, nem que fosse para descobrir mais a respeito dele. Meus pensamentos continuaram focados em meu anfitrião, na casa e na promessa contida na carta, até que em algum momento minha mente vagueou e o sono me arrebatou.

Quando abri os olhos novamente, eles estavam marejados de lágrimas. Eu já não estava na cama, e sim de pé numa jangada, descendo um rio largo com apenas um caixão grande como companhia. De repente, a jangada parou no pé de uma montanha enorme, coberta de flores, que exalava um perfume encantador. Como se meu corpo agisse por conta própria, saltei da jangada e logo me vi caminhando sob árvores coloridas, carregadas de frutos. Continuei a subir, até parar numa pequena clareira para recuperar o fôlego. Foi quando notei um velho na trilha à minha frente, apoiado sobre um curioso cajado de bambu. Seus cabelos, brancos e compridos, balançavam suavemente na leve brisa; a pele era escura, curtida e enrugada, mas os olhos grandes eram joviais, com um brilho maroto. Ele usava uma capa grande e branca, de um material fino e quase transparente que tremulava em torno do corpo, e uma túnica de um azul forte que faiscava sob o sol.

O velho se apresentou como Tien Thai, o gênio da medicina, e parecia saber quem eu era.

— Ngoc Tam, eu o conheço e as suas virtudes — disse ele. — Você é um homem bom e amoroso.

Disse a ele que tudo o que me importava era minha amada.

— O controle que sua mulher exerce sobre você ainda é forte, Ngoc Tam — continuou o velho —, mas você precisa permitir que o ferimento de sua perda cicatrize. Aceite que o amor lhe foi negado, então poderá viver plenamente.

— Não — insisti. — Não vou deixá-la assim. Não posso continuar sem o amor da minha vida. É melhor morrer também!

—Você precisa aceitar...

— Não — gritei em tom de desafio. — Não posso! — Meus punhos estavam cerrados. Um tormento feroz fazia meu corpo tremer, contraindo meus músculos.

O velho lançou-me um olhar duro e demorado, em seguida pareceu assumir uma expressão decepcionada de resignação.

— Está bem, então — concordou ele. — Se essa é a sua escolha. Faça o seguinte: fure seu dedo com o espinho de um daqueles arbustos e deixe três gotas pingarem sobre o corpo de sua falecida mulher. Faça isso e ela voltará para você.

Andei até um arbusto grande de rosas. Arranquei um espinho de aparência particularmente perigosa, e voltei correndo pela trilha.

Ao subir na jangada, levantei a tampa do caixão e vi o corpo murcho e deplorável daquela que devia ter sido uma bela mulher. Espetei o indicador esquerdo com o espinho e espremi três gotas de sangue, de modo a caírem sobre a palma dela.

Quando ela abriu os olhos, eu acordei.

# III: EXPLORAÇÃO

Permaneci deitado por algum tempo, pensando no sonho. Tinha sido tão real, tão diferente de qualquer outro que eu já tivera. Todos os sonhos são loucos e únicos de algum jeito, mas o daquela noite fora algo mais.

Logo me entediei de ficar olhando a luz do dia inundar o quarto. Levantei da cama, lavei o rosto rapidamente e me vesti. Como a casa estava quieta e Mather permanecia em seu quarto, decidi tomar um pouco de ar fresco, para limpar a mente das poderosas e bizarras imagens deixadas pelo sonho. Embora estivesse ansioso para registrar a história de Mather, ele dissera que o café da manhã seria às oito, e eu não queria parecer rude ou então ingrato perturbando-o cedo demais. Meu relógio me dizia que eram apenas 7h10.

Eu me esforcei para não fazer barulho ao destrancar o grande ferrolho no alto da porta da frente. Ao abri-la, deparei-me com um vasto manto de névoa cobrindo o chão do lado de fora, o que dava à pequena clareira um ar estranho e etéreo.

Afastei-me da casa, abrindo caminho através da neblina. Fiquei espantado com sua espessura. Ela se abria e fechava a cada passo da trilha que atravessava as árvores até a praia. Próximo da água, a névoa ficava mais fina, embora envolvesse a superfície a perder de vista. Olhei para o lago e tentei visualizar a cidade e o píer, mas a neblina encobria tudo. Eu não conseguia ver nada além de pedras, árvores e água.

Ao levantar os olhos para o céu, caí numa espécie de estupor, hipnotizado pelo movimento das nuvens. Com um pouco de esforço, consegui desviar minha atenção e procurei pelos restos do barco que eu destruíra na véspera. Não havia nada, nem mesmo um único pedaço de madeira flutuando na neblina ou encalhado na areia. Imaginei onde estaria o barco de Mather. Ele devia estar guardado em algum lugar, talvez numa casa de barcos, onde ficaria a salvo das tempestades, sem chance de ser levado pelas ondas. Como ainda faltava algum tempo para a hora do café, resolvi dar outra olhada em torno.

Tomei o caminho de volta para a casa, passei por ela e segui para a esquerda, onde encontrei uma trilha acidentada que seguia em direção às árvores. Senti o ar ficando mais quente e notei que a névoa em torno de meus tornozelos estava mais fina. Tive a sensação de que o dia seria mais claro e calmo do que o anterior, e desejei ter retardado minha viagem em um dia. Talvez então eu tivesse um barco para devolver ao capitão do porto.

Embora a trilha não estivesse obstruída, precisei forçar meu caminho por entre galhos e arbustos para seguir adiante. Havia uma maravilhosa fragrância de flores no ar, e o silêncio que reinava por toda a região era reconfortante.

A trilha ziguezagueava entre as árvores até se abrir em outra clareira, um pouco menor. À minha esquerda, havia um grande amontoado de rochas, além do qual era possível ter uma visão panorâmica do lago. Segui adiante e notei um caminho de terra descendo até uma pequena praia arenosa. Quase escondido entre os galhos protuberantes das árvores acima, havia um barracão. Ele era verde, mas a pintura estava desbotada e falhada pelos anos sob o sol. Aproximei-me para inspecionar mais de perto.

O barracão fora construído, aparentemente sem muito cuidado, com tábuas de madeira verticais. A porta estava trancada com um cadeado, mas consegui dar uma olhada no interior através de uma fresta entre duas tábuas. Raios de luz invadiam o ambiente, revelando um grande plástico azul que cobria o que eu presumi ser um barco. Por impulso, tentei arrancar o cadeado, mas ele não se mexeu. Ao contrário do barracão, ele tinha sido projetado para aguentar os rigores da natureza.

Deixando o barracão de lado, comecei a caminhar pela pequena praia. De repente, escutei uma porta batendo em algum lugar ao longe. Mather devia ter percebido que eu não estava em casa e saíra para me procurar.

Tomei o caminho de volta para a casa, pensando, enquanto seguia, que viver na ilha talvez não fosse tão ruim, afinal. O lago devia ser lindo no verão. Eu andava rapidamente, aproveitando o calor do sol matutino em meu rosto. Já de volta à clareira, vi de relance Mather desaparecendo entre as árvores, em direção à outra praia. Decidi segui-lo, e o encontrei em estado de perplexidade, andando de um lado para outro na areia, apertando os olhos para perscrutar o horizonte. Parei por um instante e o observei dar alguns passos lago adentro, encharcando os sapatos e as meias.

— Sr. Mather — chamei, sentindo que era hora de acabar com a agitação do homem.

Ele se virou e, embora tenha ficado surpreso com o som de minha voz, seu alívio foi imediato. Um sorriso iluminou-lhe o rosto, e ele veio em minha direção, aparentemente alheio à água que respingava em suas calças.

— Graças a Deus — disse ele, os olhos esbugalhados, o que deixava sua expressão ainda mais esquisita. — Por um instante, eu... pensei que tivesse perdido o senhor.

— Não, não. Levantei cedo e não consegui mais dormir. Então decidi dar uma caminhada.

Mather parou por um momento, como se examinasse meu rosto em busca do indício de alguma coisa.

— Sinto não haver muita coisa para ver por aqui. — Ele baixou os olhos para as pernas, percebendo pela primeira vez que seus tornozelos estavam submersos. — Ó céus, ó céus! Olhe só para mim — disse, pulando de modo engraçado até chegar à areia.

— Sinto muito se o deixei preocupado.

— Não tem problema. Até... até onde o senhor foi?

Começamos a subir de volta à duna, em direção às árvores, Mather sacudindo em vão as calças encharcadas.

— Só até a praia do outro lado da ilha. A que tem um barracão.

— Ah, a casa de barcos. — Sua voz denotava certo nervosismo, o que me deixou confuso. Eu não tentara sair da ilha. Talvez ele só estivesse preocupado com a minha segurança, mas ainda parecia um pouco ansioso demais com relação a meu paradeiro. — Eu a mantenho trancada — informou, sem rodeios.

— O senhor não tem medo de que o barco seja roubado, tem? Tive a impressão de que não recebe muitos visitantes.

— Não, não recebo. É só que... — Ele sorriu, um pouco constrangido. — Tenho tendência a ser obsessivo demais com segurança. Sei que é bobagem, estando tão isolado, mas, bem, não posso evitar. Se o barco desaparecer, eu...

— Não se preocupe, eu entendo. E não precisa ter medo de que eu vá fugir com ele.

— Não, é claro que não. Não foi o que eu quis dizer... acho que fico ansioso com muita facilidade. — Ele riu. — Por favor, esqueça... não pense mais nisso.

Mather abriu a porta da frente e entramos de novo na casa.

— Por que não se senta enquanto eu preparo o café? — perguntou ele, saindo da sala.

— Tudo bem — respondi, esperando que pudéssemos abordar logo o tema da minha visita. — Obrigado. Espero que possamos falar da história daqui a pouco. Eu tenho de voltar para o escritório o mais rápido possível.

— Entendo perfeitamente. — A resposta veio da cozinha. — E peço desculpas por prendê-lo aqui. Tempo maldito! Mas posso assegurá-lo de que vai ter valido a pena esperar pela história. A Dama vai tirar seu fôlego. — Supus que por "Dama" ele estivesse se referindo ao mosquito, embora parecesse uma estranha escolha de palavras.

— Ótimo — repliquei, embora Mather talvez estivesse fora do alcance da minha voz. Senti-me um pouco desconfortável por ficar ali sozinho, sem saber o que fazer. Incapaz de relaxar, saí da sala e atravessei o corredor até a cozinha.

Ela também ficava na parte da frente da casa, com a janela virada para a clareira. Não era tão grande quanto eu esperava, mas, como Mather vivia sozinho, achei o tamanho mais do que adequado. Havia, como eu imaginara, um fogão a gás, mas também vários outros aparelhos elétricos — geladeira, chaleira e torradeira. Mather estava de costas para mim, absorvido em pensamentos.

— Onde fica o gerador? — perguntei, surpreendendo-o pela segunda vez naquela manhã.

Ele coçou a testa e apontou com a cabeça para os fundos da casa.

— O antigo dono mandou instalar dentro de um quartinho à prova de som atrás da casa. É um modelo bem pequeno movido a gasolina. Graças a Deus, não preciso entrar lá com muita frequência para colocar combustível. Uso pouca eletricidade, mas peço a Deus que não permita que ele quebre.

— É, deve ser um pensamento assustador. Então, há outros prédios na ilha? — indaguei, enquanto ele enchia a chaleira de água.

Mather a colocou sobre o suporte de plástico e apertou o botão; em seguida, virou-se para mim com uma expressão que indicava não apreciar muito minha curiosidade.

— Desculpe se estou sendo intrometido. Faz parte do meu trabalho, sinto muito.

Mather riu ao ouvir isso.

— Não tem problema. Eu devia estar preparado. — Ele abriu a cesta e tirou um pacote de pão de forma fatiado. — Não, este é o único prédio da ilha. — Perguntei-me com que frequência Mather ia até o continente para comprar mantimentos. As viagens deviam ser frequentes, se ele preferia pães e alimentos frescos a enlatados. Ou isso, ou alguém entregava as compras. Mather pegou quatro fatias finas e as colocou na torradeira. — O senhor vai adorar a Dama. Mal posso esperar para mostrá-la.

— É, estou ansioso por isso. — Não tinha certeza se eu estava falando sério ou não. Ainda não sabia se Mather estava dizendo a verdade ou se sua história sobre o mosquito ser o único de sua espécie era um amontoado de mentiras. Ele se virou de costas para a torradeira e pegou alguns pratos num armário acima da pia.

— Então, sr. Reeves... o que acha dos mosquitos?

— Como?

— O que sabe sobre eles?

— Ah, não muito, na verdade. Só que nunca me deixam em paz quando estou de férias. Arranquei um enorme da minha perna, ano passado, na Jamaica. E pisei nele. Não gosto de matar nada, mas ele teria tentado me picar de novo, não teria?

— Ela — corrigiu Mather.

— Como?

— Ela. — Ele deixou a palavra no ar enquanto eu permanecia na porta, ligeiramente intrigado. Mather colocou dois saquinhos de chá num bule marrom desbotado e disse: — *Ela* teria tentado de novo, não *ele*. Apenas as fêmeas picam as pessoas.

— Ah, entendi. — Observei Mather pegar a chaleira e despejar a água fervendo no bule. — Então os machos não importunam ninguém?

— Bom — começou ele, colocando a chaleira de volta no suporte. Sua expressão era séria, mas percebi que estava gostando da lição informal. — Há casos de machos picando pessoas, mas é muito raro. Provavelmente eles só estão... confusos.

— Confusos? Como assim? Eles acham que são fêmeas?

Mather olhou-me de forma estranha, obviamente não apreciando meu senso de humor.

— Não é bem assim. Eles apenas cometem um engano, só isso. Acontece. — Ele parecia um pouco frustrado com o rumo que a conversa estava tomando. — Os machos se alimentam de plantas. As fêmeas também, mas elas precisam ingerir sangue porque a proteína contida nele facilita a produção de ovos.

— Entendo. Então é só por causa da reprodução, e não para se alimentar?

— Isso mesmo. O sangue é apenas para ajudar na reprodução.

— Então eu esmaguei uma dama. Que grosseria da minha parte!

— É mesmo. — Mather arrumou os pires e xícaras sobre uma bandeja grande. — Se importa em me dar uma mãozinha?

— Claro que não.

Ele acrescentou um prato grande de torradas, um pouco de manteiga e geleia, e dois guardanapos.

— Eu levo o resto.

— Certo. — Virei-me e saí da cozinha, levando a bandeja para a sala, onde a coloquei sobre uma pequena mesa ao lado da poltrona. Mather apareceu pouco depois com o chá. Só então percebi o quanto estava faminto. Sentando-me numa das poltronas, comecei a satisfazer meu estômago.

Os passarinhos ainda cantavam nas árvores enquanto eu comia a torrada, parando de mastigar apenas para ajudá-la a descer com alguns goles de chá. Mais uma vez, me sentia tomado pela sensação de que talvez a viagem tivesse sido em vão. Eu queria resolver logo o negócio na ilha e voltar para Londres. Afinal de contas, tinha um trabalho com o qual me preocupar. Ainda assim, decidi esperar um pouco mais antes de dizer qualquer coisa que pudesse soar como grosseria. Recostei-me na cadeira com o chá, e esperei que ele retomasse o assunto. Mather apresentava aquela expressão vaga tão comum entre os palestrantes na universidade. Acho que ele também acreditava ser necessário pensar e repensar um discurso antes de apresentá-lo em vez de fazer isso de forma mais espontânea. Só depois de terminar a primeira fatia de torrada, Mather continuou.

—Veja só, sr. Reeves, o mosquito macho não é de grande interesse para os entomologistas — começou ele, limpando os dentes com a língua. — Ele é pouco mais que um zangão. Uma vez realizada a fertilização, ele sai de cena. Pode fazer o que bem entender até o final de sua vida. É a fêmea que realmente nos interessa.

— Entendo.

— É *ela* quem nos penetra... quem nos viola, se assim preferir. — Ele riu.

— Certo. Então me fale um pouco sobre a malária — pedi, tentando chegar ao ponto principal da minha visita.

— Malária? — Ele tomou um gole de chá e me observou com curiosidade.

— É. Como o mosquito a transmite? Onde ele a contrai, em primeiro lugar?

Mather desviou os olhos para a janela à minha esquerda. Quebrou um pedaço de sua segunda fatia de torrada e o colocou na boca. Estava obviamente saboreando a oportunidade de ensinar a alguém seu tema predileto.

— Um monte de gente presume de forma errada — disse ele, ainda mastigando — que, de alguma forma, o mosquito introduziu a malária no mundo e a espalhou de pessoa para pessoa, como uma agulha venenosa com asas.

Um avião passou acima de nós, interrompendo temporariamente a narrativa de meu anfitrião. Talvez o isolamento da ilha já estivesse me afetando, uma vez que o barulho do avião me pareceu uma reconfortante conexão com o mundo lá fora. Mather esperou até o barulho desaparecer por completo.

— Entenda, o mosquito é um transmissor de doenças. Ele não a cria, apenas a transmite. Após ingerir o sangue de uma pessoa infectada, ele vai embora e, sem saber, incuba o parasita da malária até se alimentar de outro ser humano, quando então o passa para a corrente sanguínea da vítima, onde ele se multiplica e ataca. Os mosquitos não nascem com a malária; eles precisam se alimentar de alguém infectado por ela. O mesmo ocorre com a febre amarela, a dengue e a febre do Nilo Ocidental. O mosquito é um exímio transmissor de doenças, embora não tenha a menor ideia do que esteja acontecendo.

— Então temos sorte de ainda estarmos aqui — observei.

— Humm. — Mather considerou isso por um momento. — Bem, é possível. O senhor precisa ter em mente que há muitos fatores que afetam determinada espécie ou doença. Se houvesse, digamos, mil vezes mais mosquitos no mundo do que existem hoje, eles talvez passassem tempo demais atacando uns aos outros pelo território para se preocupar com a gente. Se não se destruíssem, poderiam acabar eliminando as doenças que carregam por disseminá-las demais, o que as enfraqueceria. Talvez quanto mais uma doença seja transmitida, menos potente ela fique, e mais resistentes nós nos tornemos. No entanto... — Ele riu. — É tudo conjectura, infelizmente. Não sou especialista em doenças tropicais, estou apenas teorizando. Ainda assim, tudo na natureza se exaure. Nada é infinito, se olhar longe o suficiente ao longo da linha do tempo. Se uma doença for transmitida numa escala maior, há uma chance de que a raça humana se torne mais resistente a ela, e de que os sintomas, com o tempo, se tornem menos graves. Mas não estamos falando de um resfriado comum. A malária é bastante perigosa, e é improvável que algum dia nos tornemos resistentes a ela. — Mather parou, ponderando o que tinha dito. — Ainda assim, é um assunto bastante interessante. Tenho certeza de que alguém já escreveu um livro sobre isso.

Embora não fosse nem de perto tão interessante quanto a história que eu tinha vindo escutar, talvez pudesse usar parte do que Mather dissera como base para um artigo, aliado a informações que eu pudesse colher na Internet. Derek me dissera para voltar com alguma coisa. Talvez uma história sobre mosquitos e teorias pudesse ser um substituto bom o suficiente. Algo racional e instigante talvez fizesse bem à revista, para variar.

— Com licença — pediu Mather, depositando a xícara sobre a bandeja e pondo-se de pé. — Só vou levar um segundo. Já terminou? — Apontou para meu chá.

Bebi o restinho e entreguei-lhe a xícara.

— Obrigado. Não sou um grande bebedor de chá, mas este estava muito bom.

— O prazer é todo meu. — Ele pegou a bandeja e saiu da sala. Escutei-o colocá-la na cozinha e abrir a torneira. Alguns minutos depois, ouvi o som de passos no corredor e o que achei ser a porta do banheiro sendo fechada.

Enquanto Mather não voltava, dei outra olhada na sala. Iluminada agora pela luz do dia, ela parecia maior. Fui até a pilha de livros, arrumados nas prateleiras em frente à janela. Alguns eram bastante antigos; muitos, encadernados com um material grosso, com letras e desenhos em relevo nas capas. Alguns volumes pareciam estar se desfazendo: folhas soltas destacavam-se do miolo. Peguei uma dessas edições para olhar de perto, tomando cuidado para não danificá-la ainda mais, e percebi que ela não estava se desfazendo coisa nenhuma. As folhas que se destacavam em vários lugares eram na verdade de outros livros. Pelo visto, Mather as usava como marcadores. Por que ele faria algo assim era um mistério, a menos que as folhas tivessem sido arrancadas de um livro que, caso contrário, teria sido jogado fora. Dado o número de livros que ele possuía, era difícil acreditar que Mather pudesse ser tão destrutivo.

O exemplar em minhas mãos era um livro didático sobre anatomia intitulado *Body Ratio*, do reverendo C. N. Tantica. Havia inúmeras páginas de outro livro, que devia ser um pouco menor, a julgar pela diferença de tamanho entre as folhas, inseridas em intervalos regulares. Abri o livro numa das páginas marcadas e encontrei o desenho de um fígado humano. Ao checar algumas das outras marcações, encontrei outros diagramas de vários órgãos. Sem dúvida, Mather estudara o livro minuciosamente, talvez durante seus dias como estudante de medicina. Ele parecia bem cuidado, quase sem poeira, ao contrário de vários dos outros títulos.

Deixando a estante de lado, notei outra das silhuetas de Mather pendurada à esquerda da janela. Não sei por que não a tinha notado antes, visto que era impressionante. Ela devia ter ficado escondida na penumbra na noite anterior, mas agora, em plena claridade, era difícil não percebê-la. A julgar pelo longo tubo de alimentação que se estendia da cabeça, era um mosquito, só que do tamanho de um pássaro pequeno. Escritas logo abaixo da primorosa imagem, numa caligrafia clara e elegante, estavam as palavras:

*O Vermelho do Ganges*
*(tamanho real)*

— Grande, não é? — Mather perguntou da porta
Dei um pulo, assustado.

— É, com certeza. — Era difícil desviar minha atenção da figura.
— Mas esse não é o tamanho verdadeiro, é?

— É sim. E, se me seguir, posso provar. — Ele se virou e saiu pelo corredor. Com certa apreensão, mas também na esperança de finalmente ver algo interessante, eu o segui.

O quarto de Mather era maior do que eu esperava, com lambris que se estendiam do teto até o chão, tudo belamente lixado e pintado. Até mesmo o chão era de madeira corrida, pintada para combinar com as paredes. Outras daquelas elaboradas e delicadas silhuetas de insetos tinham sido cuidadosamente penduradas sobre os lambris. Havia mais dois mosquitos, uma borboleta, uma vespa e o que me pareceu um louva-a-deus, além de outro que não reconheci. Do lado direito da pequena cama, sob a única janela do quarto, ficava uma charmosa escrivaninha antiga. De modo geral, o quarto de Mather era organizado, decorado de maneira bem detalhista.

Ele andou até a parede da direita e colocou a mão sobre um painel longo e fino que dividia a madeira em dois. O painel deslizou para a esquerda, revelando um grande compartimento escondido na parede. O espaço era ocupado por um simples tanque de vidro. A tampa era de metal, talvez latão, ornada com moldes delicados em espiral, assim como as tiras que corriam pelas quinas — colocadas, talvez, para um reforço extra. O vidro estava amarelado; imaginei, portanto, que o tanque já era usado havia algum tempo. Dei-me conta de que até aquele momento eu presumira que o inseto estava morto. Mas, pelo visto, não era esse o caso, e o fato de Mather manter a criatura em seu quarto me deixou um tanto perturbado.

— Não tenha medo — disse ele, batendo delicadamente no vidro da frente. — Ela dorme durante o dia, portanto, às vezes, é preciso encorajá-la um pouco. — Ele esperou por uns dois segundos, mas nada aconteceu.

Estudei as folhas, a grama e os galhos que preenchiam quase um terço do tanque, esperando notar algum movimento. Sem se perturbar pela não aparição de seu espécime, Mather tamborilou os dedos de leve no vidro e deu um passo para trás, com uma expressão de satisfação estampada no rosto. Escutei então um zumbido vindo da prisão de vidro. Eu ainda estava preparado para a decepção. No entanto, para minha surpresa e horror, um mosquito muito maior do que deveria ser saiu de debaixo da tampa, onde estivera se escondendo, e, virando-se em pleno ar, pairou diante de nós.

# IV: APRESENTAÇÃO

lgo extraordinário aconteceu durante minha apresentação ao
Vermelho do Ganges. Fui tomado por uma rápida, porém atroz
dor de cabeça, diferente de qualquer uma que já havia sentido.
Foi como se, por um momento, um grito inaudível ecoasse
em minha mente, esforçando-se por se fazer ouvir, mas só
conseguindo gerar dor. Esfreguei as têmporas enquanto ela
diminuía, e me concentrei no tanque. O Vermelho do
Ganges era fantástico, e se eu não tivesse visto com meus próprios olhos,
dificilmente acreditaria no tamanho da criatura.

Ela parou de planar e se agarrou ao vidro, talvez para nos ver
melhor. O corpo gigantesco era de um vermelho profundo e brilhante, uma cor que parecia indicar perigo. A barriga possuía várias listras
pretas, largas e falhadas. Até mesmo o longo tubo de alimentação em
forma de agulha era vermelho, fazendo-me imaginar que ela devia ser
uma visão e tanto depois de comer.

— Um belo espécime escarlate, não? — De braços cruzados,
Mather me observava, analisando minha reação. Na verdade eu devia

estar chocado, talvez até com medo, mas não conseguia deixar de admirar a beleza singular da criatura.

— Ela é incrível. Não achava possível que um mosquito pudesse ser tão grande. — Ela poderia envolver uma bola de tênis e cruzar as pernas. Só a envergadura das asas devia ter mais de vinte centímetros. Voltei minha atenção para a tampa do tanque, com uma súbita sensação de pânico.

— Acho que nunca vou me cansar de olhar para ela — disse Mather, claramente embevecido.

Escutei um arranhar na janela. Ao me virar, encontrei um gato de aparência suja e desgrenhada. O pelo parecia úmido e emaranhado em vários lugares, e ele não tinha metade da orelha direita. Estava prestes a mencionar o visitante para Mather, quando este falou:

— Esse aí — disse, não parecendo nada impressionado pela visão do animal — é o sr. Hopkins. A maldição deplorável de minha existência.

— Ele não é seu?

— Claro que não — replicou Mather, como se isso fosse um insulto. — Eu nunca me associaria a um animal tão desagradável. — Ele se aproximou da janela. Por um minuto, pensei que fosse gritar ou bater no vidro, mas apenas ficou lá, olhando para a pobre criatura. — Ele deve ter vindo para cá escondido no meu barco.

O sr. Hopkins continuou no peitoril da janela, com uma expressão de tristeza que combinava com sua aparência. Parecia tão impressionado com Mather quanto meu anfitrião estava com ele.

— Por que o chama de sr. Hopkins?

Mather desviou a atenção do imundo felino e respondeu:

— Porque ele me lembra um vizinho que tive há muitos anos. Homem horrível. Não parava de meter o nariz nos meus negócios. *Ele* também era um sujeitinho deplorável.

Achei que o animal tinha certo charme, mas, sendo um amante de gatos, minha opinião era tendenciosa. O sr. Hopkins bateu novamente com a pata no vidro e pareceu olhar diretamente para mim.

— Animal maldito — explodiu meu anfitrião, talvez com receio de que o gato estivesse tentando roubar o show. Bateu no vidro três vezes. O gato apenas piscou e continuou a olhar para mim.

Encolhi-me ao sentir novamente uma dor aguda atravessar meu cérebro. Olhando de volta para o mosquito, percebi que sua cabeça estava virada na direção da janela. Um pensamento estranho me ocorreu, algo que agora acho muito difícil de colocar em palavras. Sabia que a situação bizarra talvez estivesse afetando meu julgamento, mas mesmo isso não parecia uma explicação boa o suficiente para o que eu estava sentindo. Era como se eu estivesse metido no meio de uma conversa que era incapaz de compreender.

A fim de espairecer um pouco, pedi licença e fui até meu quarto para pegar o gravador. Na verdade, estava me sentindo um pouco mais otimista em relação à viagem. O inseto era formidável. Mal podia esperar para tirar algumas fotos, já imaginando uma delas estampada na capa da revista. Ao voltar para o quarto de Mather, sentei à escrivaninha e comecei a escrever.

— Se importa? — perguntei, apontando para o gravador.

— Ah, não, de jeito nenhum — respondeu ele, ainda ao lado da janela, onde podia ficar de olho no gato.

— Então, onde a encontrou?

— Humm? Ah, tenho muitos conhecidos... colegas colecionadores, como o senhor diria... em vários países. Recebi uma carta há alguns anos de um velho amigo do Zaire, dizendo que as aparições do Vermelho do Ganges estavam ficando mais frequentes. Histórias sobre ela circulavam nos arredores de seu campo de pesquisa havia décadas, mas, por estar ocupado com vários projetos, ele não encontrava tempo para averiguá-las. Meu amigo era cético a respeito da existência de uma criatura que conseguira fugir da captura por tanto tempo. Preciso admitir: por muitos anos eu também tive dúvidas. Ainda assim, pressionei-o para pelo menos conversar com alguns dos nativos que diziam tê-la visto. Ele concordou e, nas semanas seguintes, sempre que podia, fazia perguntas e entrevistava certos indivíduos. Ele me escreveu de volta algum tempo depois, relatando em detalhes vários testemunhos que apontavam para a mesma conclusão. O Vermelho do Ganges, ou algo que correspondia à sua descrição, estava vivo e bem.

— Mas ela não é a única, é? Quero dizer, se essas aparições são verdadeiras, então são de vários insetos, certo?

— A princípio, eu não tinha certeza, mas, para minha surpresa, comecei a acreditar no mito que a envolvia. E não houve mais aparições desde que ela está comigo.

Mather fez uma pequena pausa, durante a qual pude escutar o som arranhado do gravador. Ele ficou de costas para a janela e recostou-se no parapeito.

— Eu queria muito ter viajado para a África, mas estava acostumado demais com a minha vida aqui. Sempre fico ansioso quando penso em sair da ilha. Em vez disso, implorei a meu amigo que encontrasse a Dama sozinho, custasse o que custasse. Disse a ele que cobriria todas as despesas necessárias. A essa altura, ele começara a partilhar meu entusiasmo, e já dera início aos preparativos. Uma semana depois, seu assistente encontrou uma pequena caverna próxima a um rio. — Mather apontou com a cabeça em direção ao tanque. — Ela estava lá dentro, junto com milhares de mosquitos menores, provavelmente da família do *Aedes aegypti*. Infelizmente, o assistente e os guias morreram ao tentar capturá-la. Meu amigo encontrou os corpos ao chegar à caverna, dias depois. Graças à sua experiência em capturar insetos perigosos, ele foi capaz de pegá-la quase sem problemas.

— Quase?

— Bom, pode soar inacreditável, mas meu amigo disse que a Dama tinha a habilidade de... se comunicar. — Mather coçou a cabeça. — Sei o que isso parece, mas muitas ocorrências na natureza são difíceis de compreender.

— Isso é verdade — retruquei, mais para fazê-lo continuar falando do que por qualquer outro motivo. Não estava nem um pouco disposto a acreditar que um inseto podia falar.

— A Mãe Natureza adora um paradoxo, como costumava dizer um velho amigo meu — continuou Mather. — E ele estava certo. Nossa Dama aqui é a prova viva disso. — Ele se afastou da janela, andou até o tanque e colocou a mão sobre o vidro, escondendo o inseto. — Cientificamente, ela não poderia existir... não tem o direito de existir. Mas, ainda assim, aqui está ela, em toda a sua glória. Dei-lhe até um nome. Me sinto estranho por ter feito isso, já que não poderia classificá-la como um animal de estimação, mas foi um impulso incontrolável. No começo, pensei em chamá-la de Ísis; mas, pouco tempo depois, tive um sonho bastante vívido. Sonhei que ela falava comigo e me pedia para chamá-la de Nhan Diep.

— Como no livro que o senhor me emprestou?

— Isso mesmo. Acho que o sonho me afetou bastante — respondeu ele, sorrindo. — Mas foi só minha mente mexendo comigo. Ainda assim, gosto do nome, e é bastante apropriado.

— Por quê?

— Não leu a história?

— Não toda. Estava cansado demais ontem à noite, infelizmente.

— Ah, que pena! É um conto maravilhoso.

— O senhor mencionou um mito ainda há pouco...

— É, bem, por muito tempo — disse ele, virando-se para mim e me permitindo dar outra olhada no monstro vermelho —, o

Vermelho do Ganges manteve um status no mundo natural seme-lhante ao do Pé-Grande ou do Monstro do Lago Ness. — Deu uma leve risadinha. — Até as várias aparições e testemunhos no Zaire, só existiam alguns relatos vagos de encontros com ela. Nenhum deles, porém, proporcionava uma prova válida.

— Tem uma coisa que eu queria perguntar...

— O quê?

— Isso tem me incomodado desde que o senhor mencionou o Zaire.

— Ah, sim, agora é a República Democrática do Congo. Mas algumas pessoas ainda se referem ao país como Zaire.

— Eu sei. Mas não é isso que está me incomodando. É sobre o rio Ganges...

— Humm?

— Bom, ele fica na Índia, certo?

— Certo. — Meu anfitrião havia relaxado consideravelmente desde que eu o encontrara vagueando na praia pela manhã. Talvez falar de seu assunto predileto o tivesse acalmado.

— Então, por que ela é chamada de Vermelho do Ganges?

— Bem... — Mather se virou para o tanque de novo. — A pri-meira aparição dela, ainda que não comprovada, teria ocorrido perto da cidade de Varanasi, na margem esquerda do Ganges, há mais de 1.800 anos. Existem indícios, porém, de que ela circula por aí há mais tempo.

— O senhor quer dizer a espécie, é claro. — Insisti, ainda imagi-nando quem ele estava tentando enganar.

— Bom, tendo a não me concentrar muito nos detalhes. Afinal de contas, estamos falando de um mito. Os mitos existem desde o surgi-mento do homem, e sempre foram exagerados para produzir um efeito cada vez maior. Quer essa Dama aqui tenha sido vista há 1.800 anos ou não, ainda é um espécime magnífico.

Deixei passar.

— Então existem outras histórias que possa me contar?

— Há inúmeras supostas aparições por todo o planeta. As mais recentes são as mais importantes. No final do século XIX, ela foi vista em vários locais ao redor do Ganges, mas depois parece ter sumido até 1931, quando um missionário que vivia em Kabalo, no coração do Zaire, encontrou um pequeno garoto que tinha sido trazido pelas águas até a margem do rio Lukuga com ferimentos horríveis por todo o corpo. O missionário afirmou, então, que ele próprio havia sido atacado por um gigantesco monstro vermelho, e que por sorte saíra ileso. Aparentemente, ele era uma espécie de perito em insetos, e, apesar do tamanho da criatura, continuou afirmando que ela não poderia ser outra coisa que não um mosquito. As aparições continuaram, mas sem grande frequência até pouco tempo atrás.

— Certo — concordei. — Mas não poderia haver outros Vermelhos do Ganges por aí?

— Aberrações da natureza nem sempre são únicas, é verdade. Acidentes assim podem se repetir. No entanto, tenho a profunda sensação de que ela seja realmente única, por mais incrível que isso soe. Quanto a seu tempo de vida, bem... quem sabe?

Mather parecia sincero, o que me irritou um pouco. Como ele — sendo um médico e um homem da ciência — podia acalentar a ideia de que aquela criatura existia há séculos? Isso não fazia o menor sentido. Decidi que escreveria o artigo deixando de fora todas as loucas alegações de Mather. Elas apenas destruiriam a credibilidade do texto. Eu citaria o fato de ser o único exemplar vivo da espécie, mas não diria nada com relação à sua suposta longevidade. Afinal, uma foto da criatura já seria suficiente para atrair a atenção dos leitores. Não havia necessidade de usar mitos e lendas para florear a história. Todavia, eu desejava ser meticuloso: queria arrancar o máximo de Mather para o caso de me pedirem um artigo complementar. Derek era imprevisível. Se me pedisse para escrever uma segunda matéria, focada no histórico do mosquito e nas lendas que ele tinha inspirado, seria bom ter a informação à mão.

— Conte-me mais sobre a lenda — pedi.

De repente, o sr. Hopkins, ainda sentado do lado de fora da janela, começou a sibilar. Sua atenção agora estava intensamente focada no mosquito. Ele arqueou o corpo, quase caindo do peitoril. Quando murchou as orelhas e mostrou os dentes, tive a estranha impressão de que uma guerra de forças estava sendo travada entre o gato e o inseto. Virei-me da janela para o compartimento na parede, e vi o Vermelho do Ganges desprender-se do vidro e planar novamente por cima dos detritos no fundo do tanque. O gato manteve a postura agressiva. Eu estava prestes a dizer alguma coisa a Mather quando o animal pulou do peitoril e correu em direção às árvores.

— Continuando, ahn... a lenda?

— Ah, sim, claro, por onde começo? — Mather sentou-se na beirada da cama, cruzou as pernas e levantou os olhos para o teto, concentrando-se. — Algumas tribos que vivem em volta do rio Congo acreditam que o Vermelho do Ganges tem mais do que apenas um tempo de vida longo. Segundo os rumores, ela é imortal. Uma das tribos afirma que o Vermelho do Ganges é uma manifestação física do diabo.

— Do diabo? E o que mais?

— Exato. Mas há muitas variações dessa teoria. Alguns indianos que alegam ter tido contato com ela dizem que, em vez de *ser* o diabo, o Vermelho do Ganges é um instrumento dele, uma forma encontrada pelo Príncipe das Trevas de disseminar sua dor pelo mundo. Devido a isso, ela ganhou o título de Mão do Diabo, como era conhecida até 1962, quando o doutor John Harper batizou-a de Vermelho do Ganges. Harper passou algum tempo na Índia e na África, fazendo pesquisas para um livro sobre comportamentos anormais dos mosquitos.

Finalmente senti que a história estava entrando num universo mais real.

— O senhor tem uma cópia do livro?

— Não, infelizmente não — disse ele, em tom de lamento. — Já tentei várias vezes obter uma cópia. Acho que já entrei em contato com todas as livrarias especializadas, mas sem sorte. E já fiquei tentado a procurá-lo pessoalmente, mas... não posso deixar a ilha por muito tempo. A Dama requer atenção constante.

— Que pena!

— É mesmo.

— Vou procurar na Internet por ele quando voltar. Conheço várias livrarias especializadas em edições esgotadas.

— Isso é muito legal da sua parte. — Mather concordou com a cabeça. — Seria um ótimo livro para juntar à minha coleção. Ele apresenta uma extensa lista de nomes dados ao Vermelho do Ganges no decorrer dos anos.

— Jura? Conhece alguns?

— Uns poucos. Garra de Satã, Morte Escarlate, Espada do Inferno, Ira do Inferno. A tradução perde um pouco em alguns casos, mas dá para ter uma ideia.

— Que tal Mulher Escarlate? — propus, rindo. — Ou Morte Vermelha?

Meu anfitrião olhou-me com uma expressão nem um pouco divertida.

— Não, acho que não.

Mather perdeu-se em pensamentos por alguns instantes. Preciso admitir que o desenrolar da história do Vermelho do Ganges me interessava. Não apenas Mather dissera a verdade na carta, como me apresentava agora um fascinante pano de fundo para ela, mesmo que improvável. O silêncio perdurou, e eu estava prestes a apertar o *pause* no gravador quando ele pigarreou para limpar a garganta.

— Uma das histórias diz respeito a um grupo de colonizadores brancos que encontrou a Dama em algum lugar próximo ao rio Orange, na África do Sul. Eles sofreram com dores de cabeça, febres e sonhos estranhos durante meses após o encontro, mesmo sem ter tido nenhum contato físico com ela.

— Dores de cabeça?

— É. Dores fortes e súbitas atrás dos olhos. Bastante peculiar.

Na mesma hora pensei na fisgada que sentira momentos antes, e, logo depois, amaldiçoei minha estupidez. Eu estava me deixando levar pela história de Mather, permitindo que ela me assustasse.

— Não pode ter sido histeria em massa? Uma grande coincidência?

— É possível. Quem sabe? O grupo achava que, de alguma forma, ela era capaz de entrar na mente deles e colocar imagens em suas cabeças. Eles disseram que ela os deixara apreensivos e paranoicos, até mesmo aterrorizados.

— Como um inseto consegue fazer isso? E por que ele faria, mesmo que fosse capaz?

— Talvez por prazer... quem sabe? Talvez ela estivesse testando seus poderes. Se um inseto conseguisse manipular a mente de um homem, imagine o que ele poderia fazer.

— Um mosquito com inteligência — observei, sorrindo. — Esse, sim é um pensamento preocupante.

— É mesmo. — Mather riu. — Mas faz a gente pensar. Quem somos nós para dizer o que é e o que não é possível? O tempo vira muitas crenças de ponta-cabeça.

— Certo. Colocando o mito de lado por um momento... como ela se alimenta?

— Ah. — Ele franziu as sobrancelhas enquanto olhava de mim para o tanque. Segui o olhar dele e notei que o Vermelho do Ganges tinha se escondido novamente. — Morte Escarlate é realmente um rótulo adequado no que diz respeito à sua alimentação. Um grande número de mortes próximas ao Ganges e em outros locais da África foi atribuído à nossa amiga aqui. — Mather fechou os olhos, talvez para ver melhor as imagens em sua mente. — As provas sugerem que o Vermelho do Ganges é um dos assassinos mais eficientes do mundo natural. — Fez outra pausa.

Senti-me desconfortável; já não era a primeira vez que isso acontecia naquele dia. Queria separar o que Mather estava contando em mito e realidade, mas essa tarefa estava se provando bastante difícil, visto que ele parecia misturar os dois. Estaria tentando me dizer alguma coisa? Estaria sugerindo que a realidade de alguma forma incorporava elementos do mito? Olhei mais uma vez para o tanque, mais nervoso agora em relação a seu ocupante.

— Ela se alimenta basicamente da mesma forma que qualquer outra fêmea de mosquito, exceto que, por seu tamanho e força, é capaz de sugar o sangue com muito mais rapidez e eficiência.

— Isso seria bastante desconfortável para quem está servindo de alimento, não seria? Ela dificilmente passaria despercebida.

— Não, com certeza. — Mather riu de novo. — Na verdade, seria impossível ela passar despercebida. Entenda, o processo de alimentação dela gera uma dor bem diferente da leve irritação causada pela picada de um mosquito comum. Seus parentes menores injetam um anestésico, que evita que sintamos sua presença. O Vermelho do Ganges não faz isso. A saliva dela, ao contrário da de outros mosquitos, é altamente corrosiva. Seu efeito sobre a carne humana é devastador e agonizante.

— Jesus! — exclamei, perturbado pela imagem.

— A saliva é absurdamente potente. Ela começa, de imediato, a corroer o tecido em torno da picada, permitindo que o sangue flua melhor e, por conseguinte, acelerando o processo de alimentação. A dor é tão avassaladora que, em menos de um minuto, pode levar o corpo da vítima a um estado de paralisia. Não é de surpreender que não exista registro de alguém que tenha sobrevivido à picada. Ao terminar de se alimentar, inflada de sangue, ela descansa ao lado da vítima até se ver pronta para voar embora. Dependendo da quantidade de saliva injetada, o corpo pode estar irreconhecível ao ser encontrado.

— Existe alguma pesquisa que corrobore isso? Ou é apenas parte da lenda?

— Bom, só estou repetindo o que eu li.

— Então... como o senhor acha que ela foi criada? O que poderia ter acontecido para produzir uma criatura tão inacreditável?

— Quem pode dizer? Se acreditarmos na antiga lenda, então ela nasceu do supremo desejo. Desejo por sangue. E não por qualquer sangue; o sangue de um ser amado. Ngoc Tam.

— Não foi ele que se furou com um espinho e pingou o sangue sobre o corpo da mulher?

— Foi, exato.

— E o que aconteceu depois disso?

— Bom, Tien Thai, o gênio, sabia que Ngoc Tam encontraria apenas sofrimento se trouxesse sua mulher de volta dos mortos... e ele estava certo. — Mather cruzou e descruzou as pernas. Interpretei a inquietação como um sinal óbvio de entusiasmo pelo assunto. — Pouco depois de o casal deixar a ilha do gênio, eles encontraram um povoado e pararam para pegar mantimentos. Então... — disse Mather, levantando um dedo — enquanto Tam foi passar o dia em terra firme comprando comida nos mercados abarrotados de gente, Nhan Diep interessou-se por um grande navio mercante ancorado nas proximidades e por seu extravagante capitão. Quando Tam finalmente voltou para sua modesta jangada, Diep e a embarcação não eram nada além de formas indistintas no horizonte.

— Bom — observei, sorrindo —, acontece todos os dias.

— Ah — retrucou Mather —, mas esse não é o fim da história.

No fim, após uma grande aflição, Tam alcançou o navio e, ignorando os protestos da tripulação, subiu a bordo, exigindo ver a esposa...

De repente, o mosquito começou a zumbir alto e voar em torno do tanque de maneira agitada. Mather deu um tapa decidido nos joelhos e se levantou.

— Bom, sr. Reeves, acho que ela se cansou de nossa atenção. — Ele andou até o tanque. — Talvez seja melhor deixá-la em paz por algum tempo.

Fiquei intrigado com a história de Nhan Diep, e curioso sobre sua relevância. Havia, porém, questões mais importantes.

— Esse negócio de ela se alimentar de pessoas... — falei. — É mera suposição, certo? Quero dizer, nunca a viu fazendo isso, viu?

— Ah — respondeu Mather, ainda de costas para mim. — É claro que não. Se tivesse, dificilmente estaria vivo para contar. — Ele ficou em silêncio pelo que pareceu um longo tempo; em seguida, com um estalar de língua, puxou o painel de volta, cobrindo o compartimento mais uma vez. Ele se fechou com um clique alto. — Como lhe disse, ela dorme a maior parte do dia. Entenda, embora eu a alimente com regularidade, não é nem de perto a quantidade de sangue que ela gostaria. Em liberdade, ela sugaria pelo menos um mamífero grande por dia. Os pássaros são a única fonte de sangue por aqui. Mas parecem ser suficientes. Dou-lhe um de poucos em poucos dias.

— Mas ela também come folhas e outras coisas, não come? O senhor não disse que as fêmeas só se alimentam de sangue para ajudar na fertilização?

Mather ficou novamente em silêncio por alguns instantes. Olhou pela janela para as nuvens escuras que se formavam lá fora.

— Pela proteína, sim. — Ele não parecia particularmente concentrado na pergunta. Ou isso, ou estava decidindo se deveria responder ou não.

— Então não há necessidade de lhe dar sangue, há? Quero dizer, se ela é a única de sua espécie, e o único mosquito desse tamanho, é improvável que tenha ovos para fertilizar.

— Certo — concordou Mather, virando-se para mim e balançando a cabeça. — Não há necessidade. Mas ela fica bastante agitada se não recebe uma refeição de sangue de vez em quando. Parece ter desenvolvido gosto por ele...

— Uau! Alimentá-la deve ser um negócio bem arriscado. Eu não gostaria de abrir aquele tanque.

— Não, bem, vamos apenas dizer que a Dama e eu... temos um acordo. — Algo na voz de Mather indicava que ele estava relutante em dar mais detalhes sobre o assunto.

— E como o senhor faz? — Fiquei observando-o pensar na pergunta. A mão esquerda batia na coxa enquanto ele olhava pela janela.

— Uso um pouco de persuasão e muita paciência. — Ele riu consigo mesmo. Apesar da resposta ser quase tão evasiva quanto a anterior, decidi deixar o assunto de lado, sentindo que Mather não desejava dar mais detalhes. — Bem, talvez devêssemos deixá-la descansar um pouco, não?

— Sim, é claro. Acho que já tenho tudo de que preciso. Tenho de descobrir o resto da história de Nhan Diep. Vou pesquisar um pouco mais no escritório, de qualquer jeito. Agora, se eu pudesse tirar algumas fotos antes de ir embora, seria ótimo.

— Não. — A resposta de Mather foi um tanto brusca. — Sinto muito, desculpe... mas não posso permitir fotografias, infelizmente. Entenda, uma história sobre ela é uma coisa. Seus leitores podem escolher entre acreditar ou não. Fotos impressas, no entanto, poderiam gerar sérias repercussões. A última coisa que quero é um lunático aparecendo aqui na ilha para tentar colocar as mãos nela.

— Entendo — respondi, na esperança de que minha decepção não fosse tão óbvia. Eu estivera pensando nas fotos durante toda a entrevista. Elas eram cruciais, e a matéria sofreria sem elas. Não queria aborrecer Mather, mas, ao mesmo tempo, não queria voltar para o escritório sem nada além de palavras. — Tem certeza de que não posso tirar só umas duas? Eu detestaria perder a história, mas duvido que meu editor vá incluí-la na revista sem alguma prova visual para acompanhar. Não preciso mencionar a localização da ilha.

— Eu estava esperando, sr. Reeves, que não mencionasse isso de qualquer jeito. — Mather me lançou um olhar bastante sério.

— Certo. Bem, não tem problema, é claro.

— Sr. Reeves — continuou ele, olhando para o chão —, vou entender se a história não puder ser publicada sem as fotos. Mas, por favor, compreenda que não posso ceder nesse ponto.

— Eu compreendo, de verdade.

— Excelente — disse ele, animando-se. — Então vamos até a sala para discutir um pouco mais sobre o artigo. — Mather me guiou para fora do quarto. Dei uma última olhada no painel da parede, lamentando ter perdido a oportunidade de registrar em filme uma criatura tão extraordinária.

Passava um pouco das nove e meia, e Mather foi preparar outro bule de chá. Perguntei se não poderia ser café, mas isso pareceu irritá-lo, portanto, mudei de ideia. Era uma pena. Um pouco de cafeína me faria bem. Eu ainda sentia os efeitos de ter caído na água gelada na véspera.

Mather olhou para os pedaços de madeira na lareira, como se pensasse em acender o fogo. Lá fora, o sol estava encoberto por nuvens opressoras. Tomei um gole do chá, imaginando que era café. Meu anfitrião fitou-me, os olhos bem abertos, como se esperasse que eu dissesse alguma coisa. Quebrei o silêncio.

— O artigo... — comecei, sem a intenção de concluir a frase.

— Ah, sim — replicou Mather. — Como eu estava dizendo, gostaria que o senhor não publicasse nenhum detalhe revelador.

— Tal como?

— Bom, tal como o nome da ilha, do lago e da cidade. Eu também gostaria de permanecer no anonimato.

O chá fez um estranho barulho de algo gorgolejando em meu estômago.

— Anônimo?

— Isso mesmo. — Ele sorriu, embora o sorriso parecesse um pouco forçado.

— Bom, como disse antes, não me importo de manter certas coisas em segredo. Sou muito grato pelas informações que o senhor me concedeu. Tenho certeza de que será uma grande história. Embora fosse legal citar nomes e lugares de verdade.

— É claro, entendo, sr. Reeves, e simpatizo com seu pedido. No entanto, esse é um caso delicado, como tenho certeza de que deve ter percebido, é preciso ser cauteloso. Caso contrário, eu não estaria desempenhando bem meu papel de guardião da Dama. — Ele se levantou, segurando a xícara, e olhou para fora. O sol, que saíra de trás das nuvens, iluminou-lhe o rosto. — Assim não é melhor?

Mather esvaziou a xícara e a colocou na bandeja. Fiquei aliviado ao vê-lo animar-se de novo. O humor dele ficara um pouco azedo por algum tempo. Eu estava curioso acerca daquele homenzinho estranho, que morava sozinho numa ilha, com apenas um mosquito gigantesco de companhia. Decidi sondar um pouco, a fim de descobrir mais sobre ele.

— O senhor disse que estudou no Charing Cross Hospital?

— É, isso mesmo — respondeu ele, sentando-se novamente.

— Deve ter sido uma experiência interessante. — Talvez se eu mostrasse interesse pela sua vida, ele se sentisse mais confortável. Eu queria algumas fotos do Vermelho do Ganges, mesmo que isso significasse entrar escondido no quarto para tirá-las. Tenho certeza de que outros deixariam o assunto de lado, mas eu sabia que, se quisesse ser um bom jornalista, teria de assumir certos riscos. Se eu ficasse na ilha um pouco mais, talvez tivesse a oportunidade.

— Para falar a verdade — continuou Mather —, foi por causa de algo que aconteceu enquanto eu estava lá que acabei vindo morar aqui. — Ele coçou o queixo, os olhos perdidos no espaço. — Apesar de minhas repetidas tentativas de deixar o problema para trás, fui levado a sair de Londres e procurar a pacífica solidão do lago Languor.

Ele olhou para a bandeja, em seguida para minha xícara, indicando que gostaria de limpar logo tudo. No entanto, meu chá ainda estava quente e, embora isso não fosse me ajudar em nada, eu não estava com pressa de terminá-lo. Mather acomodou-se de volta na poltrona, e fitou o teto, enquanto relembrava a triste história.

# V: ABOMINAÇÃO

Tirei o gravador do bolso e o coloquei discretamente no colo, apertando o botão de gravar. Não pedi permissão a Mather para não interrompê-lo e arriscar perder o que parecia ser uma história promissora. A falta de boas maneiras às vezes é necessária no meu tipo de trabalho.

— Quando jovem, não tinha a confiança que tenho agora — começou Mather. — Eu me permitia ser conduzido pelos outros, e por causa disso acabei fazendo coisas que não desejava fazer. Soames era um homem que eu admirava profundamente. A gente se conheceu no meu primeiro ano da faculdade de medicina, numa sala bastante cheia. Apresentei-me a ele, gaguejando meu nome, como às vezes acontecia quando ficava nervoso. Trocamos um aperto de mãos. "Soames, Alexander Soames", disse ele. Soames exalava um formidável ar de autoconfiança que me deixou confortável em sua presença. Ele começou a responder a todas as perguntas apresentadas à turma pelo palestrante, chegando mesmo a discutir com o homem em determinado momento, para a surpresa da classe. Depois disso, resolvi grudar nele, já que obviamente era alguém com quem eu poderia aprender bastante. Mas, como logo descobri, ele também tinha seus defeitos. Era uma pessoa predisposta a explosões de raiva súbitas e frequentes. E nunca aceitava a culpa, por mais que houvesse provas contra ele. Nada era sua culpa. Ele sempre encontrava uma desculpa, por mais fraca que fosse, para jogar a responsabilidade em cima de outro. Na verdade, se estivesse aqui para contar essa história, jogaria a responsabilidade pelo que aconteceu em cima de *mim*. Quando obtinha sucesso, levava todo o crédito e todos os elogios, sem se importar com as pessoas que o tinham ajudado. Mas, quando as coisas davam errado, rapidamente acusava os outros, particularmente a mim.

Mather fez uma pequena pausa, talvez a título de efeito, ou talvez porque as lembranças lhe fossem desconfortáveis.

— Ele teve a ideia enquanto estávamos bebendo em nosso bar favorito, ao lado do hospital. Soames tinha uma preocupação exagerada com anatomia, mesmo para alguém que pretendia se tornar um cirurgião. Acreditava que poderia revelar segredos através de métodos novos e nada ortodoxos de pesquisa anatômica. Grande parte de suas teorias provinha de sonhos que tivera, por si só um fato preocupante, mas ainda mais quando ocasionalmente levava a cabo as experiências bizarras sugeridas por seu subconsciente.

"Parecia-lhe natural passar a maior parte do tempo livre no necrotério, dissecando, examinando, procurando por Deus sabe lá o quê. Os outros alunos e vários médicos procuravam manter distância de Soames. Para eles, meu amigo era uma espécie de espírito maligno. Em aparência, ele era alto, magro e com cabelos pretos, longos e sujos, oleosos e grudados na testa de uma forma nada lisonjeira. Por ser bem mais alto do que eu, sua passada geralmente me deixava para trás, mesmo que eu corresse para acompanhá-lo. Como comprava suas roupas, não faço ideia, mas elas eram bem feiosas. As camisas eram pequenas demais, as calças muito curtas. Ele não parecia ter o menor interesse por moda; como muitas outras coisas, era apenas algo que desviaria sua atenção do trabalho. Às vezes, Soames passava noites inteiras fazendo coisas que o resto dos alunos tentava evitar, a menos que o curso obrigasse. Muitas vezes escutamos histórias de pobres enfermeiras desavisadas, que tinham esbarrado com a figura desgrenhada e exausta de Soames curvada sobre um cadáver no necrotério, fazendo toda sorte de coisas terríveis. Ah, ele nunca fazia nada ilegal ou pervertido, pelo menos que eu soubesse, mas seu entusiasmo era, digamos assim, excessivo.

"Mas o incidente sombrio e bastante lamentável que nos levou a tomar caminhos opostos envolveu um sonho particularmente repulsivo que Soames teve sobre algo que ele próprio descreveu como 'extração de órgãos sem garantias'. Tremendo de excitação, ele me contou que o órgão a ser removido não era importante; eram os efeitos da remoção que lhe interessavam. Tinha de ser um órgão de importância vital. Dessa forma, os resultados da extração seriam claros e imediatamente aparentes.

"Fiquei horrorizado ao escutar a ideia de Soames, e continuo até hoje. Precisei pedir que repetisse o que me contara, para ter certeza de que tinha ouvido direito. Ele repetiu tudo, dessa vez devagar e em detalhes. Fiquei sentado em silêncio por algum tempo, petrificado, até que Soames quis saber o que estava me incomodando.

"O fato de ter perguntado me fez rir. Como é que ele não conseguia entender que o que estava propondo ia muito além da falta de ética, chegando a ser desumano? Tentei fazê-lo mudar de ideia, sem sucesso. Naquela noite, pude vislumbrar em seus olhos uma loucura crescente, estimulada por uma curiosidade insaciável. Tive a impressão de que estava me escondendo alguma coisa — talvez algo ainda mais chocante do que já divulgara —, por saber o que eu diria ou faria se descobrisse.

"Fiz repetidas objeções ao plano de Soames. Tentei em vão convencê-lo de que, além dos problemas morais, tal procedimento estava fadado a complicações. Como estudante de medicina, eu tinha a responsabilidade de preservar a vida sempre que possível; de evitar infligir dores e torturas desnecessárias. Eu não podia tomar parte de esquemas tão perversos. Soames suspirou ao escutar meu não como resposta, e percebeu que devia parar de tentar me convencer. Deu a impressão de ficar mais triste do que zangado, e resignou-se a realizar seu trabalho sozinho.

"No dia seguinte, eu só conseguia pensar no plano de Soames. Sem algum tipo de supervisão, ele ficaria livre para fazer o que bem quisesse, e isso me preocupava. Convenci-me de que precisava fingir que concordaria em ajudá-lo, apenas para assumir o controle da situação, para impedi-lo de ir longe demais. Naquela noite, aproximei-me dele no bar sob o pretexto de que mudara de ideia. Ele pareceu se livrar imediatamente de um peso opressor, e saiu rapidamente para comprar bebidas. O que eu estava fazendo era perigoso, e rezei para ter tomado a decisão certa. Soames tropeçou e derramou a cerveja em sua pressa de voltar para a mesa. Quando finalmente se sentou, os punhos de sua camisa cinza estavam encharcados.

"'Excelente', disse ele, os olhos faiscando. 'Essa é uma ótima notícia. Detestaria trabalhar sozinho. Não sabe o quanto isso significa para mim.'

"'Bom', respondi, com um sorriso forçado. 'Sabia que você levaria a ideia a cabo de qualquer jeito, e acho que tudo vai fluir bem melhor se eu estiver lá para dar uma mãozinha.'

"'Vai mesmo', Soames entusiasmou-se. 'Com certeza!'

"'Mas, me fale, onde vai encontrar alguém disposto a participar desse tipo de cirurgia?'

"'Deixe isso comigo, meu caro. Você vai ficar surpreso em ver quantas pessoas estão dispostas a participar de algo assim, preparadas a fazer todo tipo de coisa por quase nada.'

"'Quem, por exemplo?'

"'Quem? Já deu uma olhada na sarjeta recentemente? Nas portas das lojas?'

"'Os mendigos?'

"'É, os *mendigos*. Meu caro garoto, algumas dessas pessoas rezam para participar de experiências assim. Os desesperados, os viciados. Eles funcionam num patamar diferente do nosso. Um patamar mais baixo. Suas necessidades são mais simples, suas exigências, mais baratas.'

"'Mas você vai tomar cuidado, certo? Quero dizer, vai tratá-los com respeito? O respeito...'

"'Que todo ser humano merece? É claro. Afinal de contas, também sou humano.'

"'Precisa estar seguro de que não vai infligir nenhum dano irremediável aos pacientes', falei, adotando um tom sério. 'O que pretende fazer vai contra a prática legal da medicina.'

"'Eu sei', respondeu Soames. 'Mas o que não contraria hoje em dia? Às vezes, burlar as regras é a única forma de fazermos progresso. Mas não se preocupe, vou me certificar de que ninguém descubra.'

"'Como, exatamente?'

"'Ah, tenho meus meios. Tomo sempre cuidado para manter os olhares intrometidos longe dos meus negócios.'

"'Soames...'

"'Relaxe. Confie em mim. Estamos prestes a embarcar numa jornada de descobertas e esclarecimentos. Estou fazendo isso em nome da medicina, em benefício dos meus camaradas humanos.'

"'Está?'

"'Ah, Mather, pelo amor de Deus!' Soames fez uma pequena pausa para pensar em alguma coisa. 'Não sou um monstro.'

"'Eu sei, mas...'

"'Acredite em mim, eu saberia se estivesse indo longe demais.' Ele tomou alguns goles da cerveja. Acho que, a essa altura, eu tinha relaxado um pouco, embora ainda não estivesse totalmente convencido das alegações de Soames. Seu comportamento passado sugeria que ele não tinha ideia do que 'longe demais' significava, tampouco se importava com isso.

"'Vamos lá, beba.' Ele me encorajou. 'Eu pego a próxima rodada.'

"Acabamos completamente bêbados naquela noite. Meu humor melhorou bastante à medida que a noite foi passando, embora começasse a duvidar da minha capacidade de impedir o projeto diabólico de Soames. Gostaria que as coisas tivessem sido diferentes.

"Deixamos o bar pouco antes da hora de fechar, e andamos até o ponto de ônibus, onde Soames pegou o dele para casa. Eu morava no dormitório ao lado do hospital, uma situação que combinava com meu perfil. Sempre gostara de viver em meio a outras pessoas. Sentia-me reconfortado só de escutar as vozes através das paredes do quarto. Desde então, como você pode ver, minhas preferências mudaram drasticamente. Soames, por outro lado, preferia o isolamento. O aluguel da casa grande onde vivia devia custar uma pequena fortuna, mas ele perdera os pais bem cedo e fora criado por uma tia rica. Acho que ela deve ter garantido ao sobrinho alguma espécie de pensão. Ele raramente falava dela, mas, nas raras ocasiões em que ela era mencionada nas conversas, tive a impressão de que era uma mulher severa e sem coração, e que Soames estava feliz por se ver livre da tia. Poucas vezes ele me convidava ou a qualquer outra pessoa para ir até sua casa. Acho que a considerava um importante refúgio.

"Fiquei surpreso quando, no dia seguinte, ele me disse que estava tudo pronto para o experimento. Seus olhos estavam marcados por olheiras profundas. Deve ter tido problemas para dormir. Ou isso, ou ficara se preparando para o experimento a noite inteira. Qualquer que fosse o caso, fui tomado por um grande desconforto. Menti, dizendo que tinha combinado de ir a outro lugar. No entanto, minha história desmoronou sob um interrogatório sem precedentes. Soames conseguiu contornar todas as desculpas que eu dei, até me vencer. Sua determinação não deixaria nada atrapalhar seu propósito.

"A noite chegou rapidamente. Fiquei tentado a ir até o bar tomar alguns drinques para ganhar coragem, mas isso poderia ser uma ideia desastrosa. Perguntas desagradáveis continuavam a me torturar a mente. Quem ele teria encontrado para usar de cobaia? Como poderia garantir que sobreviveria? E se o pior acontecesse e a cobaia morresse? Ele seria culpado de assassinato? De uma coisa eu tinha certeza: para manter Soames sob controle, eu precisava ficar sóbrio, então decidi esquecer o bar. Cheguei à casa dele às onze da noite, como combinado, e bati à porta. Corri as mãos trêmulas pelos cabelos.

"'Talvez tenha começado sem mim', falei, em voz alta. Dei um passo para trás e olhei para as janelas do segundo andar. A casa estava apagada. Fiquei intrigado. Sabendo o quão preciso e meticuloso Soames era, algo muito errado devia ter acontecido para ele perder o encontro. Esperei por alguns minutos, imaginando se meu relógio estaria errado. Pouco depois, Soames apareceu no portão às minhas costas. Ele subiu o caminho que levava à casa, uma das mãos segurando algo numa sacola de papel marrom, a outra vasculhando o bolso em busca das chaves.

"'Desculpe por fazer você esperar. Tive de sair por cinco minutos', disse ele, abrindo um sorriso largo enquanto metia a chave na fechadura. 'Já está tudo arrumado. Mal posso esperar para começar.' Ele abriu a porta e eu o segui.

"O interior da casa sugeria que Soames não se preocupava muito com a manutenção. As paredes da sala eram cobertas por um velho papel de parede bege, com grandes pedaços descolados em vários lugares. O pequeno sofá e a poltrona já tinham visto dias melhores, e a lareira fora lacrada e pintada por cima. Não havia televisão ou rádio, nem mesmo um abajur ou qualquer tipo de objeto decorativo.

Ele obviamente passava pouco tempo ali. Sentei-me com cuidado no braço da poltrona, temendo que ela desmontasse. Soames insistiu em fazer uma xícara de café, e saiu em direção à cozinha para prepará-lo.

"Olhei para as paredes descascadas. Uma sensação estranha me revirou o estômago. Minha boca estava seca, minhas palmas, suadas. Queria resolver tudo logo. Quanto mais eu esperasse, mais minha imaginação correria solta. Pouco depois, Soames me trouxe uma caneca grande de café e saiu da sala de novo, murmurando consigo mesmo. O primeiro gole queimou minha língua, e xinguei em voz alta. Quando o café esfriou, tomei um segundo gole, mas, assim que ele bateu no meu estômago, fiquei imediatamente enjoado. Nesse instante, Soames reapareceu e desviou minha atenção da náusea crescente.

"Ele surgiu na porta da sala vestido com uma roupa cirúrgica e trazendo outra para mim.

"'Aqui', disse, entregando-me a vestimenta branca. 'Termine de beber para a gente começar.'

"Eu não estava com a menor vontade de terminar o café, mas, com ele me observando, me senti impelido. O líquido virou e revirou em minhas entranhas, sem querer se acalmar, como se fosse um convidado nada bem-vindo. Coloquei a caneca sobre o carpete e vesti a roupa cirúrgica. Em seguida, Soames me conduziu pelo corredor e subimos as escadas para o segundo andar. Ele abriu uma porta que dava para um quarto grande e convidou-me a entrar.

"A primeira coisa que notei ao entrar no quarto foi a intensidade da luz. Estava extremamente claro ali dentro. As cortinas estavam fechadas e, além da luz de teto, Soames instalara mais três luminárias em torno do recinto. Elas deviam ter sido equipadas com as lâmpadas mais fortes disponíveis no mercado, visto que o quarto estava completamente sem sombras. Assim que me acostumei um pouco à claridade excessiva, notei um homem deitado inconsciente sobre uma mesa.

"Era um mendigo. Não havia dúvidas quanto a isso. Suas roupas eram velhas, esfarrapadas e bem manchadas. Ele estava com a barba crescida e a nuca preta de terra, os cabelos sujos e ensebados. Olhei para Soames, que apenas sorriu e me deu um tapinha nas costas.

"'Certo!' Ele andou até outra mesa menor, na qual dispusera uma coleção de instrumentos cirúrgicos. 'Vamos começar.'

"'Ele está sedado?'

"'Não, mas está profundamente bêbado. Confie em mim, ele não vai se mexer. Comprei outra garrafa de uísque para o caso de ele precisar de mais sedação. Eu usaria anestésico, mas não consegui arrumar nenhum no hospital. Eles guardam esse negócio tão bem que você diria que são barras de ouro. Além disso, precisamos aprender a improvisar.' Olhei para a sacola de papel marrom sobre o chão, e a garrafa de uísque que estava dentro. Ela já estava destampada, pronta para o uso. 'Certo, me ajude a virá-lo de costas.'

"'Só um minuto', falei, sentindo-me ainda mais enjoado. 'Tem certeza de que sabe o que está fazendo?'

"'Positivo. Pelo amor de Deus, homem, tenha mais fé.'

"'Ainda acho que essa é uma péssima ideia', comentei.

"Soames olhou para mim, como se eu estivesse louco.

"'Meu bom amigo, qual diabos é o problema? Não há nada a temer.'

"'Não estou com medo!' Era mentira. Meu corpo estava completamente gelado.

"'Está tudo bem.' Ele colocou a mão em meu ombro. 'Prometo. Vai dar tudo certo.'

"'Tudo bem. Então...' Tentei parecer mais calmo do que na verdade estava. 'Você vai extrair o fígado, registrar os efeitos no corpo dele e depois colocar de volta?'

"'É, isso mesmo. Notei certa hesitação na resposta de Soames. Algo não estava certo. 'Como falei no outro dia, é uma extração de órgãos sem garantias. O fígado é um órgão vital, removê-lo deve gerar resultados óbvios. Vou registrar esses resultados para depois analisá-los. Pode segurar as pernas dele?'

"'E como exatamente a ciência vai se beneficiar com essa experiência?'

"Ele suspirou.

"'Bom, se pudermos ver como o corpo reage à perda de órgãos essenciais, talvez consigamos descobrir formas de compensar essas perdas. Por exemplo, a ausência do fígado vai gerar um rápido envenenamento do sangue. Se pudermos registrar isso com precisão, talvez possamos criar métodos alternativos de purificação do sangue, ou mesmo medidas preventivas…'

"'Mas isso é básico', interrompi. 'Qualquer um com conhecimento rudimentar em anatomia pode chegar a essa conclusão. Já vi pessoas com falência do fígado e icterícia. Não é nada agradável, mas todo mundo entende o que está acontecendo.'

"'É… mas essas pessoas são tratadas, tentamos deixá-las o mais confortáveis possível… elas não são estudadas a fundo. Pretendo dar esse passo importante, no intuito de analisar o processo do começo ao fim, como ninguém nunca fez.' Soames olhou para a cobaia sobre a mesa. 'De qualquer jeito, duvido que o fígado desse homem lhe servisse por muito mais tempo.'

"'Certo, mas você *vai* colocá-lo de volta, não vai? Independentemente da condição dele?'

"'Ah, vamos lá', replicou Soames, com calma. 'Ele já se destruiu de tanto beber. Pode morrer a qualquer hora… olha só para o sujeito.'

"'Espero que não esteja querendo dizer o que estou pensando…'

"'Ah, não seja tão idiota, homem!' A explosão de Soames me pegou de surpresa. 'Se fosse alguém um pouco mais saudável, eu talvez recolocasse o órgão depois de um breve período, mas não consigo nem pensar na dificuldade de arrumar uma cobaia saudável e disposta.

Escute, falei com ele por um tempão e expliquei tudo. Ele deu pleno consentimento para...'

"'O quê? Sua morte?'

"'Bom... sim. Não podemos jogar fora essa oportunidade de ouro...

"'Não! De jeito nenhum, Soames. Isso é errado, muito, muito errado. Você não pode simplesmente matar o homem!'

"'Ah, e que razão ele tem para viver? Deixe-o dar uma contribuição à medicina e algum propósito à sua vidinha patética. Não entendo por que você está fazendo tudo soar tão macabro de repente.'

"'Porque é! Isso é assassinato!'

"'É? É assassinato se ele consentiu? É assassinato se isso gerar uma descoberta valiosa? Uma descoberta que pode vir a salvar vidas?'

"'Isso é especulação! Você não está em posição de brincar com a vida das pessoas, de bancar Deus!'

"Soames me encarou como se tentasse transmitir com os olhos algo que não conseguia com palavras. Sorriu.

"'Mather, meu caro amigo... *somos* deuses.'

"Senti meus lábios tremerem, como se prontos a dar uma resposta, mas não conseguia pensar em nenhuma. Não tinha como responder a isso. Na verdade, levei um bom tempo até conseguir dizer alguma coisa.

"'Eu tinha entendido que você iria remover o órgão, registrar os resultados e, depois, colocá-lo de volta.'

"Soames contraiu os lábios, baixou os olhos para o chão e, para minha surpresa, riu.

"'Pobre, pobre Mather! Que Deus o abençoe! Acha realmente que é possível extrair o fígado e colocá-lo de volta após alguns minutos? Sua ingenuidade é quase encantadora. Me diga, como exatamente achou que eu fosse conseguir mantê-lo vivo durante esse procedimento? Tive a sorte de conseguir isso aqui', disse ele, apontando para os instrumentos.

"'Seu filho da mãe! Não vou deixá-lo fazer isso', rosnei. 'Não posso permitir uma coisa dessas!'

"'O que quer dizer com não pode permitir?' Ele agora estava zangado. 'Quem você pensa que é?'

"'Não vou deixá-lo matar este homem. O que pretende fazer se a universidade descobrir, ou a polícia…?'

"'Eu me entendo com eles. Você veio aqui para ajudar. O procedimento é responsabilidade minha. Agora, me ajude a virá-lo.'

"'Não. Não vou.'

"'Entendo.' Soames permaneceu com os olhos fixos em mim. Bateu o pé no chão com impaciência. 'Se não me ajudar agora, juro que vou realizar esse experimento de qualquer jeito, e…'

"'Não, não vai…'

"'Ah, sim, vou sim! Não pode me vigiar vinte e quatro horas por dia, Mather. Eu vou fazer isso. E se der errado, vou jogar a culpa em você. Como isso vai parecer, hein? Em quem você acha que a universidade vai acreditar? Em mim, com minhas notas excelentes? Ou em você, com seu desempenho medíocre?'

"'Seria uma aposta alta demais.'

"'Talvez. Mas sou mais esperto do que você. Se eu quiser culpá-lo, consigo. Você sabe disso. Se quiser que tudo se resolva bem, vai ter de me ajudar, é sua única esperança.'

"'Eu seria cúmplice de assassinato.'

"'Pare de dizer isso! Não é assassinato!' Soames olhou para mim. 'Eu já disse, ele consentiu.' Ele fungou e olhou para o paciente. 'Agora preciso de uma mão firme e de silêncio para trabalhar. Se não vai me ajudar, então é melhor ir embora.' Com grande esforço, ele virou o homem de costas sozinho, em seguida rasgou a camisa dele. Senti um cheiro desagradável de suor velho. Imóvel e indeciso, observei Soames raspar o torso do homem e limpar a área com iodo, uma tarefa nada prazerosa. Ao terminar, ele pegou um bisturi.

"Conseguindo, por fim, quebrar meu estupor induzido pelo choque, aproximei-me de Soames e peguei sua mão.

"'Tire as mãos de mim', ele rosnou indignado. 'O que você pensa que está fazendo?'

"'Pare com isso, Soames. Pare agora, ou vou direto para a polícia.'

"'Vai mesmo? Tenho certeza de que eles ficariam muito interessados em saber de sua participação nesse caso.' Hesitei por um momento, longo o suficiente para ele livrar a mão e voltar sua atenção para o paciente. 'A polícia!', zombou. 'Você não vai fazer nada disso.'

"'Estou falando sério', ameacei.

"'Eu também. Você faz parte disso tanto quanto eu. Não ousaria envolver a polícia.'

"'Vim aqui para impedir que você cometa um grande erro. Achei que pudesse incutir algum juízo nessa sua cabeça. Se eu soubesse que não pretendia recolocar o órgão no lugar, já teria mandado prendê-lo. Se esse homem morrer, você será um assassino. Pelo amor de Deus, você é meu amigo... acha que eu quero vê-lo na cadeia?'

"Achei que pudesse convencer Soames. A mão que segurava o bisturi começou a tremer ligeiramente. Ele permaneceu curvado sobre o paciente por algum tempo, criando um silêncio embaraçoso que me fez imaginar se teria entrado numa espécie de transe. Em seguida, sem fazer barulho e de forma decidida, depositou o bisturi de volta na bandeja de metal e limpou a testa úmida com a manga da camisa.

"'Muito bem', disse, desapontado. 'Pode me deixar sozinho um pouco? Vou acordá-lo e mandá-lo embora.'

"Pode parecer bizarro, mas quase senti pena de Soames. O rosto dele, quando saí do quarto, era o retrato da derrota. Quis dizer algo, mas não consegui. Ele tinha o aspecto de um homem frustrado às portas de alguma descoberta magnífica. Saí sem falar nada. Não havia nada a dizer.

"Ao descer, preparei uma xícara de chá. Levei o chá para a sala e deitei no sofá. Tomei um pequeno gole e coloquei a xícara de lado. O chá estava bom, e me acalmou um pouco depois da discussão acalorada. Imaginei Soames no quarto lá em cima, murmurando baixinho e amaldiçoando meu nome enquanto reanimava o paciente. Meus olhos se fecharam, e minha respiração tornou-se alta e regular. Sentindo-me exausto, caí no sono.

"Acordei pouco depois, com uma súbita sensação de pânico. Escutei uma barulheira no quarto lá em cima. Em meio aos berros desesperados de Soames, pude ouvir os gritos abafados de uma criatura em grande dor e agonia. Não demorei muito para entender o que devia estar acontecendo. Levantei do sofá num pulo, saí da sala e subi a escadaria de dois em dois degraus. Antes de chegar ao quarto, escutei Soames gritar: 'Ai... ai Jesus!'

"O aposento era uma confusão só. Os instrumentos cirúrgicos estavam espalhados por todo o chão. A garrafa de uísque havia quebrado, deixando uma mancha escura e úmida em grande parte do piso. Soames encolheu-se ao me ouvir entrar e virou-se para mim. Seu rosto estava sujo de sangue e com uma expressão horrorizada. Ao me aproximar dele, vi o corpo disforme do mendigo espichado no chão, os membros contorcidos em posições estranhas, o corpo inteiro tremendo incontrolavelmente.

"As palavras não podem traduzir de maneira adequada o horror com o qual me deparei. Talvez seja suficiente dizer que nunca poderia ter imaginado que um ser humano, ou qualquer animal, pudesse se mostrar tão consumido pela dor.

"'Ó céus', disse Soames, uma expressão um tanto inadequada.

"Tentei evitar olhar para as terríveis convulsões, o que se provou impossível.

"'Não podemos fazer alguma coisa?', implorei.

"'Como o quê? O fígado dele já era', replicou Soames. E, num tom ao mesmo tempo frio e sem emoção: 'Ele está morrendo.'

"Senti uma súbita raiva. Meu *até então* amigo tinha mentido para mim. Ele jamais tivera a intenção de abortar a cirurgia. Não havia um único traço de compaixão nele. Percebi uma chama em seus olhos, um desejo ardente por alguma coisa que ia além do simples conhecimento. Algo como ambição e ódio.

"Eu não conseguira deter Soames, e por causa disso me sentia parcialmente responsável por seus atos brutais. A prova de sua dissimulação e tenacidade era o fato de ter conseguido levar a cabo aquela experiência abominável.

"Como não podia deixar de ser, o mendigo morreu. A morte, lamento dizer, não foi rápida nem indolor. Implorei a Soames que acabasse com aquele sofrimento, mas ele insistiu em deixar o homem quieto, a fim de registrar todos os resultados do tenebroso experimento.

"Não consegui me mexer até que o homem estivesse morto. Soames me pediu que ficasse. Disse que precisava de minha ajuda para catalogar as descobertas. Acho que o que ele realmente queria era ajuda para se livrar do corpo, mas eu não desejava ter mais nada a ver com aquilo. Ele que limpasse a própria sujeira.

"Naquela noite, os pesadelos começaram. Durante os dias que se seguiram, eu via o rosto do pobre coitado do mendigo coberto por uma máscara de horror permanente, e escutava seus gritos agonizantes. Desde então, nunca consegui deixar de pensar nele. Depois daquela noite, Soames passou a manter distância de mim, como eu já esperava. Só o via nas aulas, onde ele se sentava isolado no fundo da sala, tentando, sempre que possível, fazer todos os exercícios práticos sozinho.

"Cerca de um mês após o incidente, Soames desapareceu. Ninguém sabia para onde ele tinha ido, ou a razão, embora antes de seu sumiço tenham começado a circular rumores de gritos e desaparecimentos na área. Talvez ele tivesse continuado com os experimentos sem a minha ajuda. Tremo só de pensar nas coisas que ele possa ter feito.

"Achei que conseguiria deixar tudo no passado depois de me tornar cirurgião, mas minha carreira parecia manchada desde o começo. Todas as cirurgias que realizava traziam de volta a lembrança, clara como o dia. Ainda assim, consegui trabalhar por dezesseis anos, antes que as lembranças e a culpa me jogassem num estado de depressão e desespero."

Mather fez uma pausa, a história sem dúvida trouxera à tona emoções antigas e indesejadas. Fiquei sentado em silêncio por alguns instantes, tentando processar o que ele me contara. Acho que nem preciso dizer que não é todo dia que a gente escuta uma história desse tipo. Tentei me colocar no lugar de Mather. A ideia por si só era terrível. Talvez ele nem imaginasse o quão chocante e assustadora fosse uma história daquelas para um estranho como eu. Ele tomou um gole do chá e olhou para fora da janela. Uma nuvem passou, lançando sombras cinzentas sobre seu rosto.

— Felizmente, eu havia guardado um dinheiro considerável, e pude me mudar para cá — continuou Mather. — Consegui finalmente perseguir minha verdadeira obsessão... a Dama.

Olhei para o gravador para ver se ainda havia fita suficiente. Um lado já estava quase acabando, porém a história de Mather parecia estar chegando ao fim. Não consegui evitar uma sensação de desconforto. Por que ele me contara tudo aquilo? E por que fora tão honesto ao dizer que não tentara impedir Soames antes? Mather não me parecia o tipo de pessoa que se deixaria intimidar facilmente. Por que ele não tinha ido até a polícia na primeira oportunidade? Sem dúvida, teria ido, se tivesse ficado verdadeiramente chocado com o que o amigo fizera. Eu começava a ficar preocupado com o tipo de pessoa que ele poderia ser.

— Sinto que ela justifica tudo o que fiz até agora — comentou ele.

— Certo — concordei balançando a cabeça. — Mas é uma história bastante sombria, não é? Deve ser algo difícil de se conviver.

— E é. Por isso estou melhor vivendo aqui. Fico longe dos horrores da sociedade, das lembranças. E a Dama é uma ótima companhia. — Ele sorriu.

— O senhor não tem medo de que ela fuja? Quero dizer, ela não o atacaria, como faria com qualquer outra pessoa?

— Talvez — Mather respondeu, parecendo um tanto desligado. — Depende...

— De quê? — Observei Mather se levantar e andar até a janela da sala.

— Parece que o tempo está limpando de novo. — Ele estava certo. As nuvens escuras tinham passado, e o sol brilhava glorioso sobre o lago. Mather pegou minha xícara e a colocou na bandeja junto com a dele. Saiu em direção à cozinha sem dizer uma só palavra.

Pensei na pergunta que eu fizera, e por que ele não me respondera. Ao olhar pela janela de novo, resolvi dar outra caminhada pela ilha antes de voltar para o continente, se Mather não fizesse objeção. Depois de escutar aquela história, eu precisava de ar fresco e de algum tempo sozinho. E, se fosse possível, gostaria de tirar algumas fotos da casa e do entorno. Saí da sala e fui até meu quarto pegar a mochila. No caminho, percebi que não havia nenhum barulho vindo da cozinha. O que quer que Mather estivesse fazendo estava fazendo em silêncio. Pensei em entrar no quarto dele para tirar algumas fotos do Vermelho do Ganges. Será que ele ia me pegar? E, se pegasse, o que faria? Não, era melhor esperar. Tanto a história quanto ele já tinham me deixado bastante assustado. Não tinha ideia de como ele reagiria se me pegasse contrariando seus desejos. No entanto, se eu conseguisse fazê-lo se afastar da casa, talvez então tivesse a oportunidade de que precisava.

# VI: REVELAÇÃO

Mather encontrava-se absorvido em pensamentos quando me juntei a ele na cozinha. Estava lavando a louça, mas fazia isso de modo curiosamente lento. Eu estava prestes a perguntar se havia algo errado quando, ao me ver parado na porta, ele deu um pulo, quase deixando a xícara cair de sua mão.

— Desculpe — falei. — Não quis assustá-lo.

— Não, a culpa foi minha. Por um momento, fiquei preocupado... — Ele parecia constrangido, embora eu não conseguisse imaginar por quê. Ao notar a mochila pendurada em meu ombro, perguntou: — Já está indo embora?

— Daqui a pouco. Tenho muito trabalho a fazer no escritório, o senhor sabe. Mas não me importaria de dar outra volta rápida pela ilha antes de ir.

— Ah, bem, deixe-me terminar isso e vamos juntos.

— Não, não, é muito gentil da sua parte, mas, se não se incomodar, eu preferiria ir sozinho. Gostaria de tirar algumas fotos da casa e do lago para o artigo... tudo bem?

— Ah, bem, não sei...

— Compreendo perfeitamente o que falou mais cedo, sobre não querer gente aparecendo na ilha, mas só vou tirar fotos das árvores e do lago. Nada revelador.

— Tenho a sua palavra?

— Com certeza.

— Bom... então, tudo bem. Pode tirar as fotos. Mas lembre-se, não quero que nenhum nome seja mencionado no artigo. Sou muito reservado com relação a esse tipo de coisa.

— Já notei. Não se preocupe. Devo voltar em meia hora, no máximo uma. Então poderemos ir, certo?

— Certo.

— Ótimo. — Sorri e me virei enquanto Mather continuava ao lado da pia, como se esperando que eu saísse. — Estou indo então. A gente se vê daqui a pouco.

Eu já estava na porta quando Mather falou:

— Tome cuidado para não ir longe demais... depois da casa de barcos, a trilha não é segura. Há muitos arbustos espinhosos. Eu nunca vou para aquele lado da ilha.

— Certo... tudo bem, vou tomar cuidado.

Do lado de fora, o ar estava fresco e agradável. Um movimento atraiu meu olhar e, ao me virar para a casa, vi as cortinas da janela da sala balançando. Dei alguns passos para trás, quase até chegar à linha das árvores, tirei a Nikon da mochila e verifiquei se ela estava funcionando direito. Estava tudo em ordem. Tirei algumas fotos da casa, de vários ângulos, e coloquei a câmera de volta na mochila. Imaginei mais uma vez como Mather conseguia viver sozinho ali. Poucas pessoas estariam preparadas para viver em tamanho isolamento. Será que a experiência com Soames fora o único motivo para uma decisão tão drástica? O aspecto mental daquela situação era curioso. Por mais que eu fosse uma pessoa solitária na maior parte do tempo, achava difícil imaginar a vida sem uma interação social regular. Eu ficaria louco. Talvez a gente não se dê conta do quanto depende dos outros até se ver totalmente isolado. Contudo, pelo que eu tinha visto, Mather parecia lidar com seu isolamento muito bem.

Andei em direção à praia, mas depois mudei de ideia. Não havia nada de muito interessante para aquele lado, e eu tinha certeza de que conseguiria uma vista melhor do lago de outros lugares da ilha. Tomei a trilha que havia descoberto mais cedo. Por sorte, vários galhos tinham sido afastados do caminho em minha incursão anterior, portanto o progresso foi mais fácil. Não demorei muito para alcançar as pedras acima da segunda praia. Tirei a câmera da mochila de novo, pendurei-a no pescoço e olhei através do visor o lago ao longe. O dia prometia ser bem bonito. Ainda havia algumas nuvens aqui e ali, mas elas eram finas e alongadas. A superfície do lago brilhava reluzente sob a luz do sol. Tirei algumas fotos da imensidão azul e segui em frente, dessa vez deixando a câmera pendurada no pescoço.

A trilha terminava nas pedras. Um mato baixo e denso circundava a praia e a casa de barcos. Contudo, ao pegar a trilha de volta, notei um pequeno buraco entre as árvores. Mather me avisara para não andar naquela direção, mas talvez ele só estivesse sendo cauteloso demais. Aproximei-me do buraco e olhei em torno. Só consegui ver urtigas e galhos. Enfiei as mãos nos bolsos e prossegui com cuidado.

Precisei usar de um pouco de força para abrir caminho a princípio, mas, após afastar vários galhos, descobri que a nova trilha não era muito diferente da anterior. Ela ziguezagueava em direção à ponta oposta da ilha. Decidi segui-la, ansioso.

Escutei pássaros nas árvores em volta, mas não consegui vê-los. Até então, eu só tinha tirado fotos da casa e do lago. Queria tirar algumas da fauna local, para o caso de não conseguir nenhuma do Vermelho do Ganges. Enquanto seguia pela trilha, tive um vislumbre dos fundos da casa de Mather. Ao entrar pelo meio das árvores para ter uma visão melhor, fui logo recompensado. Pude ver uma janela no final da alameda, com uma cortina no lado de dentro. Um pouco abaixo, ficava uma pequena construção em madeira, pouco maior do que um canil, que devia ser a casa do gerador. Embora Mather tivesse dito que não usava muita eletricidade, a máquina devia ser importante para ele. Tentei me imaginar preso na ilha à noite sem nada além de velas para me guiar. Não era um pensamento reconfortante.

A visão da casa e do gerador era assustadora o suficiente para garantir ao artigo a atmosfera certa. Através dos galhos, bati algumas fotos; os cliques assustaram vários passarinhos nas redondezas. Quando me dei por satisfeito, voltei para a trilha e continuei a caminhar.

O gorjear dos pássaros logo ficou distante, como se eles não tivessem nenhum interesse naquela parte da ilha. Enquanto fui seguindo, assobiando com minha voz desafinada ou apenas escutando o som dos galhos balançando ao vento, a trilha se alargou, estreitou e quase desapareceu em determinados lugares. Imaginei se encontraria algo de interessante no final dela.

## CENTRO DE PESQUISA DO LAGO LANGUOR
## ILHA ARIES
## ENTRADA PROIBIDA

A placa pendurada no portão que cruzava a trilha estava um pouco torta, mas, apesar das letras desbotadas, chamou minha atenção. Fui imediatamente confrontado por uma pergunta inquietante. Por que Mather me dissera que não havia outras construções na ilha? Ele tinha dito que não vinha muito para esses lados, mas eu achava difícil acreditar que não soubesse nada sobre o centro de pesquisa.

Fiquei olhando para a placa por algum tempo, incapaz de prosseguir. O motivo, aquelas duas palavras simples, porém poderosas: ENTRADA PROIBIDA. Bati duas fotos e aproximei-me do portão. Parecia estranho que um centro de pesquisa ficasse no final de uma trilha tão pouco usada. Mesmo que estivesse fechado há tempos, eu esperaria mais do que um caminho acidentado. Talvez houvesse um segundo acesso para o centro partindo da outra praia. Examinei, nervoso, as árvores ao meu redor, em busca de sinais de movimento, embora não esperasse ver ninguém observando. Subi no portão, passei as pernas por cima e caí no chão do outro lado. Um pouco mais além, a trilha fazia um desvio para a esquerda.

Tão logo virei à esquerda, vi um prédio de tijolos um pouco mais à frente. Sem dúvida, estava abandonado. O tempo e as estações tinham feito seu trabalho, e a densa folhagem de ambos os lados aos poucos vinha cobrindo tudo. Peguei a câmera e me afastei ligeiramente para enquadrar o prédio. De repente, um pequeno coelho saiu dos arbustos alguns metros adiante e se sentou, a cabeça virada com curiosidade em minha direção. Tirei a foto com o animal em primeiro plano. O coelho, assustado com o clique da câmera, virou-se e voltou para as árvores. Baixei a Nikon e olhei mais uma vez para o prédio. Ele ficava a menos de um quilômetro e meio da casa. Como Mather podia não saber de sua existência?

Não vi nenhuma indicação do lado de fora sobre o tipo de pesquisa que costumava ser realizada ali. No entanto, ao aproximar-me da entrada, vi uma pequena placa sobre os tijolos, à esquerda da porta.

## CENTRO DE PESQUISA MARINHA DO LAGO LANGUOR

Uma hera lustrosa e grossa subia entrelaçando-se pelas pilastras de madeira que sustentavam o telhado. A porta da frente era de vidro da metade para cima. O vidro estava amarronzado devido à umidade e à terra acumulada por vários anos. A parte de baixo da porta estava podre e empenada. A tinta branca ainda era visível em alguns pontos, mas a maior parte dela havia muito descascara. Coloquei a mão na maçaneta, que girou sem resistência. Abri a porta e entrei, e fui imediatamente assaltado por um cheiro de madeira apodrecida, vegetação úmida e algo mais. Era como um fedor terrível de comida estragada, só que pior.

O saguão de entrada era uma pequena recepção depenada. Onde antes deveria haver algumas cadeiras pregadas no chão, agora só restavam os buracos. À direita, sobre o piso, vi vários cacos de um vaso quebrado, já verde de limo. A folha de uma revista esbranquiçada pelo tempo ficara estampada sobre o tapete como uma tatuagem acidental.

Atravessei o pequeno saguão e entrei num outro cômodo grande e iluminado, que devia ter sido o laboratório. O cheiro ficou mais forte, difícil de ignorar. Meus pés esmagaram inúmeros pedaços de vidro quebrado. A luz atravessava as folhas que cobriam uma janela, lançando um brilho esverdeado sobre vários tipos de aquários arrumados ao longo da parede direita, alguns intactos, outros em diferentes estágios de destruição. Bem na frente deles, havia algumas mesas altas, cobertas de terra e sujeira. Presumi que devia ser onde a equipe realizava os experimentos. Andei em direção ao centro da sala, e notei que um banco fora lançado contra um dos aquários. Um ato claro de vandalismo, mas quem teria feito aquilo? E será que isso tinha acontecido antes ou depois de Mather ir morar na ilha?

No extremo oposto do aposento, havia duas portas. A primeira, à esquerda, levava a um anexo, onde encontrei o que parecia ser a sala dos funcionários, os banheiros e uma estante grande para guardar mantimentos. Na sala dos funcionários, notei uma velha revista científica num dos cantos, no chão, semelhante à *Missing Link*. Aproximei-me dela e dei uma olhada. Ela estava aberta num artigo sobre infestação de cupins e espécies raras de "supercupins". Alguém estivera obviamente interessado nos autores do artigo, Pat Harold e C. H. Peters, visto que os nomes tinham sido circulados com um marcador. Deixei a revista imunda onde estava, voltei para a sala principal e tentei a outra porta.

Girei a maçaneta e empurrei, mas a porta só cedeu um pouquinho. Parecia estar um pouco emperrada. Tive de dar um bom chute a fim de abrir espaço suficiente para que eu conseguisse me espremer e passar.

Vi-me no topo de alguns degraus de concreto, e olhei em volta à procura de um interruptor, até lembrar que o gerador, onde quer que estivesse, deveria estar parado. O cheiro ficou bem pior, dando a impressão de vir lá de baixo, em ondas quase palpáveis. Apesar dos possíveis perigos, o jornalista em mim estava determinado a descobrir o que se escondia na escuridão.

Como não tinha uma lanterna, voltei para a sala principal e tirei o flash da câmera de dentro da mochila. Por sorte, assim como a Nikon, ele não fora afetado pelo mergulho da véspera. Encaixei-o na sapata e esperei que carregasse antes de dar um disparo de teste. Só me restavam duas chapas no filme, portanto não fazia sentido removê-lo. Voltei para a porta e consegui descer a escada até a metade antes de precisar usar a câmera. Ao disparar o primeiro flash, concentrei-me na parte de baixo da escada, e desci rumo à escuridão com a imagem gravada na mente.

Ao alcançar a base, dei outro disparo do flash. Dessa vez, a luz revelou um pequeno porão, cheio de prateleiras e caixas empilhadas, uma em cima da outra. Tive certeza de ter visto um lampião a óleo sobre uma pequena mesa, num dos cantos. Fechei os olhos e estudei a imagem gravada em minhas retinas. Definitivamente havia algo ali. Dei alguns passos e apontei o flash para o ponto em questão. O lampião estava realmente lá, e, ao lado, uma caixa grande de fósforos de cozinha.

— Eureca — murmurei comigo mesmo. Tateei até encontrar a caixa, risquei um fósforo e peguei o lampião, sem saber ao certo como acendê-lo. Quando, por fim, descobri como, o fósforo já estava quase queimando meus dedos. Segurando o lampião no alto, iluminei o porão. A única coisa que não tinha notado durante o espocar do flash era uma porta ao lado da base da escada. Enfiei a caixa de fósforos no bolso e dei uma olhada nas prateleiras e nas caixas, para ver se havia algo de interessante. Como não encontrei nada, voltei minha atenção para a porta.

Dessa vez não havia maçaneta, mas bastou empurrar a porta com um pouquinho de força e ela abriu para dentro. Ainda com o lampião no alto, deparei-me com um cômodo um pouco maior do que o anterior. O chão era preto: parecia ter sido pintado por alguma razão, ainda que de forma desajeitada, como indicavam os fachos de luz. Vi buracos feitos com furadeira em vários lugares, mas não consegui imaginar o motivo. No meio da sala havia uma mesa grande, também pintada, algo que me pareceu particularmente estranho. Balançando o lampião próximo às paredes, notei duas pequenas prateleiras e uma cômoda. Contei pelo menos sete lampiões, arrumados em vários pontos da sala, sem dúvida uma tentativa de iluminar todo o ambiente para algum tipo de trabalho. Aliado ao cheiro diabólico de deterioração, um odor de ferrugem emanava de algum lugar. Apontei o lampião para o chão. Em alguns pontos, a luz penetrava ligeiramente na pintura, revelando as camadas. Comecei a me sentir enjoado, e não apenas por causa do cheiro. Era como se meu subconsciente estivesse tentando me dizer alguma coisa que eu não queria ouvir.

O extremo oposto da sala terminava num portal, e resolvi checá-lo antes de ser completamente subjugado pelo ar pútrido.

Tive muita sorte de não seguir em frente direto, visto que o chão se abria subitamente numa espécie de poço. A parede oposta ficava a uns dois metros, mas não dava para saber a distância até o chão.

Ajoelhei-me na beira do buraco e desci o lampião, quase vomitando com o fedor que me invadiu as narinas. Distingui várias formas um pouco abaixo. Balancei o lampião para frente e para trás, porém não consegui definir o que havia lá embaixo.

Afastei-me da beirada, peguei a câmera que estava pendurada em meu ombro e a coloquei no chão, à direita, para que não me atrapalhasse. Acendi um dos outros lampiões, ficando, portanto, com dois, e voltei com ambos para a beira do buraco. Coloquei um com cuidado atrás de mim, um pouco para a direita, deitei no chão e balancei o outro na escuridão. Mesmo balançando o lampião, ainda não conseguia entender o que estava vendo. Certo de que não havia mais nada a fazer, tirei o cinto, passei uma das pontas pela alça do lampião e de novo pela fivela, deixando-o bem preso; em seguida, tentei iluminar o buraco. Fui abaixando o lampião pouco a pouco, até que, num momento de falta de jeito, o cinto escapou da minha mão. O lampião caiu sobre uma pilha enorme no fundo do poço. Com os olhos apertados para enxergar melhor, distingui um objeto familiar, agora iluminado pelo lampião, que caíra sem se virar. Engasguei com o ar, esquecendo por um segundo do fedor que me cercava.

— Ó céus — murmurei, numa voz que quase não reconheci. Congelada em forma de garra, estava uma mão, sobressaindo de um emaranhado de corpos, alguns vestidos, outros não, todos em vários estágios de decomposição. Tomado por um tremor súbito e com dificuldade de respirar, levantei-me e fiquei ali, olhando para o horror logo abaixo. Nesse momento, algo atrás de mim espatifou-se no chão. Meu corpo inteiro se contraiu em reação ao barulho e, perdendo o equilíbrio, caí para frente, dentro da cova aberta.

# VII: AFLIÇÃO

aí de cabeça sobre a pilha de corpos. Por sorte, meus braços estavam esticados à frente e amorteceram o impacto, mas, mesmo assim, fiquei tonto. Ao cair, derrubei o lampião que estava no chão e, para piorar, o que caíra dentro do buraco, ficando, portanto, no escuro. Ao me apoiar nos cotovelos, senti algo molhado e macio ceder sob meu peso. Virei e me sentei devagar, para que a pilha de corpos não desmoronasse. O fedor estava me enjoando, e a cada inspiração eu me sentia mais próximo da loucura. Manter a comida no estômago foi uma provação. O fedor penetrava meus pulmões, garganta, narinas, tudo. Tentei diminuir o ritmo da respiração, porém o resultado foi apenas um déficit de oxigênio, que precisei compensar engolindo grandes bocados daquele ar detestável.

Meu pé direito começou a escorregar entre dois corpos; mudei, então, de posição, para evitar ser sugado para baixo. O barulho que eu escutara podia ter sido feito por alguém na sala lá de cima; só que agora estava tudo em silêncio, nenhuma reação à minha respiração pesada e desesperada. O lampião escorregou do meio das minhas pernas, caindo ligeiramente para frente. Não conseguia ver nada na penumbra que me cercava, apenas formas indistintas de preto e cinza. Peguei a caixa de fósforos do bolso e reacendi o lampião. Parecia haver pelo menos duas dúzias de corpos na pilha abaixo de mim.

Fiquei sentado ali enquanto minha respiração se acalmava, incapaz de desviar os olhos da saída, esperando que a silhueta de Mather aparecesse a qualquer momento. Por que ele não se aproximara do buraco? Por que não vinha logo me matar? Com certeza, era isso que ele ia fazer, não? Comecei a murmurar por entre dentes, talvez rezando, implorando para que alguém me tirasse daquela horrível confusão em que eu me metera. O tempo foi passando, e comecei a imaginar o que diabos ele estaria fazendo, até que ouvi um espirro, seguido por um estranho arranhar. Fiquei tenso, esperando que algo terrível acontecesse, até que por fim uma silhueta negra apareceu no portal.

O sr. Hopkins observou a pilha de corpos abaixo, como se procurasse a forma mais rápida de descer. O olfato dele devia ser muito mais apurado do que o meu, e não entendi por que ele desejaria se aproximar de toda aquela carne morta. Ele soltou um miado longo e indulgente. Em seguida, andou de um lado para outro na boca do buraco, como se tentasse encontrar o melhor jeito de se juntar a mim. Desistindo, abaixou o corpo inteiro e esticou as patas da frente por sobre a lateral, de modo que elas ficaram apoiadas contra a parede. Continuou se movendo até começar a escorregar, e contraiu o corpo, preparando-se para a queda. Ele aterrissou tranquilamente à minha direita, sem problema nenhum, sobre as costas de um grande cadáver envolto em lençóis sujos.

— Olá — disse eu, com a voz mais rouca e seca do que esperava. O sr. Hopkins miou novamente em resposta, e começou a esfregar o corpo em minhas pernas. —Você poderia ter escolhido um momento melhor. Mas pelo menos é você, e não aquele louco. Que diabos está acontecendo aqui? — O sr. Hopkins parou de rondar as minhas pernas e se deitou a meu lado, ronronando suavemente. Balancei a cabeça e ergui os olhos para o portal. Eu podia alcançar a beirada do buraco, mas seria difícil. O gato ficou ali, ronronando e olhando para mim. Talvez ele não tivesse olfato. Agachei-me, sabendo que a qualquer momento a pilha de corpos poderia desmoronar. Erguendo o lampião, consegui captar todo o horror que me cercava.

Vi membros entrelaçados; e um par de rostos descobertos, deformados pela decomposição, os dentes à mostra, a pele esticada. Não ousei fixar os olhos em nenhum ponto por muito tempo, para não deixar que a imagem ficasse gravada na mente pelo resto da minha vida. Escutei então um barulho abafado, leve e repetido, como se viesse de algum recôndito escuro da memória. Era meu celular. Entrei em pânico ao perceber que tinha perdido a mochila na queda. Escutei com atenção, consegui localizar de onde vinha o som, estiquei o braço, agarrei uma das alças da mochila e a puxei para mim.

Encontrar o aparelho não foi tão difícil quanto eu imaginara, embora eu tivesse, praticamente, esvaziado a mochila sobre a pilha antes de conseguir atendê-lo.

— Alô?

— Oi, Ash, é a Gina. Olha...

— Gina, escute — falei, tanto surpreso quanto aliviado por escutar a voz dela. — Estou com sérios problemas. Tem um monte de cadáveres aqui. Acho...

— Ash? Não estou escutando...

*Ó céus*, pensei. *Ótima hora para ficar sem sinal.*

— Gina! — Comecei a gritar, não me preocupando mais com o barulho. Se Mather estivesse na sala lá em cima, a essa altura já teria aparecido. — Gina, está me escutando?

— ... shh... bateria... falha... ando... bem?

— Alô? Se estiver me escutando, Gina, chame a polícia. Mande-os para cá agora! Tem um psicopata na ilha!

— ... — Apenas estática.

— Gina? — Mas ela se fora. Olhei com tristeza para a tela. A qualidade do sinal era agora irrelevante. Eu estava sem bateria.

Senti-me perdido, sem esperança. Eu tivera a oportunidade de pedir ajuda, e provavelmente a tinha perdido. Poderia levar um bom tempo até as pessoas começarem a se preocupar seriamente com a minha ausência. Rezei para que Gina tivesse escutado o suficiente para dar o alarme.

Sair daquele buraco fedorento não foi tão difícil quanto eu temia. Deixei o lampião onde estava, sabendo que haveria outros lá em cima. Com a ajuda da luz bruxuleante, pendurei a mochila no ombro e andei com cuidado por sobre a pilha macia de corpos e tecidos, até o portal ficar bem acima da minha cabeça. Procurando certificar-me de que o sr. Hopkins estava a uma distância segura, botei primeiro um pé e depois o outro sobre o que me pareceu ser um braço. Ele começou a ceder, então, em vez disso, tentei as costas. Ela também começou a se mover, mas parou após um ou dois segundos, portanto decidi confiar. Pulei, tentando alcançar a beirada com ambas as mãos. Apesar de todo o esforço, meus dedos não conseguiram se manter agarrados e caí de costas sobre a pilha instável. Meus pés entraram num buraco entre dois membros, e por um momento achei que fosse desaparecer no meio da pilha. Encontrei uma plataforma mais sólida e tentei de novo. Dessa vez, consegui agarrar a beirada e, erguendo meu corpo, apoiei um joelho após o outro no chão da sala. Ao olhar de volta para o buraco, vi um par de pontos verdes fosforescentes. Deitei no chão e estiquei o braço o máximo que consegui. O sr. Hopkins aproximou-se, contraiu o corpo, sacudiu-o ligeiramente e pulou, agarrando-se na manga da minha camisa. Retraí-me ao sentir as garras perfurando a pele sob o tecido, em seguida o ergui e o coloquei no chão. Ele emitiu um estranho ronronar no fundo da garganta, virou-se e saiu em disparada do aposento. Peguei a câmera, acendi outro lampião e segui o gato para fora do porão.

Não alcancei o sr. Hopkins até me ver do lado de fora novamente, sob a luz do dia. Meus olhos arderam depois de tanto tempo no escuro, e minha cabeça começou a doer. Depois daquele ar pútrido lá de baixo, o oxigênio do lado de fora foi como um vinho de boa qualidade para os pulmões. Andei de um lado para outro, respirando profundamente, agradecido, até me lembrar da vulnerabilidade da minha posição. Analisei a trilha à frente, e a percorri por um tempo antes de me sentar num montinho de grama ao lado das árvores. Meus nervos tinham me deixado trêmulo. Antes de mais nada, eu precisava me acalmar e organizar meus pensamentos.

Ao que parecia, Mather era um assassino. A menos que houvesse outra pessoa na ilha. De qualquer forma, era improvável que ele não tivesse conhecimento dos corpos. Eles ainda estavam em decomposição, portanto Mather já morava na ilha quando eles foram jogados naquele lugar, se é que não tinha nada a ver com tudo aquilo. Eu estava com sérios problemas.

Minha respiração se acalmou e voltou a ficar regular. O oxigênio parecia estar me ajudando a pensar com mais clareza. De modo bizarro, não conseguia evitar ver toda a situação de uma perspectiva jornalística. Era uma história fantástica, definitivamente algo para os jornais nacionais. O furo de uma vida. Era difícil, porém, conseguir entender tudo. Por que matar tanta gente? Por que jogar os corpos naquele buraco? O aposento de cima também era um mistério, a menos... de repente, lembrei-me da cor peculiar da mesa e do chão. Seria sangue? Será que Mather estava realizando experiências com pessoas, a fim de satisfazer alguma curiosidade sombria e mórbida? Ocorreu-me que ele talvez tivesse dado continuidade às experiências iniciadas por seu velho amigo Soames. No entanto, quanto do que me contara era verdade? Será que ele era realmente a parte inocente naquele negócio infeliz? Será que Soames existia? Será que Mather convidava as pessoas para irem à ilha com o objetivo de matá-las e remover-lhes os órgãos? Na hora, pareceu loucura ele ter me contado a história de Soames e do mendigo. Era como se estivesse brincando comigo. Talvez fosse tudo uma farsa montada para me enrolar. Quanto tempo ele esperaria para me drogar ou matar, para me carregar até aquele porão e me transformar numa cobaia de uma de suas experiências mórbidas? O problema do cúmplice ainda me intrigava. Enganar e matar todas aquelas pessoas seria um feito grande demais para ser realizado sem ajuda. Haveria alguém mais na ilha?

As vítimas em decomposição no porão deviam ter família e amigos que sentiam sua falta. Isso me fez pensar mais uma vez em Gina e no telefonema interrompido. Será que ela escutara alguma coisa? Em caso negativo, quanto tempo levaria até que ela percebesse que havia algo errado? Minha mãe e meu pai estavam visitando parentes nos Estados Unidos, portanto eles não dariam por minha falta. Minha irmã, Carol, vivia em Gales, e raramente estava em casa para atender ao telefone. Ela não saberia que eu estava desaparecido, pelo menos não até domingo, quando não recebesse meu telefonema semanal. Meus amigos não achariam nada estranho eu não entrar em contato com eles por alguns dias. A menos que Gina e meus colegas de trabalho suspeitassem de algo, eu estava ferrado.

Ponderei sobre o problema de como Mather selecionava suas vítimas. Ele me parecia o tipo de homem que fazia as coisas de forma metódica. Afinal de contas, tinha tempo suficiente para planejar tudo em detalhes. Devia seduzi-las com a promessa de mostrar-lhes o Vermelho do Ganges. E, assim que chegavam à ilha, isoladas da civilização por uns bons dois ou três quilômetros, elas ficavam à sua mercê.

Mas por que o mosquito? Por que aquela criatura em particular? Com certeza ele poderia atrair as pessoas até a ilha e matá-las sem lhes mostrar nada. Por que tivera o trabalho de me mostrar o inseto e contar o mito que o envolvia? Parecia algo sem sentido. O que quer que estivesse acontecendo não era nada claro. Talvez ele tivesse algum grande plano que exigia a presença do Vermelho do Ganges. Se Mather *estava* realizando suas experiências na ilha, talvez o mosquito estivesse envolvido de alguma forma. Eu não conseguia ver a conexão, mas tinha uma sensação forte de que havia alguma.

Pensei em como voltar para o continente. Minha única preocupação era colocar a maior distância possível entre mim e Mather. Ainda assim, eu estava fascinado. Minha curiosidade não me deixaria em paz. Eu queria fugir, mas ao mesmo tempo desejava descobrir a verdade. Nos mínimos detalhes. Acho que é isso o que significa ser jornalista. Eu estaria enfiando a cabeça na boca do leão, mas, se quisesse chegar ao fundo desse horror, teria de forçar Mather a contar a verdade. No mínimo, precisaria do gravador, o qual, como um bom idiota, deixara na sala de Mather. As palavras dele, aliadas à cova coletiva no porão do centro de pesquisa, que eu devia ter fotografado, dariam uma bela prova. No entanto, mais uma vez, minha mente foi tomada pelo perigo da situação. Decidi não desafiar a sorte. Se eu conseguisse chegar a Tryst, poderia encontrar a polícia e contar-lhes tudo. O segredo de Mather seria revelado, e eu ainda teria uma boa chance de conseguir uma história exclusiva. Afinal, quem melhor do que eu para escrevê-la?

Levantei-me e sacudi a poeira da roupa. Minhas calças e sapatos apresentavam manchas úmidas do contato com os cadáveres na cova, o que me fez estremecer só de pensar. Segundo meu relógio, passava um pouco das nove e meia. Mather devia estar procurando por mim. Eu precisava me mexer. A casa de barcos não ficava muito distante: se eu não fizesse muito barulho, poderia estar longe antes que ele percebesse alguma coisa.

Enquanto percorria a trilha, pensei na personalidade de Mather. Assim que chegara à ilha, ele se mostrara amável e acolhedor. O modo como falava e os assuntos que o interessavam haviam feito com que parecesse ser alguém com quem eu, e com certeza muita gente, podia se dar bem. Contudo, toda aquela solidão devia ter afetado a mente do homem. A cova era uma prova disso. Mas por que ele parecera tão normal, tão lúcido? Seria mais esperto do que aparentava? Seria um gênio criminoso? O fato de que pudesse pensar racionalmente o tornava ainda mais assustador. Se fosse louco, teria despertado minhas suspeitas muito antes. E o que dizer do Vermelho do Ganges? Seria realmente tão letal quanto Mather dissera? Eu tinha visto um mosquito gigante, mas, até onde eu sabia, podia ser uma aberração da natureza inofensiva, ou talvez um truque benfeito, uma ilusão. Tal como antes, sentia-me confuso pela estranheza do plano. Por que usar uma isca tão incomum?

Alcancei o portão e o escalei. Fiquei olhando para o mato baixo ao meu redor. Talvez Mather tivesse me visto deixar a clareira e imaginado a direção que eu tomara.

Pouco tempo depois, cheguei ao topo do morro que descia até a pequena praia e a casa de barcos. Sem hesitar, desci correndo a encosta até o pequeno barracão, levantando nuvens de areia na corrida. Cego pelo pânico, puxei a porta da casa de barcos, tentando forçá-la a se abrir.

— Sr. Reeves.

Congelei. Era impossível me virar e encará-lo. Só consegui ficar olhando para a madeira empenada da porta diante de mim enquanto ele se aproximava.

— Que diabos está fazendo? Se estava tão desesperado para voltar para casa, era só dizer. Para falar a verdade, vim buscá-lo.

— Desculpe — respondi, sem saber ao certo como continuar. — Eu... eu não sei o que deu em mim. — Larguei a porta e me virei para encará-lo, oferecendo o que deve ter parecido um sorriso forçado.

— Tudo bem, o senhor está muito longe de casa, afinal. — Mather percebeu as manchas úmidas de morte e terra em minhas calças, mas não disse nada. Ele sorriu, em seguida ergueu os olhos para o céu. — Parece que está esfriando, tenho certeza de que vai chover de novo hoje à tarde. Que tal uma boa xícara de chá antes de partirmos?

— Hum… tudo bem… — Eu queria retrucar, dizer-lhe que precisava ir embora imediatamente, mas mal conseguia falar. Estava aterrorizado.

Subimos a encosta de volta em direção à clareira. Minha tentativa de fuga tinha sido frustrada. Eu não sabia ao certo do quanto Mather suspeitava, mas, por segurança, precisava presumir que ele sabia de tudo. As manchas molhadas e desagradáveis em minhas calças eram suficientes para me entregar. Talvez houvesse um meio de escapar dele, se eu conseguisse ficar vivo por tempo suficiente.

Quando chegamos de volta a casa, a porta da frente estava aberta. Escutei uma música, embora não me lembrasse de ter visto nenhum tipo de aparelho de som. Entrei na frente de Mather, tentando não parecer que estava esperando ser atacado a qualquer momento. Parei, e ele me conduziu até a sala, onde me falou para ficar à vontade. Para minha surpresa, vi um gramofone na mesa ao lado da lareira. Eu nunca tinha visto um de perto antes, muito menos escutado. Era um belo aparelho. O bocal grande, em forma de corneta, era de um verde-claro debruado por um verde mais escuro, e lembrava uma flor gigante. A caixa sobre a qual se apoiava era de madeira polida marrom-clara com um painel de vidro na frente que permitia ver o mecanismo interno. Olhei para o disco que girava sobre o prato. Como estava se movendo, levei alguns segundos para ler o título da peça clássica: *La Main du Diable*, executada por Pandemonium.

O título estava em francês. A obra era incomum: não parecia haver nenhum arranjo ou estrutura identificável. A execução do grupo era com certeza hábil, mas em alguns momentos soava como uma luta, uma batalha improvisada, com instrumentos atuando como armas. A capa do disco estava um tanto gasta e, nos pontos em que a luz da janela incidia sobre as áreas mais escuras, era possível ver camadas e mais camadas de impressões digitais. Sem dúvida, era uma obra popular.

Mather pediu licença e saiu da sala. Refleti que, se ele estava escutando música, não devia ter ficado muito ansioso com a situação, a menos que isso revelasse outro lado doentio de seu caráter. Mas talvez o perigo não fosse tão grande quanto eu temia. Andei com cuidado até o corredor, e tentei prestar atenção em algum outro som além da música. Nada. Não consegui ficar parado, portanto segui pelo corredor e encontrei a porta do quarto de Mather aberta.

Ele estava abrindo o painel que escondia a alcova do Vermelho do Ganges. Fez isso bem devagar, ao contrário de antes, como se não quisesse fazer barulho. Algo o fez se virar, e ele deu um pulo ao me ver parado na porta. Colocando a mão sobre o peito de um jeito um tanto dramático, riu.

— Pai do céu! O senhor me deu um susto.

— Desculpe, só estava…

— Esqueça. — Ele olhou por cima do ombro para a parede falsa, em seguida aproximou-se de mim. — E então, que tal uma xícara de chá?

— Na verdade, estou satisfeito, eu…

— Bom, de qualquer jeito, vamos voltar para a sala. — Embora eu o tivesse assustado, Mather parecia razoavelmente calmo, como se as coisas estivessem seguindo o rumo planejado. Senti-me mais desconfortável ainda. Era difícil entender o comportamento dele.

De volta à sala, Mather foi até o gramofone e levantou a agulha do disco, que já terminara de tocar.

— Uma peça interessante — comentei, tentando parecer calmo.

— A meu ver, uma obra-prima. Pandemonium só produziu algumas poucas obras, mas que obras! O efeito, a forma como estimulam a mente, é simplesmente sublime. Um trabalho inspirado. — Ele pegou o disco, balançando-o delicadamente no dedo indicador, e o colocou com perícia na capa. Foi até uma pequena estante e o guardou.

— Pois bem, sr. Reeves — disse, apontando para uma cadeira —, fique à vontade.

Coloquei a mochila e a câmera no chão e sentei na cadeira. Mather sentou na mesma poltrona de sempre e cruzou as pernas confortavelmente. Se tinha alguma intenção maliciosa, conseguia escondê-la bem.

—Viu algo de interessante na sua longa caminhada?

Não gostei da forma como ele falou "longa". Significava que eu tinha ficado fora mais tempo do que o esperado.

— Na verdade, não. Vi um pouco mais da ilha. A outra praia, a floresta, o...

— Centro de pesquisa? — A forma como terminou minha frase me pegou de surpresa e me incomodou. Eu já tinha decidido que não fazia sentido mentir sobre o lugar. Dado o tempo em que eu estivera fora, seria improvável que não o tivesse visto.

— Ahn, sim. Vi. O senhor não tinha dito que não havia outros prédios na ilha? — Minha voz tremeu um pouco. Rezei para que não traísse meu nervosismo.

— Para ser honesto, esqueci dele. Não costumo ir para aquele lado da ilha. Dei uma volta grande logo que cheguei aqui, mas não tem nada de interessante lá.

— Entendo.

Mather continuou calmo, e foi quase convincente. Contudo, ele já devia estar acostumado a lidar com esse tipo de situação, e tinha sua história e as desculpas na ponta da língua.

— Ele está desativado, é claro — informou ele. — Foi fechado há alguns anos por falta de fundos.

— Entendo. — Meu estômago revirava sem parar. *Mentiroso*, pensei. *Você esteve por lá sim. E sei exatamente o que andou fazendo. Vou tomar as providências para que o resto do mundo também saiba.*

Mather me lançou um olhar expressivo. Parecia que, nos poucos segundos em que perscrutara meus olhos, conseguira ler meus pensamentos e adivinhar minha intenção.

— Então, o senhor... entrou para dar uma olhada?

— Não. — Maldição. Respondi rápido demais. Mather me olhou com uma das sobrancelhas levantada, inquisitiva. — Não, não entrei — continuei, após uma pausa. — Não me pareceu seguro. Mas dei uma olhada por fora.

— Certo. — Mather olhou como quem não quer nada para a janela, com um leve sorriso estampado no rosto. — Sabe, pensando bem, o senhor talvez achasse o que está lá dentro bastante curioso.

— Jura? — Tentei parecer surpreso. — Por quê?

— Bom, ao que parece, antes de o centro ser fechado, eles realizavam um trabalho bastante interessante lá dentro.

*É, e muito mais foi feito depois que ele foi fechado também!*

— ... interessa?

— Como? — Eu estivera preocupado demais com meus próprios pensamentos para ouvir a pergunta.

Mather sorriu. Parecia se divertir com meu comportamento.

— Perguntei se o senhor se interessa pela vida marinha.

— Ah, bom, não em particular. Embora já tenha escrito alguns artigos sobre peixes para a revista. Mas nada muito importante.

— Entendo. Bom, acredito — disse ele, levantando-se — que o senhor acharia o centro bastante fascinante. Por que não vamos até lá antes de voltarmos para o continente? Só levaríamos alguns minutos.

Ergui os olhos para ele, com um sorriso fraco estampado no rosto, tentando pensar rapidamente. Eu podia dizer não. Podia dizer que estava com pressa de voltar para casa, que tinha muito trabalho a fazer.

Mas e aí? Será que ele chegaria à conclusão de que não tinha outra opção que não me matar logo ali?

— Tudo bem — respondi, quase sem pensar. Eu precisava dizer algo, e não acho que teria coragem de dizer não. Se Mather estava realmente brincando comigo, eu precisava entrar no jogo. Minha sobrevivência dependia disso. — Acho que não vai doer — falei, com outro sorriso falso.

— Esplêndido! Não vamos demorar muito.

Imaginei se ele estaria se divertindo. Mather saiu da sala e foi em direção à cozinha. Fiquei ali, desesperado, tentando pensar. Seu plano devia ser me matar ou me nocautear, dependendo do que tivesse em mente para mim. Se eu quisesse ficar em vantagem, precisaria agir antes de chegarmos ao centro. Mas o que eu poderia fazer? Acertá-lo na cabeça com um pedaço de pau? Empurrá-lo no lago? Não sabia se tinha o instinto para fazer qualquer dessas coisas.

Ele voltou para a sala vestindo uma jaqueta azul impermeável. Levantei.

— Certo — disse Mather. — Vamos? — Ele bateu palmas e andou em direção à porta da frente. Peguei a mochila e a câmera e o segui.

— Ah, espera só um segundo. — Lembrei-me do gravador que estava sobre o braço da poltrona e o peguei. Quando voltei para junto de Mather, ele sorria, divertido.

— Não pode esquecer isso — falou, saindo.

— Não, não posso — retruquei, seguindo-o.

Ao cruzar a porta, escutei uma voz estranha.

*Não fique de costas para ele.*

Achei que fosse uma voz feminina, embora soasse distorcida, como uma transmissão de rádio bem ruim. Olhei para Mather, de pé ao lado da trilha. Ele esperava pacientemente, e não parecia ter escutado nada. Começou a me olhar de modo inquisitivo, imaginando, sem dúvida, por que eu estava hesitando.

*Não dê as costas para ele!*

Dessa vez a voz soou mais alta e clara do que antes, e senti como se viesse de dentro de minha mente. No entanto, não parecia ser um pensamento; era como se alguém — ou algo — estivesse se comunicando comigo. Mather deu a impressão de que estava prestes a fazer alguma coisa, talvez suspeitando de que eu fosse causar problemas. Resolvi antecipar-me.

— Desculpe — disse, aproximando-me. — Pensei por um segundo que tivesse começado a chover. — Graças a Deus, o céu agora estava cinzento, o que reforçava minha história.

Mather ergueu os olhos.

— Humm. Precisamos tomar cuidado. Mesmo assim, não acho que vá ser tão ruim quanto ontem. — Dizendo isso, ele se virou e partiu pela trilha.

Hesitei por um instante, esperando outro aviso, mas quem quer ou o que quer que tivesse falado comigo estava agora em silêncio. Segui os passos de Mather até as árvores, satisfeito de que, pelo menos, fosse *ele* quem estivesse de costas para *mim*, e não o contrário.

# VIII: TREPIDAÇÃO

Mather parecia satisfeito por andar na frente. Talvez ele não visse ameaça alguma, mesmo me dando a oportunidade de atacá-lo. Na hora, não tive coragem de tomar uma atitude tão drástica, mas o que deixava tudo ainda mais difícil era o fato de ele parecer tão irritantemente seguro de si. Estava convencido de que Mather sabia que eu estivera no porão. Então, por que ele não demonstrava medo? Por que não ficava na defensiva?

Ao passarmos pela segunda praia, notei que ele olhou de relance para a casa de barcos. Talvez tenha feito de propósito, apenas para implicar comigo, talvez não — era difícil dizer, mas tentei ficar calmo e concentrado.

— Espero que tenha material suficiente para sua história — ele comentou ao nos aproximarmos do portão. — Odiaria pensar que perdeu seu tempo. A Dama é um espécime inacreditável, mas às vezes penso se sou digno de representá-la, se entende o que eu quero dizer.

— Ah, não se preocupe — retruquei. — O senhor fez um ótimo trabalho. Qualquer um ficaria impressionado.

— Espero que esteja certo — disse ele, aproximando-se de um dos lados do portão. Escutei um barulho de metal enferrujado seguido por um clique alto quando ele levantou o trinco e empurrou o portão para frente. Talvez tivesse sido a criança que existe em mim, mas, quando me aproximara do portão sozinho, eu simplesmente o pulara, sem nem pensar que talvez estivesse destrancado. Não pude deixar de me sentir um idiota.

Passei por Mather, que fechou o portão atrás de mim. Virei-me rapidamente, a fim de não ficar de costas para ele. Mather continuou pela trilha, comigo em seus calcanhares. Pouco tempo depois, pegamos o desvio e nos vimos em frente ao centro de pesquisa.

Já estávamos quase na entrada quando notei o sr. Hopkins deitado no telhado do prédio, lambendo uma das patas e olhando para nós. Mather também percebeu o animal, mas lançou-lhe uma simples careta de desagrado. Lembrei-me do Gato de Cheshire, de *Alice no país das maravilhas*, muito embora o sr. Hopkins não estivesse rindo. Na verdade, parecia desconfortável. Simpatizei com ele na hora. Com Mather ainda guiando o caminho, entramos direto no saguão principal.

— É um projeto bastante incomum para um centro de pesquisa. — Mather andou até o meio da sala e olhou em volta. Sua atenção fixou-se no chão, como se estivesse procurando por alguma coisa, mas, assim que me aproximei, levantou os olhos novamente. — Quando dei uma olhada por aqui alguns anos atrás, esperava encontrar vários aposentos, não apenas um. É como um centro de exibição. Embora não consiga imaginar que eles pudessem estar esperando muitos visitantes. — Meus pensamentos se voltaram inevitavelmente para a pilha de corpos logo abaixo. — Mas isso não importa agora, importa?

— Não. Acho que não. — Não conseguia evitar que meus olhos se voltassem para a porta do porão. Ela estava escancarada. Se Mather tivesse o hábito de fechá-la sempre que terminasse seus negócios, notaria a diferença. Tentei focalizar minha atenção nele, preocupado com o fato de que, se ele percebesse meus olhos vagueando em torno, suas suspeitas seriam confirmadas.

Fingi dar uma volta pelo aposento e observar os aquários e o equipamento científico, sempre me certificando de que sabia exatamente onde Mather estava. Em mais de uma ocasião, peguei-o olhando para a sujeira que cobria o chão. Que diabos estava procurando? Algo que perdera? Escutei um barulho de vidro sendo arranhado e, à minha esquerda, vi o sr. Hopkins batendo com a pata na janela. Ele pareceu registrar o fato de que eu o tinha visto e parou. Pelo menos alguém estava cuidando de mim.

Quando me virei de novo para Mather, flagrei-o olhando pensativo para a porta do porão. Voltei minha atenção para um dos aquários danificados, a fim de que ele não notasse que eu o tinha visto. Nesse momento, todas as minhas dúvidas desapareceram. Ele sabia o que eu andara fazendo. Sabia que eu havia descoberto seu segredinho sujo. A pergunta era: o que ele ia fazer a respeito disso? Ou, talvez mais importante, o que *eu* ia fazer a respeito disso? A última era fácil de responder. Eu não conseguiria sair da ilha sem o barco dele. Mesmo que meu celular não estivesse sem bateria, eu precisaria me afastar de Mather para usá-lo. Ele conhecia a ilha muito melhor do que eu. Poderia me encontrar em questão de minutos. Mais uma vez, rezei para que Gina estivesse fazendo alguma coisa — qualquer coisa — para enviar ajuda. Meu sentido de autopreservação estava à flor da pele. A história já não importava mais: ela poderia ir para outro jornalista ou para o inferno. Eu realmente não ligava.

Minha única preocupação agora era sair da ilha e voltar para a civilização. Para pegar o barco de Mather, eu precisaria arrombar o cadeado da porta da casa de barcos, o que não seria uma tarefa fácil. Para ter alguma chance de sucesso, Mather precisaria estar nocauteado. Não havia alternativa: eu tinha de tirá-lo de ação. Fugir simplesmente não era uma opção. Eu teria de golpeá-lo e, de preferência, também amarrá-lo. Tremia só de pensar nisso, mas não tinha escolha. Fui despertado de meus devaneios pela voz de Mather.

— Sr. Revees! Vem aqui, quero lhe mostrar uma coisa.

*Ó céus*, pensei. *Lá vamos nós*. Aproximei-me dele, meus nervos completamente tensos. Sentia como se fosse explodir. Mather não pareceu estranhar meu comportamento. Mas, se estranhou, preferiu ignorar.

— Essa escada conduz ao porão.

— Ah, entendi.

— Humm. Acho que a parte realmente interessante da pesquisa era realizada lá.

— Jura?

— Juro. É bem típico, acredito eu, que todas as melhores coisas sejam escondidas.

— É mesmo.

— Vamos dar uma olhada?

— Bom...

— O senhor não gostaria de ver o que eles estavam escondendo?

— Ahn, e a outra porta leva aonde?

— Ah, para a sala dos funcionários. Não tem nada de interessante lá.

— Entendo.

— Está se sentindo bem, sr. Reeves?

— Humm? Sim, estou bem.

— Parece um pouco pálido.

— Não, não. Estou bem.

— Bom, então, o porão nos espera. Gostaria de ir na frente?

— Não. — *Por Deus, não!*

— Não?

— Bom, quero dizer, o senhor já esteve aqui antes. Eu posso acabar tropeçando em alguma coisa. Parece bem escuro lá embaixo.

— Ah, sim, claro. Eu tinha esquecido, as luzes não estão funcionando. Não se preocupe, minha lanterna está aqui em algum lugar. Eu a deixei aqui da última vez.

*Da última vez? Você disse que não vinha aqui há anos!* Ou Mather estava realmente brincando comigo, ou estava ficando esquecido e revelando suas mentiras sem nem perceber. Ele deu uma olhada em torno do aposento e coçou a cabeça como quem não quer nada.

— Devo tê-la deixado na estante de mantimentos. — Desejei ter dado uma olhada na estante antes. A lanterna teria me poupado de usar o flash da câmera e os lampiões.

Mather atravessou a outra porta, e logo o escutei remexendo os objetos, procurando pela lanterna. Meu instinto de sobrevivência veio à tona. Olhei rapidamente para as portas ao meu redor, tentando imaginar qual seria a melhor rota de fuga. Mather, porém, reapareceu mais rápido do que o esperado, com uma pequena Maglite na mão. Ela era pouco maior do que uma caneta, e obviamente insuficiente para uma total escuridão. Fui tomado pelo terror. Descer rumo ao breu com Mather e apenas um débil facho de luz como companhia era a situação mais aterrorizante que eu já encarara.

— Deixa pra lá — comentei. — Tenho certeza de que é muito interessante, mas...

— Ah, é sim. Não se preocupe, pode parecer perigoso, mas conheço o caminho. — Ele sorriu e piscou um olho. — Siga-me. — Ele começou a descer a escada, segurando a lanterna próximo à orelha direita e apontando-a para baixo.

Hesitei. O porão era o último lugar na face da Terra para onde eu queria ir. Ocorreu-me tarde demais que eu poderia empurrá-lo da escada e talvez bloquear a porta para impedi-lo de sair. A queda poderia quebrar-lhe o pescoço, ou pelo menos nocauteá-lo por algum tempo. Mas, quando por fim decidi descer, ele já estava quase na base da escada. Eu havia perdido a oportunidade, e não sabia se teria outra. Não queria matar Mather, mas, se fosse o único jeito, teria de fazê-lo.

Desci a escada devagar, sem desgrudar os olhos dele. Quando alcancei a base, ele fez questão de iluminar as paredes do aposento, expondo a sujeira desinteressante que eu já tinha visto.

— Ah, ahn... — Parecia estar faltando alguma coisa. Mather balançava a lanterna de um lado para o outro, procurando, em vão, por algum objeto que não estava onde deveria estar.

— O que foi?

Ele virou a lanterna para mim, deixando-me cego e repentinamente em pânico. Por um mísero segundo, não consegui ver nada a não ser a luz brilhante da lanterna. Ele poderia ter escolhido esse momento para fazer o que quer que fosse.

— Desculpe. — Mather abaixou a lanterna, desviando-a dos meus olhos. — Eu tinha certeza de que havia um velho lampião e alguns fósforos por aqui em algum lugar.

Tive a clara sensação de que Mather estava se divertindo por dentro e apreciando o controle que tinha em mãos. No entanto, sua confiança inabalável era uma constante surpresa. Por que não me via sequer como uma leve ameaça? Se eu não estivesse tão assustado, teria achado isso um insulto.

— Bom, suponho que teremos de improvisar — disse ele, parecendo um pouco irritado. — Acho que aqui costumava ser uma espécie de depósito. Não restou muita coisa, como se pode ver. Desconfio que os funcionários tenham saqueado o lugar antes de saírem. Levaram tudo o que queriam. Era ali que todo o trabalho ultrassecreto se realizava. — Mather se virou e apontou a lanterna para a porta que levava ao que eu agora suspeitava ser sua sala de operações. — Não restou muita coisa para ver, infelizmente, mas o suficiente para que se tenha uma boa ideia do que acontecia. — Deu alguns passos e parou bruscamente, como se esperasse que o portal fosse mais baixo do que era.

Logo após entrar no aposento, Mather parou, apontou a lanterna para baixo e começou a examinar o chão. Aproximei-me dele por trás e, pela luz, vi uma série de pegadas distintas e bem marcadas entrando e saindo da sala.

*Ah, merda*, pensei. *Merda, merda, merda!*

Ele se virou para mim e sorriu.

— Eu costumo ser um pouco mais cuidadoso quando ando por aqui, sr. Reeves.

Não consegui devolver o sorriso. Mather jogou o facho de luz na borda do buraco e rapidamente de volta em mim. Continuava calmo, confiante, no controle. Fiquei onde estava, momentaneamente paralisado de medo. Minha língua estava travada, meus lábios, grudados. Mesmo que tivesse pensado em fazer alguma coisa, não conseguiria na hora. O terror me dominara por completo.

Embora o chão ao lado do buraco estivesse relativamente seco, os sinais de perturbação eram claros. Notei também a estranha mancha vermelha em minhas botas e nas pernas da calça. *Deixei tudo fácil demais para você, não?*

— Como?

Sem querer, eu dissera as palavras em voz alta. Parecia ter perdido o domínio sobre meu corpo.

— Nada.

— Entendo. Deve ter sido um choque e tanto.

— O quê?

— O senhor caiu, não caiu? No buraco?

Vários segundos se passaram antes que eu conseguisse responder.

— Caí.

— Um tanto desatento.

— É. Levei um susto.

— Aposto que levou.

— Não. Quero dizer, escutei alguma coisa se mexendo atrás de mim e perdi o equilíbrio.

— Mexendo? Quem? — De repente, ele pareceu preocupado. Como assim, "quem"? Só havia nós dois na ilha. Será que ele ficou com medo de que eu não tivesse ido sozinho? Ou será que pensou que havia algum outro visitante na ilha, andando pelos arredores sem que ele soubesse? Talvez, nesse momento, eu pudesse ter me beneficiado com alguma mentira. Infelizmente, não tive a chance de descobrir. Ao que parecia, eu só tinha energia suficiente para dizer a verdade.

— O gato... sr. Hopkins.

— Ah. — Isso o deixou mais calmo. — Aquela criatura nojenta. Se ao menos o senhor tivesse me feito a cortesia de esganar aquele pescoço imundo.

Não conseguia entender por que ele sentia tanta aversão pelo pobre animal. De repente, num movimento brusco, Mather puxou uma adaga pequena, porém cruelmente afiada, da cintura. Senti meu estômago revirar. Achei que fosse ficar enjoado, mas, graças a Deus, fui poupado desse martírio.

Ele manteve a lâmina estranha e abaulada entre a gente, mas continuou a falar como se ela não estivesse ali.

— Perdi a conta das vezes que aquela peste nojenta perturbou meu trabalho. É como se ele tivesse sido colocado nesta ilha para infernizar minha vida. — Os olhos de Mather percorreram o aposento, como se procurassem pelo felino criador de problemas. Ele respirou fundo algumas vezes e pareceu se acalmar. — Ah, bem! Ele vai ter o que merece, e não vai demorar muito. Vou me encarregar disso. Por ora — disse, vendo o lampião no chão —, vamos esclarecer um pouco as coisas.

Mather ergueu o lampião e o colocou sobre a mesa manchada de sangue. Enfiou a adaga de volta no cinto e, tirando uma caixa de fósforos de um dos bolsos, pôs-se a acendê-lo, com a Maglite entre os dentes. Com certa dificuldade, conseguiu riscar um fósforo e inflamar o óleo. Assim que a chama subiu um pouco, Mather levantou o lampião e o pendurou num gancho que havia no teto.

— Assim está melhor. — O aposento ainda estava bastante escuro, mas pude ver que era maior do que eu tinha percebido antes. Na parede, à direita do buraco, havia um nicho com uma cômoda que antes devia servir para guardar as ferramentas e os equipamentos. O chão era exatamente como eu me lembrava, mas a visão das várias camadas de sangue coagulado aumentou o mal-estar em meu estômago. — Bom, agora — continuou Mather, desligando a lanterna e enfiando-a no bolso —, suponho que gostaria de saber o que acontece aqui. Com certeza sua curiosidade foi despertada. — Ele depositou com cuidado a adaga na mesa à sua frente.

— Bem...

— Humm?

— Bem, se quiser falar sobre isso.

— Se eu quiser? Achei que sua curiosidade estaria tão faminta que seria capaz de engolir um cavalo! Não quer a história toda? O que eu tenho a dizer poderia torná-lo muito rico se fosse publicado. Vamos lá, meu jovem, cadê seus instintos jornalísticos?

Cheguei à conclusão de que, se Mather queria adiar as coisas, por mim tudo bem. Quanto mais tempo me desse, maior a minha chance de descobrir uma saída para fugir daquele inferno em que me metera.

— Tudo bem — concordei.

Senti algo extraordinário — como se eu estivesse desconectado daquela situação de horror e olhasse para nós dois pela perspectiva de uma terceira pessoa. As sombras indistintas do aposento, o cheiro forte de morte que exalava da cova — ambos aumentaram a sensação de ter sido arrastado para uma viagem pavorosa, estimulada por drogas, febre ou insanidade. Mather inclinou-se para frente, as mãos sobre a mesa, firme, controlado. Encolhi-me de medo. Era impossível deixar de pensar se, em alguns minutos, não seria eu nada além de outro corpo naquele túmulo grotesco logo abaixo, com talvez uma das mãos sobressaindo em meio ao emaranhado de membros, em busca de uma ajuda que nunca viria. Eu nunca tivera de encarar tamanho horror.

— Não fui muito preciso em relação à história que contei mais cedo — falou Mather.

— Imaginei que não — respondi de forma seca.

Ele pareceu surpreso.

— Parece estar encarando isso melhor do que eu esperava.

— Jura?

— Juro, estou impressionado.

Gostaria que Mather parasse de sorrir daquele jeito.

— Obrigado — falei, com um sarcasmo deliberado.

— Humm. De qualquer forma, alguns elementos da história são verdadeiros.

*Aqui vamos nós*, pensei.

— Soames e eu realizamos a primeira experiência da forma como descrevi, exceto que não fiz objeção nenhuma, nem antes, nem durante.

— E quanto ao mendigo?

— Ah, isso foi real. Meu Deus, como aquele homem sofreu. Na verdade, eu abrandei essa parte da história. O que realmente aconteceu foi muito mais terrível.

Eu não queria escutar, mas também não queria arriscar deixar Mather irritado, não enquanto a adaga estivesse ao alcance de sua mão.

— Ele quase arruinou a experiência. A combinação de álcool, mutilação e perplexidade fez com que o desgraçado tentasse se destruir. E não estou falando de suicídio. Falo de destruição real. Ele começou a rasgar sua...

— Por favor! — Eu não podia aguentar aquilo. Se ele queria falar de seus atos odiosos, podia fazer isso omitindo certos detalhes.

— Desculpe, sr. Reeves. Às vezes, eu me esqueço do quão insensível me tornei em relação a essas coisas. Agora são apenas lembranças. As coisas que fiz ou testemunhei já não me parecem mais pavorosas. Para mim, são apenas incidentes infelizes, pontuados por descobertas científicas genuínas. E, no final, é isso que importa. Soames e eu fizemos verdadeiro progresso em nossos estudos. Tenho certeza de que muitas pessoas não veriam dessa forma. A sociedade esquece rápido demais que algumas das descobertas mais importantes da história foram feitas em meio a grande dor e sofrimento.

Senti o ácido corroendo meu estômago. Não queria mais ficar de pé. Precisava me concentrar para não desmoronar. Se houvesse a menor possibilidade de derrotar Mather, eu precisava permanecer concentrado e alerta.

— Soames sabia, assim como eu, que, para alcançarmos verdadeiro progresso, teríamos de sujar as mãos. Soames sempre foi um pouco melindroso, mas eu geralmente conseguia convencê-lo a fazer o que era necessário.

— Então foi o senhor quem começou com as experiências.

— Sim. Eu tinha as ideias. E era eu quem convencia, quem persuadia. Era um trabalho difícil também. Entenda, Soames tinha princípios. Princípios rígidos de conduta e de pretensa "integridade". — Mather riu. — Mas ele logo deu o braço a torcer. Posso ser bastante persuasivo quando preciso — continuou, acariciando o punho da adaga.

— E o que aconteceu com ele?

— Soames... Soames enlouqueceu. Algumas das minhas ideias mais extravagantes foram simplesmente... demais para ele.

— Extravagantes?

— É. Bem, acho que algumas pessoas usariam um termo mais forte. Poucas coisas na vida me deixam chocado, sr. Reeves. Devo ter um estômago forte. Ou talvez, para mim, as visões e os sons mais desagradáveis sejam apenas parte de toda a maravilha da natureza. O que deixa uma pessoa enojada pode deliciar outra. É tudo uma questão de gosto. E meus gostos são, admito... singulares.

— Ah. — Minha aversão por ele crescia a cada segundo.

— O que eu queria, e que Soames nunca teve coragem, era explorar o desconhecido. Conduzir o tipo de experiência que até então só tinha sido sugerida. A extração de órgãos sem garantias foi apenas uma das muitas ideias que tive em sonhos.

— E o que mais você fez? — Eu ainda não tinha um plano que pudesse me tirar do porão com vida, mas manter Mather falando parecia uma boa ideia.

— Não me parece estar muito bem, sr. Reeves. Talvez eu não deva piorar as coisas para o senhor.

— Não, juro, estou interessado. Como o senhor disse, tudo isso daria uma grande história.

— Verdade. No entanto... talvez essa história deva ficar entre nós dois... — Ele olhou para mim.

— Bom, eu sei guardar um segredo. Não contaria a ninguém se o senhor não quisesse.

— Ah, adoraria confiar em você, juro. Mas não é apenas no meu bem-estar que preciso pensar. A Dama também precisa ser protegida. Há muita coisa em jogo, entenda.

— Mas me conte — pedi, tentando continuar a conversa. — Além da remoção do fígado, o que mais o senhor fez?

Mather riu ao ouvir isso.

— Ah, isso foi só para começar. Pode imaginar o que mais extraímos?

— O coração?

— Não, não. Que bem isso nos traria? Seja mais criativo.

— Os pulmões?

— Humm. Formidável, mas os resultados seriam limitados. — Ele esperou que eu desse outra sugestão.

Esse era, sem dúvida, o pior jogo de adivinhação que eu já vira, mas precisava manter Mather feliz enquanto pensava desesperadamente numa saída.

— Os rins?

— Isso. Tentei duas vezes, mas nas duas a experiência foi um fracasso. Tudo por culpa de Soames. Ele podia ser um imbecil desajeitado às vezes.

— Por que o escolheu para ajudá-lo? Não havia outros alunos mais competentes?

— Ah, sem dúvida. Mas encontrar alguém que fosse competente e estivesse disposto a tanto... era um desafio. Por sorte, notei que Soames seria um bom parceiro desde a primeira vez em que o vi. O pobre homem achou que eu estava sendo apenas amigável. Lamento muito tê-lo enganado quanto a isso. Ele precisava muito de companhia, portanto tornei-me amigo dele, conquistei sua confiança e, com o tempo, sua obediência.

— Obediência?

— É. Eu precisava estar no comando, ter o controle total de tudo, caso contrário, o trabalho perderia o foco. Consegui moldar Soames aos poucos, mudar sua forma de pensar. Hoje em dia, ele é pouco mais do que um fantoche, um escravo...

— Quer dizer que ele está *aqui*?

— Eu... — Mather atrapalhou-se por um momento. Sabia que tinha dito algo que não devia. — Maneira de dizer. Estou sozinho há

tanto tempo... Às vezes, conversar com pessoas que não estão realmente aqui é uma forma de impedir que eu me torne um pouco estranho. Falo sempre com Soames. É bobo, porém necessário. Pois bem —
disse, mudando de assunto —, o que mais acha que a gente extraiu?

— Não seria mais rápido eu tentar descobrir o que vocês *não*
extraíram?

Mather não gostou do comentário sarcástico. Seu sorriso vacilou
ligeiramente.

—Vamos lá, sr. Reeves. Essa não é a melhor atitude, é?

— Não, acho que não. Que tal o cérebro?

Ao escutar isso, seus olhos se acenderam, e o sorriso se abriu
novamente.

— Bem... Foi um salto e tanto, sr. Reeves. Do rim ao cérebro
numa única tentativa. O senhor me diga. Fizemos isso? Removemos
o cérebro de alguém?

— Não — respondi. — Os resultados seriam óbvios demais.

— Bravo! Absolutamente certo.

O cheiro de decomposição, que, até então, não me parecera tão
forte quanto antes (provavelmente suplantado pelo cheiro mais forte
do medo), voltara a sobressair. Meu estômago se revirou de novo. Eu
realmente precisava sair dali. Mas, naquele momento, uma pergunta
que ficara guardada em minha mente desde que caíra na cova veio à
tona.

*Por que não havia moscas em volta dos corpos?*

Isso fez com que eu desviasse os olhos de Mather e voltasse minha
atenção para o buraco. Tentei escutar algum zumbido, o barulho quase
imperceptível de um bater de asas. Nada. Olhei de volta para Mather.
Ele percebera minha distração.

— Algo errado, sr. Reeves?

— Não. — Balancei a cabeça negativamente.

Mather esticou a mão direita e começou a acariciar suavemente a lâmina curva da adaga.

— Ótimo. Odiaria pensar que estou sendo chato...

— Por que não há nenhuma mosca? — Talvez eu tenha perguntado para distraí-lo, talvez eu quisesse realmente saber a resposta. De qualquer jeito, a pergunta implorava por ser feita.

— Desculpe? — Ele ergueu os olhos, e seu sorriso quase desapareceu.

— Moscas. Não vi nenhuma. — Isso era verdade, e acho que Mather percebeu a sinceridade em minha voz.

— Não estou entendendo. — Ele soltou a adaga e deu a volta na mesa, vindo em minha direção. Senti que estava preocupado. Eu conseguira pegá-lo desprevenido, mas continuei.

— Os corpos — falei, apontando para a cova. — Eles estão em diferentes estágios de decomposição. Deveria haver milhares de moscas em volta. O que o senhor fez, mergulhou os cadáveres em inseticida?

Mather pareceu confuso. Aproximou-se do buraco, acho que tentando escutar.

— Não, não, não mergulhei. Estranho, isso nunca passou pela minha cabeça.

*Mas agora passou. E parece que está incomodando.*

— Suponho que esteja certo. Deveria haver... — Ele se aproximou ainda mais da beirada da cova e se inclinou para frente com cuidado, mantendo uma das mãos na borda como apoio, esforçando-se para escutar.

Sabia que essa talvez fosse minha única chance, mas precisava que ele estivesse um pouco mais desestabilizado.

— Com que frequência o senhor vê insetos na ilha... além da Dama, quero dizer? — perguntei, para mantê-lo distraído.

— Na verdade, não tenho visto... Isso é muito estranho. Não me lembro de ter visto nenhum recentemente.

— É. Muito estranho. — Estava tentando pensar em como poderia continuar a distraí-lo, mas não era fácil. Por que não *havia* insetos? Se eu soubesse, talvez pudesse usar isso para atrapalhar a concentração dele. Mas, como pude comprovar, eu já tinha atrapalhado o suficiente.

— Ó céus — Mather murmurou de súbito. — É claro!

— Que foi?

— Ó Senhor. A libélula.

— Libélula?

— A Libélula do Iêmen... é ela!

— Quem?

— De acordo com o mito, sua presença afasta todos os insetos menores. Mas não entendo. Se ela está aqui, a Dama a teria sentido.

— Quem? Está falando do Vermelho do Ganges?

— É, a Dama. Ela saberia... tem de saber.

— A Libélula do Iêmen? — O pesadelo parecia estar dando uma virada ainda mais surreal. — Que negócio é esse? O que há de tão importante?

— O Iêmen é a única criatura que pode ameaçar a Dama. Enquanto ele estiver por perto, ela estará em perigo. Preciso voltar para ela.

— O Iêmen é mais perigoso do que ela?

— Ah, muito mais. Ela já me falou várias vezes do perigo que ele representa. Só de pensar nele, ela já fica bastante transtornada. Acha que ele quer matá-la. Ele é a reencarnação de... — Mather estava ficando bastante pálido.

— Quem?

— Ele não pode chegar perto dela!

— Espere. — Eu precisava retardá-lo. — Pelo que entendi, não há moscas na ilha há anos. Isso não quer dizer que a libélula já está aqui faz tempo?

— É. E deve estar esperando pelo momento oportuno. Pode atacar a qualquer instante! — Mather se virou novamente. Estava ansioso para acabar logo com o negócio ali, a fim de voltar para casa. Olhou para a adaga sobre a mesa. —Vamos lá, sr. Reeves, não precisamos demorar mais.

*Demorar mais? Ó céus, é agora. Vou morrer!* Pude ver isso nos olhos dele.

Mather soltou a mão do portal e começou a se mover. Ainda tomado pelo terror, meu instinto assumiu o comando e corri direto até ele, parando bruscamente no portal e permitindo que o ímpeto o empurrasse em direção à massa de carne em decomposição. A expressão dele ao cair foi quase cômica. Foi uma expressão de absoluta surpresa, de pânico genuíno. Suas mãos balançaram, tentando se agarrar em alguma coisa, mas não havia nada. Escutei o baque surdo do impacto, o estalar alto de osso se quebrando, em seguida, silêncio. *Ai, meu Deus*, pensei, enquanto me virava e saía correndo. *Quebrei o pescoço dele!*

# IX: DIFAMAÇÃO

eguindo o conselho de Mather, não me demorei mais. Passei voando pela porta, pela outra sala e subi os degraus de pedra. Rezei para que o corpo de Mather tivesse sido engolido pela nojenta pilha de morte que ele próprio havia construído. Ao chegar ao topo da escada, fechei a porta que dava para o porão, empurrando-a com força. Corri, agarrei um dos bancos virados no chão e o calcei sob a maçaneta, para me certificar de que Mather não conseguiria girá-la. Se ele saísse da cova com vida, não passaria daquela porta. Atravessei correndo o enorme salão, meus pés esmagando os já incontáveis cacos de vidro, em seguida passei pela recepção e saí pela porta da frente, rumo à acolhedora luz do dia.

Quis parar e me esconder nas árvores, mas, em vez disso, continuei avançando pela trilha, ciente de que, se Mather não estivesse realmente morto, o tempo seria essencial. Quando cheguei ao portão, lembrei-me de abri-lo e passar normalmente. A praia não estava longe, e refleti sobre como arrombaria o cadeado da porta da casa de barcos. Peguei um desvio, a cabeça abaixada, e de repente tive a certeza de que estava sendo observado. Quando, por fim, levantei os olhos, já era tarde demais: dei de cara com uma figura alta que bloqueava meu caminho.

Caímos os dois sobre a grama alta que ladeava a trilha. Tive a sorte de não bater a cabeça num tronco de árvore que estava ao lado. O estranho levantou-se rapidamente e sacudiu a poeira da roupa. Em seguida, esticou a mão para me ajudar a levantar. Ele era muito mais alto do que Mather e usava uma camiseta velha e surrada, calças combinando e sapatos que já tinham visto dias melhores. Os cabelos eram longos e sujos, e os olhos pareciam arroxeados, provavelmente resultado de várias noites sem dormir. A pele tinha a cor da decadência; ele parecia um homem que se agarrava à vida por alguma razão desconhecida, alguém que a morte se esquecera de buscar. De muitas formas, batia com a descrição que Mather fizera de Soames. Contudo, depois de tudo o que eu tinha visto, era melhor não presumir nada de forma precipitada.

— Me ajude! Por favor, você tem de... — comecei, mas parei logo depois, sentindo que havia algo errado. Ao analisar a expressão do sujeito, não vi surpresa nem animação, apenas uma cansada resignação, como se ele já tivesse passado por isso uma dúzia de vezes.

—Você deve ser Ashley Reeves — disse ele, olhando ansiosamente por cima do meu ombro, em direção ao centro de pesquisa. — O que fez com ele?

—Você é Soames? — Imaginei se tinha escapado de um monstro apenas para cair nas garras de outro.

— Sou.

— Ó céus! — Levantei-me e tentei passar correndo por ele, mas Soames segurou meu braço esquerdo com uma força surpreendente.

— Espere! O que quer que ele tenha dito, precisa confiar em mim, nós...

— Olha só — falei, conseguindo livrar meu braço. — Vou sair desta ilha, então não tente me impedir.

— Não, não. Não vou tentar. Mather está... está morto? — Detectei um quê de esperança na pergunta.

— Não sei. Eu o empurrei no buraco. Ele pode ter quebrado alguma coisa, mas...

— Ah — falou Soames, o sorriso desaparecendo. — Bom, por favor, precisa vir comigo se quiser fugir. — Ele se virou e começou a andar em direção às árvores.

Fiquei onde estava, vasculhando a trilha, imaginando que diabos eu deveria fazer.

— Por que devo confiar em você? Como posso saber que não é tão louco quanto ele?

— Não, não, não. — Ele se virou de volta para mim. — Esqueça o que ele te contou a meu respeito. Ele... ele é mais esperto do que pode imaginar. Agora venha, antes que seja tarde... tarde demais.

O comportamento de Soames era estranho, mas, podendo contar apenas com meus instintos, senti que ele era muito menos diabólico do que aquele que eu deixara para trás no centro de pesquisa. Eu precisava me afastar da trilha, disso tinha certeza. Sentia-me exposto demais.

— Vá para onde quiser — falei. — Vou para a praia. O barco de Mather é a única forma de sair desta ilha.

— Não, não, não — repetiu Soames, balançando a cabeça. — Não é. Não dá para sair com ele de jeito nenhum!

— Como assim?

— Você pode fugir da ilha, mas não com o barco que está no barracão. É uma brincadeira de Mather. Ele não tem fundo. O verdadeiro barco está escondido em outra praia. Sei como chegar lá, só que Mather carrega a chave com ele. Agora venha. Precisa vir comigo até meu trailer, não podemos permanecer na trilha. Ele não vai pensar em procurar você lá, não de cara. E há coisas que preciso lhe contar.

— Mas...

—Venha, não temos tempo para discutir!

— Certo — concordei. Mesmo sabendo que poderia ser uma má ideia, decidi segui-lo. O que ele dissera sobre Mather e a casa de barcos parecia bastante plausível.

Fomos andando, afastando galhos e folhas, distanciando-nos pouco a pouco da trilha. Não havia nenhum caminho visível a ser seguido, mas Soames sabia para onde estava indo. Após algum tempo, começamos a subir uma encosta, e escorreguei umas duas vezes. Soames parou para me esperar com óbvia impaciência. Quando por fim o chão se nivelou, vi o que parecia ser um trailer, muito embora a pintura externa já estivesse completamente descascada, substituída por uma grossa camada de ferrugem. Não era uma visão muito agradável, mas, para Soames, era seu lar.

Ele subiu os degraus até a porta do trailer, abriu-a e me convidou a entrar. Entrou atrás de mim, fechou a porta e me indicou um banquinho ao lado de uma janela cortinada. Sentei, descobrindo que o banco estava um tanto bambo. Soames fechou as cortinas da janela à frente e se sentou noutra cadeira de aparência mais confortável, ao lado de uma pequena mesa coberta de jornais, papéis e pedaços de carvão. Pude ver que a superfície da mesa estava toda riscada, como uma escrivaninha escolar.

— Gosta do escuro? — Não me sentia muito confortável por ele ter impedido a entrada da luz do dia.

— É um hábito. O único jeito de eu ter um pouco de privacidade — retrucou Soames. — Nunca sei se Mather está me observando ou não... essa é a única forma de ficar sozinho.

— Entendo.

— Espero que ele esteja morto. Vai ser muito melhor para a gente se estiver. — Ele me olhou no olho e coçou nervosamente as costas da mão direita. — Se ele estiver vivo, irá primeiro até a casa de barcos, e quando perceber que você não está lá, vai imaginar que voltou para a casa.

Agora que pudemos descansar, vi o quanto Soames era diferente de Mather. Ele era inteligente, mas não tanto quanto Mather. Meu instinto me disse que eu não precisava me preocupar com ele. Soames não tinha a mesma malícia do colega. Era também frágil demais para representar qualquer tipo de ameaça. Procurei manter meu bom-senso, mas passei a escutar com mais atenção o que ele dizia, ao perceber que talvez estivesse realmente tentando me ajudar.

— E o que Mather vai fazer quando notar que eu não estou lá? — indaguei.

— Vai vasculhar a ilha inteira! Com certeza. Mas talvez não suspeite logo de cara que eu ajudei você.

— Então vai me ajudar? — perguntei, aliviado. — Por favor, preciso sair daqui. Nós dois precisamos.

— Vou, vou te ajudar... mas já não me importo com o que possa acontecer comigo. Desde que ele esteja acabado... — Seus olhos fixaram-se nos meus.

— Quantas pessoas já morreram aqui?

— Viu os corpos no buraco?

— Vi.

— Aquilo não é nem a metade.

— Tem mais?

— Mather costumava amarrar um peso nos corpos e jogá-los no lago. Isso aconteceu até eu convencê-lo de que mais cedo ou mais tarde eles seriam encontrados pelos pescadores... ou pelos turistas.

— Quantos então?

— Você não acreditaria, Ashley.

— Como sabe meu nome?

— Fui eu que te encontrei.

— Me encontrou?

— É. Através da *Missing Link*. É como a gente atrai as pessoas até aqui. Quando Mather precisava de corpos para suas experiências, usava o mosquito para enganá-las. Ele pagava a Derringher para...

— Derringher?

— O capitão do porto.

— Ah, sim.

— Ele pagava a Derringher para trazer revistas e jornais da banca da cidade duas vezes por mês. Eu lia tudo e selecionava as pessoas que poderiam ter algum interesse pelo Vermelho do Ganges. Cientistas, entomologistas... jornalistas. — Ele me olhou e, em seguida, se virou. Puxando a cortina com cuidado, deu uma olhada lá fora. — A gente mandava uma carta para atrair o interesse e esperava que elas aparecessem. Algumas vinham, outras não. Já tivemos um monte de visitantes — confirmou ele, com uma expressão distante, cheia de remorsos. — Nunca achei que conseguiríamos escapar impunes por tanto tempo.

— Mas alguém deve dar pela falta dessas pessoas. O que vocês fazem quando amigos e parentes aparecem procurando por elas?

— Mather diz que revistas científicas como a sua não são escritas por gente com grande vida social. A maioria é solitária. E, nas cartas, ele sempre pede que não mencionem para onde estão indo. Elas acham que é porque a história é segredo, mas é para que não sejam rastreadas até aqui.

— Ainda assim, vocês estão assumindo um grande risco.

— Verdade, mas é aí que entra o Derringher. Além de trazer as revistas e outras coisas, ele também é pago para despistar. Se começam a investigar, ele diz que nunca viu ninguém. E as pessoas acreditam.

— Mather paga a Derringher para fazer isso?

— Paga e, pelo que eu sei, paga bem.

— Mas e quanto à estação de trem? E se um funcionário lembrar de ter visto a pessoa?

— Tryst é uma cidade pequena, mas recebe muitos visitantes, mesmo nos meses mais frios. Recebemos muitos turistas e mochileiros. Duvido que os seguranças da estação se lembrem de cada um em particular.

Quanto mais eu escutava sobre o esquema asqueroso, mais gelado me sentia. Pelo visto, Mather pensara em tudo, e, a julgar pelo número de corpos na ilha e em torno dela, fugir não era geralmente uma opção.

— Olha só, precisamos sair logo desta ilha maldita para o caso de Mather escapar daquele buraco.

— Primeiro você precisa escutar o que tenho a dizer. Tem de contar essa história quando voltar... eu... eu nunca... apenas escute, por favor. É importante. Mather é apenas parte do perigo no qual se meteu.

Apesar da situação de tensão, minha curiosidade me venceu.

— Mather me contou uma história sobre seus dias como estudante de medicina. Ele tentou me convencer de que foi você quem fez todas aquelas coisas horríveis.

— Claro que tentou! É tudo parte da armadilha, fazer com que sinta pena dele. — Havia algo na maneira de Soames, sua insistência, que me fez acreditar.

— Então, o que realmente aconteceu?

— Foi Mather quem teve a ideia. E me obrigou a ajudá-lo. Disse que arruinaria minhas chances de me graduar se não o ajudasse...

— Ele estava te usando.

— Humm. Ele deve ter acalentado a ideia por um bom tempo, e fez com que eu gostasse dele antes de me contar qualquer coisa...

— Ele é uma figura e tanto — comentei, balançando a cabeça.

— Só que ele... ele é o homem mais inteligente que eu já conheci — declarou Soames, com profunda melancolia. — E o único amigo de verdade...

— Amigo?

— É. Ele era o único que me escutava, e eu me sentia honrado por estar em sua companhia.

—Você não o respeita de verdade, respeita?

— É claro! — Soames me fitou com uma expressão chocada, como se eu tivesse dito algo ridículo. — Ele é doente, mas é... é um gênio!

— Um gênio? Como pode dizer uma coisa dessas? Ele é um monstro.

— O que ele fez no decorrer dos anos... as experiências... elas são assustadoras... horríveis. Nunca imaginei que um ser humano pudesse fazer coisas desse tipo com outro. Mas não consigo deixar de admirar a mente dele. Ele consegue fazer tudo aquilo, várias vezes... sem enlouquecer. Eu, ao contrário... não imaginei que fosse ajudá-lo por tanto tempo... não tenho certeza se ainda sei quem sou. Minha mente... é diferente.

— Não acredito que tenha ficado aqui esse tempo todo. Não pode mais continuar a fazer parte desse negócio.

—Já faz um bom tempo que não o ajudo. Chegou um momento em que eu já não queria mais. Ele ameaçava soltar aquele monstro em cima de mim, e a ameaça funcionou por um tempo, mas depois nem mesmo isso conseguia me obrigar a ajudá-lo. De certa forma, acho que ele ficou satisfeito de ter os corpos só para si. Hoje em dia, apenas encontro os nomes para ele. Não vou fingir que sou menos culpado. E não estou te ajudando por bondade, estou fazendo isso porque... essa história tem de acabar.

— Esqueça esse negócio de impedi-lo. O mais importante é sobrevivermos. Enquanto ele está naquele buraco, nós podemos fugir...

— Não, não, não. Não é tão simples assim. Você viu o Vermelho do Ganges?

—Vi.

— Sem aquela criatura, não estaríamos aqui agora. Se o mosquito não tivesse encontrado Mather, nunca teríamos vindo para cá.

— Mas ele me disse que encontrou o Vermelho do Ganges *depois* de ter vindo para cá.

— Mais mentiras.

— Então, tudo o que ele me contou foi mentira?

— Não, nem tudo. Isso faz parte do jogo. O mosquito, por exemplo. Aposto que o que ele te contou sobre ela é verdade. Não é lenda, não é mito, por mais ridículo que possa parecer. E foi *ela* quem encontrou Mather, e não o contrário. Ela o encontrou, e fez dele seu escravo.

— Como?

— Entenda, não é o Vermelho do Ganges quem está preso aqui... nós estamos. — Soames baixou os olhos para o chão. Parecia mergulhado em desespero.

— Mas ela é apenas um inseto, não é?

— Quem dera! — Ele levantou os olhos e fez que não. De repente, escutamos um galho se partindo lá fora. Um calafrio percorreu meu corpo. Será que Mather conseguira escapar do centro de pesquisa? Com certeza, não.

Soames esticou o braço com cuidado e abriu as cortinas ligeiramente. Olhou para um lado e para o outro, em seguida respirou fundo, aliviado.

— Está tudo bem — disse. — É apenas o sr. Hopkins.

— Então... — Tentei recobrar o autocontrole, mas meu coração ainda estava batendo duas vezes mais rápido do que o normal. — Como você se envolveu com as experiências de Mather, para começar?

— A faculdade de medicina era difícil para mim, e Mather costumava me apoiar. Quando me pediu para ajudá-lo com seu trabalho, achei que quisesse realmente fazer algo bom, beneficiar a humanidade. E eu me senti privilegiado. — Soames se sentou de novo. — Mas claro que, com o tempo, percebi que ele era um psicopata.

— Só depois de ter encontrado a cova e os corpos foi que notei que havia algo seriamente errado com ele — comentei. — Ele disfarça muito bem. O que você quis dizer antes quando falou que o mosquito não é um simples inseto?

— Eu mesmo não entendo tudo. Só sei o que vi e escutei. — Soames coçou a testa. — Por algum motivo, aquela criatura escolheu Mather de forma deliberada. Ela o escolheu porque ele era capaz de fazer o que precisava ser feito. Acho que ela sabia das experiências e decidiu usá-lo.

— Usá-lo? O que quer dizer com isso? Ela é um inseto!

— Não é não. O que você vê é apenas uma concha, da mesma forma que nossos corpos são apenas invólucros. O que está dentro é que importa. Ela deseja sangue, tal como os outros mosquitos. E satisfaz sua sede com as vítimas que Mather arruma... Porém, ela deseja algo mais. — Soames torceu as mãos. Parecia um homem confinado numa cela. Mather devia tê-lo deixado louco.

— Um inseto não tem inteligência.

— Ah, mas ela tem — insistiu ele, sorrindo, embora não houvesse nada de engraçado, apenas assustador.

Decidi que, por enquanto, era melhor não discutir com ele sobre o mosquito. No pouco tempo que eu tinha, queria obter a maior quantidade possível de informações pertinentes.

— E por que vir para essa ilha? Porque aqui as chances de vocês serem descobertos são menores?

— É, acho que sim. Na cidade, Mather sabia que seria pego mais cedo ou mais tarde.

— E como exatamente ele encontrou o mosquito? Ele me contou que foi um amigo na África que o trouxe.

— Não sei ao certo como aconteceu, mas posso te contar o que me lembro. Vai ajudar se você souber um pouco mais sobre o perigo em que se meteu.

— Certo. Mas, por favor, seja rápido. Nós...

— Eu sei, eu sei. — Soames tentou relaxar. Na penumbra do trailer, ele parecia um espectro triste, sem saber ao certo a qual lado da morte pertencia. Eu estava desesperado para ir embora, mas não conseguia deixar de me sentir fascinado pela história que se revelava.

# X: ABSOLVIÇÃO

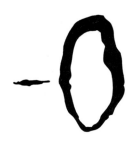s olhos de Mather brilhavam de forma tenebrosa em certas ocasiões. No começo, eu dizia para mim mesmo que era apenas minha imaginação, mas depois percebi que havia algo realmente errado com ele. As atrocidades que ele cometia... não podiam ser só pelo bem da ciência.

Soames levantou-se e começou a andar pela sala.

— Nunca vou me esquecer da noite em que o Vermelho do Ganges entrou em nossa vida — continuou ele. — Mather havia acabado de realizar uma operação num homem que achara do lado de fora de uma estação de trem. Ele tinha feito grandes incisões nos pulsos do homem e cortado todos os tendões, para depois invertê-los e costurá-los novamente. Queria que o sujeito achasse que estava movendo um dedo, quando na verdade estava mexendo outro. Aquilo era sem sentido, mas eu... Talvez fosse a bebida, as drogas. Eu costumava fazer uso das duas coisas. Nunca vi o que acontecia com os que sobreviviam. Ele devia matá-los depois, senão eles teriam... Talvez fosse por isso que ele achava tão fácil me controlar, porque eu estava embriagado na maior parte do tempo. De qualquer forma, nessa noite em particular, estávamos esperando que o sujeito acordasse quando escutamos um barulho na porta. Uma leve batida... — Soames riu. — Às vezes, Mather e eu pensávamos a mesma coisa, visto que ele dizia exatamente o que estava na minha cabeça. "... *Ouvi o que parecia o som de alguém que batia levemente a meus umbrais.*"

"É do poema *O corvo*, de Edgar Allan Poe, e escutar essas palavras em voz alta me deixou incomodado. Fui até a porta e abri. Nunca senti tanto medo, tanto frio, como quando me deparei pela primeira vez, ali no umbral da porta, com aquele monstro. Era de um vermelho vivo, brilhante. E o zumbido que emitia lembrava uma música horrenda. Ela ficou ali, pairando na minha frente, em seguida elevou-se, como se fosse voar direto na minha cabeça. Cobri o rosto com as mãos, mas ela passou ao lado da minha orelha, e foi em direção a Mather.

"Virei-me, esperando ver Mather tentando afastar a coisa. Ela, porém, pousou sobre o busto de Florence Nightingale que pertencera à falecida tia de Mather. Parecia estar observando meu amigo. Analisando-o.

"Fechei a porta e fui até a mesa. O pé do paciente começou a se mexer, e percebi que ele logo recobraria a consciência. Mather permaneceu com os olhos fixos no mosquito. Ele sorriu, se não me engano. Eu nunca tinha visto um inseto tão grande. Mather aproximou-se do busto e ficou lá, olhando para aquela coisa. Recitou outro verso do poema: '*Dize-me qual o teu nome lá nas trevas infernais!*'

"As asas dela bateram mais rápido; em seguida, ela emitiu um estranho zumbido, que pareceu atravessar meu cérebro. A dor foi terrível. Tive a sensação de que a criatura estava tentando bloquear meus pensamentos, impedindo-me de escutar alguma coisa. Fui até o outro lado da sala e tentei clarear a mente. Mather também esfregava as têmporas, mas não parecia estar sentindo tanta dor quanto eu. Sua boca estava escancarada. Seus olhos também. O inseto estava fazendo algo com ele. Algo estranho.

"Sobre a mesa, o braço esquerdo do homem se mexeu, e ele soltou um gemido. *Ó céus*, pensei. *Ele está acordando.* Aproximei-me da cabeça dele. As pálpebras começaram a tremelicar. Virei-me para Mather em busca de orientação, mas ele ainda estava com os olhos fixos no mosquito.

"'Pelo amor de Deus', gritei com Mather. 'Vem aqui! Ele está recobrando a consciência.'

"Mather se virou para mim, sorrindo.

"'Está? Isso é conveniente', disse ele.

"'Conveniente? Do que você está falando? Ele precisa de mais anestesia.'

"'Não!' Mather aproximou-se de mim e agarrou meu pulso. "'Não vamos desperdiçar. Ele não vai precisar.'

"'Como assim?'

"'Você vai ver.' Mather soltou meu braço e olhou de volta para o mosquito, fazendo que sim. 'Por favor', disse para ela. "Fique à vontade.'

"Encarei Mather, imaginando se ele fora tomado por um acesso de loucura. Foi então que o mosquito alçou voo e partiu direto para o pescoço do paciente.

"'O que ele está fazendo? Por quê...?' Percebi tarde demais o que estava prestes a acontecer. O mosquito enfiou o tubo de alimentação na jugular do pobre diabo.

"Dei um passo para trás, chocado. Se o tamanho daquela coisa já não era aterrorizante o suficiente, o modo como sugou o sangue da vítima com certeza era. O corpo dela foi crescendo até ficar com o dobro do tamanho original. Puxei Mather pela manga.

"'A gente tem que fugir daqui e chamar alguém', falei. 'Alguém que esteja acostumado a lidar com coisas desse tipo.'

"Ela continuou a se alimentar até seu corpo ficar inflado de sangue. Depois removeu o tubo, bateu as asas e se sentou ali, quieta.

"'Uma visão realmente inacreditável', observou Mather.

"'Que diabos é isso?'

"'Algo muito especial, isso eu sei. Realmente muito especial.'

"'Especial? Pai do céu, não acha que a gente...' Interrompi a frase quando vi o que estava acontecendo com a garganta do paciente.

"Mather também percebera.

"'Deus do céu', disse, por entre os dentes. O inseto voou para longe do paciente e pousou de novo sobre o busto.

"O que pouco antes era apenas nada mais do que uma espetadela de agulha, estava virando um grande buraco. Um vapor elevava-se do ferimento, junto com o fedor de carne estragada. O paciente agora estava bem acordado, e sacudia os braços desesperadamente. E então... então começou a gritar.

"A saliva do mosquito corroera a metade do pescoço do homem. Foi horrível. Tentei acabar com o sofrimento dele e injetar uma dose letal de morfina, mas Mather me impediu. Só pude olhar, enquanto o pobre coitado morria. A mente de Mather passou por alguma espécie de mudança naquela noite. Ele já tinha feito coisas terríveis antes, mas, daquela noite em diante, elas pioraram. Eu estava prestes a dizer que ia chamar a polícia, mas, antes que conseguisse falar, o mosquito levantou voo e pousou na mesa à minha frente.

"'Sei o que vai dizer', Mather sussurrou em meu ouvido. 'E ela também.'

"'Do que você está falando?'. Lutei, tentando me safar de Mather, mas ele me segurava com muita força e apenas riu. Por fim, decidiu me soltar. Afastei-me da mesa cambaleando, pisando na poça de sangue que cobria o chão.

"'Ao que parece, a Dama aqui procura há tempos por alguém como eu.' Ele sorriu e esticou o braço. O mosquito voou e pousou na palma dele.

"'O que está fazendo? Afaste-se dessa coisa... ela vai te matar!' Dei outro passo para trás em direção à porta.

"Mather começou a rir. Era um som horroroso.

"Ela não vai me fazer mal, Soames. A salvação chega de muitas maneiras.'

"'Salvação? Do que você está falando?'

"'Ainda não tenho certeza. Mas vou saber com o tempo.' Ele baixou os olhos para o mosquito com uma expressão que parecia adoração. 'Acho que ela tem muito a me ensinar.' Riu de novo. 'Agora seja um bom camarada e não a irrite. Você não gostaria de acabar do mesmo jeito que esse pobre diabo, gostaria?'

"'Deus do céu, olha só essa confusão, Mather! Essa coisa é perigosa! Precisamos contar a alguém.'

"'Do que está falando? Contar a alguém?' Ele se aproximou de mim e me olhou bem dentro do olho. 'O que acha que vai acontecer se contar os detalhes de nossas experiências para a polícia? Humm? Eles vão nos trancafiar e jogar a chave fora. Sabe disso. Isso, é claro, se *ela* não te pegar primeiro.'

"A ideia de ser a próxima vítima daquela criatura era mais do que eu podia aguentar. Ela parecia exercer alguma espécie de controle sobre Mather. Não mostrava nenhum sinal de hostilidade para com ele. Na verdade, depois daquela noite, eles se tornaram inseparáveis. Continuei a ajudá-lo com as experiências, mesmo depois que ficou óbvio que não restava um pingo de curiosidade científica nele. Ele sentia prazer em mutilar aquelas pobres pessoas, mas sempre ficava na defensiva quando eu questionava seus métodos. Dizia que era a única forma de aprender mais sobre o corpo humano e sobre a conexão entre o corpo e a mente.

"Pouco depois daquela noite terrível, Mather anunciou que ia se mudar de Londres para uma ilha que havia comprado. Perguntei como conseguira comprar uma ilha inteira, e ele me contou alguma história sobre uma herança. Tentei cortar nossos laços, e implorei que me deixasse para trás, mas ele não me escutou. Não confiava em mim. Talvez estivesse certo em não confiar.

"Então, certo dia, ele me chamou até sua casa, com o pretexto de que era um assunto urgente. Quando cheguei, perguntei se tinha acontecido algo ruim. Ele respondeu que nada, eram boas notícias. O Vermelho do Ganges estava junto, e parecia compartilhar do entusiasmo. Ele me disse que precisaria ir até a ilha por um ou dois dias, a fim de se certificar de que estava tudo pronto para a mudança. Eu devo ter ficado bastante pálido quando ele me informou que deixaria a Dama de olho em mim. Insisti dizendo quem não havia necessidade, que não causaria problema algum, mas ele nem sequer fingiu me escutar.

"Assim sendo, ele partiu naquela noite, deixando-me com o mosquito, que parecia estar tendo um enorme prazer em me vigiar. Pude andar pela casa livremente, mas afora isso era um prisioneiro. Achei estranho que Mather tivesse deixado o inseto. Até então, eles não se separavam. Ele voltou na segunda noite após sua partida. Não falou muito sobre a viagem, apenas que tudo estava como deveria estar, e que poderíamos nos mudar na semana seguinte. Nem me dei ao trabalho de repetir que desejava ficar. Isso não teria me ajudado em nada.

"Já estamos aqui há vários anos. Acho que perdi a noção do tempo. A casa já estava aqui quando chegamos… não sei o que aconteceu com o antigo dono. Esse trailer também já estava aqui, e Mather falou para eu fazer dele meu lar. Ele me avisaria quando precisasse de ajuda. E me traz comida uma vez por semana. Não é muito, mas é o suficiente para eu continuar vivendo. Em muitos sentidos, sinto-me como um animal. Um animal enjaulado, com liberdade apenas para servir a seu mestre. Contudo, o que mais posso fazer? Não posso mais voltar para a sociedade. Não depois de tudo o que vi e fiz. E sei que Mather mandaria o mosquito me caçar e matar. Não, não tenho como escapar."

Soames era um homem cansado. Cansado de muitas coisas. Ele entreabriu a cortina e deu uma olhada lá fora de novo.

— Ele ainda te traz comida? Mesmo que não o ajude mais com as experiências?

— Traz… acho que ele não consegue me abandonar totalmente. Também não acho que queira me matar… a menos que precise. Passamos por muita coisa juntos. Por mais estranho que isso possa soar, acho que me vê como um amigo. Mesmo que ele próprio não se dê conta disso.

— Nunca tentou fugir?

— E para onde eu iria? O que eu iria fazer? Estou ligado a Mather, a esta ilha, aos horrores que presenciei. Não posso partir, não saberia como sobreviver. Além disso, tem ela…

— *Ela?*

— Mather tem um livro chamado *Her Story*. Ele conta a…

— Espere. Eu li. Bem, uma parte. Mather me mostrou um capítulo intitulado *A lenda de Nhan…*

— *Diep.*

— Isso, isso mesmo.

— Você leu a história?

— Só uma parte. Mather me contou um pouco mais hoje de manhã. Falou algo sobre ela ter deixado o marido por um mercador.

— É, se não fosse o mercador, as coisas poderiam ter sido diferentes.

— Qual a importância dessa história?

— Ela explica, talvez, tudo.

— Mas é só outro mito, não é? Tal como o do Vermelho do Ganges ser capaz de… entrar na mente dos homens.

— Creio que tem algo de verdade nisso tudo. Por favor, deixa eu contar o resto da história. Pode te ajudar.

—Tudo bem…

—Vou ser rápido, prometo. Agora, deixe-me ver… o navio mercante… Ah, sim, Nhan Diep era tratada como uma rainha. Ela não precisava mais trabalhar, exceto para se manter bonita para seu novo marido.

Fitei os olhos atormentados de Soames, sentindo que talvez a conversa fosse para benefício dele tanto quanto para o meu. Ele não falava com ninguém além de Mather havia anos. Deve ter sido um grande alívio estar com outra pessoa.

— Ngoc Tam passou muitos dias procurando pela mulher — continuou ele —, que acreditava ter sido sequestrada. Certo dia, estava deixando um grande porto, onde parara a fim de comprar comida para continuar a viagem, quando a viu tomando sol no deque da grande embarcação que agora chamava de lar. Ele largou os mantimentos que estava carregando e olhou para ela, incapaz de acreditar no que via. Nesse momento, o mercador saiu da cabine, beijou Diep ternamente na face e se deitou ao lado dela. Tam ficou furioso. Entrou como um tufão no navio mercante, derrubando na água, em sua fúria, os dois embasbacados vigias. Exigiu saber o que estava acontecendo, e escutou, de queixo caído, Diep dizer que escolhera ficar com o mercador, o qual prometera lhe dar tudo o que quisesse. Tam permaneceu em silêncio por algum tempo; depois, anuiu com a cabeça e resignou-se com o fato de que sua mulher não era mais sua. Mas, antes de partir, exigiu que ela devolvesse as três gotas de sangue que ele lhe dera para trazê-la de volta à vida. Diep riu e deu de ombros. Pegou uma faca de descascar frutas de uma vasilha que estava próxima e cortou a ponta do indicador direito…

— Ela devolveu o sangue a ele?

— Bom, ela acreditava que ele tinha enlouquecido e desejava ser indulgente, na esperança de que Tam a deixasse em paz. De qualquer forma, quando o sangue caiu sobre a palma de Tam, a transformação ocorreu. Diep ergueu-se das almofadas em que estava deitada e começou a diminuir de tamanho, o corpo dobrando e se contorcendo. Tam e o mercador recuaram, horrorizados com a visão. Em poucos segundos, Diep estava do tamanho de um pássaro. Mas, diferentemente de uma ave, ela apresentava uma enorme agulha que se estendia para baixo a partir da cabeça. Uma agulha projetada para uma única coisa.

— Sangue.

— Exatamente. Embora não qualquer sangue. Ela queria o sangue de Tam. Esse era o único jeito de voltar a ser mulher. Voou em direção a ele, que a golpeou, paralisando-a. Quando por fim conseguiu levantar voo novamente, Tam desaparecera. E Diep não pôde encontrar o caminho de casa. Foi obrigada a iniciar uma busca interminável, desesperada, por seu marido...

Soames contraiu os lábios, entrelaçou as mãos e olhou para os pés. Em seguida, riu.

— Apesar de tudo, é uma história maravilhosa — declarou.

— É. Mas o que ela tem a ver com a nossa situação?

— Acredito que a história explique a existência do Vermelho do Ganges.

— O quê? Você acredita... que o Vermelho do Ganges é... Nhan Diep?

— Acredito.

— Está brincando. Por quê?

— Por que não? Já escutei coisas mais estranhas.

— Eu não.

— Se você acreditar nas histórias sobre o Vermelho do Ganges, testemunhar o estranho efeito que ela tem sobre Mather e sua sede de sangue, apesar do fato de não poder reproduzir, então...

— Uau. — Ri. — É um salto e tanto. Sem dúvida, o mosquito é inacreditável, mas é apenas uma aberração da natureza, só isso. Não há provas que sugiram qualquer conexão com o mito. Quero dizer, você já presenciou algum fenômeno estranho perto dela?

— Diretamente, não. Mas ela se comunica com Mather, disso eu tenho certeza.

— Ah, é tudo imaginação dele... Ou isso, ou ele está brincando com você.

— Não, não. Antes de ela chegar, Mather se comportava normalmente... bom, tirando as experiências.

— Certo — concordei. — Se eu conseguir dar esse gigantesco salto imaginativo e acreditar que isso é verdade, então o que exatamente Nhan Diep está fazendo aqui? Qual é o plano dela?

— Acho que ela está obrigando Mather a ajudá-la. Ele e eu atraímos as pessoas até a ilha, e ela se alimenta delas, na esperança de um dia encontrar...

— O sangue do marido? Isso é loucura!

— É, bom, Mather está convencido disso. Sei que está. E quer seja verdade ou não, a crença dele é perigosa o suficiente.

Olhei para o rosto esticado de Soames, com suas feições angulosas e pálidas. Ele era um prisioneiro, e parecia mesmo um.

— Tudo bem — falei. — Já não está na hora de darmos o fora daqui?

— Já disse, não vou a lugar nenhum.

— Mas...

— Não posso partir.

— Por quê?

— Não escutou o que eu disse? Não posso voltar para a civilização. Além disso... ela saberia se eu tentasse partir. Mesmo que eu conseguisse sair da ilha com vida, ela poderia vir atrás de mim. E faria com que eu me arrependesse. Mas você tem uma chance. Não ficou exposto a ela por tempo demais...

— Nesse caso, vou mandar ajuda assim que chegar ao continente. — Levantei. — No porão, Mather falou algo sobre uma libélula. Ele pareceu bastante preocupado. Isso te diz alguma coisa?

— Não me lembro de ele ter falado nada sobre libélula. A menos que... — Soames enrugou a testa enquanto pensava em alguma coisa.

— Ele a vê como uma ameaça — continuei. — Acho que a chamou de Iêmen ou algo parecido.

— O Iêmen! É claro. Então o Iêmen é uma libélula... Agora tudo faz sentido. As libélulas caçam mosquitos. Ele deve ter vindo por causa dela.

— Quem é ele?

— Lembra do gênio da história de Nhan Diep?

— Lembro. — *De novo não*, pensei.

— Uma das formas que ele assumia era a de uma libélula. E ele é supostamente imortal... então, talvez tudo seja verdade. Talvez ele tenha vindo atrás dela, para pegá-la. Isso explicaria por que todas as moscas desapareceram.

— Notou isso também?

— Notei. Ele já deve estar aqui há algum tempo, observando-a, procurando certificar-se de que realmente a encontrou. Ele seria capaz de banir os outros insetos, para que eles não atrapalhassem sua observação. Libélula do Iêmen deve ser um nome atual, como Vermelho do Ganges. Ele deve estar caçando-a faz tempo. Mais uma razão para você sair daqui o mais rápido possível. É o tipo de confronto no meio do qual você não vai querer ficar.

Achei que o homem estivesse louco. Ele honestamente acreditava no mito, assim como Mather. Tentei persuadi-lo pela última vez a deixar a ilha comigo.

— Ashley, a última coisa que mereço é a simpatia de alguém. Abri mão desse direito há muito tempo. Também sou um monstro, da mesma forma que Mather ou a Dama.

— Então pretende morrer aqui?

— Meu destino está ligado ao de Mather. Sempre esteve.

Pensei nisso por algum tempo. Apesar de tudo o que ele tinha feito, era impossível não sentir pena de Soames. Ele desafiara Mather quando as coisas tinham ido longe demais, e fora então forçado, contra a sua vontade, a continuar ajudando.

— Então como vou sair da ilha, se não posso usar o barco de Mather?

— Eu te mostro — disse ele, levantando e abrindo a porta do trailer com cuidado.

Nós dois demos uma olhada cautelosa ao redor, em busca de algum sinal de Mather, prestando atenção ao menor roçar ou estalar de galhos. Quando sentiu-se seguro de que estávamos sozinhos, Soames olhou para mim e acenou com a cabeça, sinalizando que podíamos prosseguir. Já era quase uma da tarde. Queria desesperadamente estar a caminho de casa, colocando a maior distância possível entre mim e a ilha.

— Vamos — chamou Soames.

Não fazia ideia para onde ele estava me levando. Meu instinto dizia que estávamos indo em direção à casa, mas, se fosse isso, deveríamos ter nos deparado com a trilha em algum momento. Cerca de cinco minutos depois, Soames parou no topo de uma pequena elevação. Esperou que eu o alcançasse.

— É ali. Ao pé do morro. — Começamos a descer a encosta.

— Mas não tem nada ali — comentei.

Soames não respondeu, então continuei a segui-lo, descendo o morro com passos curtos e rápidos, para não cair e rolar.

Quando cheguei à base, Soames estava no meio de uma pequena clareira, de frente para mim. Parei ao lado dele, com uma expressão interrogativa. Ele baixou os olhos para o chão. Segui seu olhar, mas, a princípio, não vi nada de interessante além de terra, folhas e galhos. Foi então que notei.

Estava bem camuflada — uma corda curta, grossa e velha despontando do chão não mais do que uns dois centímetros. As duas pontas pareciam estar debaixo da superfície de detritos outonais, provavelmente amarradas a alguma coisa.

— Usar esse túnel até o continente deve ser mais seguro do que tentar o barco de Mather.

Soames se ajoelhou e agarrou a corda com as duas mãos. Com cuidado, aprumou o corpo e puxou a corda com toda a força, empurrando com as pernas para ajudar. Enquanto eu me inclinava para observar, a corda se ergueu, e com ela, um grande pedaço quadrado do chão. Era um alçapão de madeira. De repente, escutei um barulho estranho e alto, e Soames soltou a alça da corda. Levantei os olhos e o vi cambaleando para trás, levando as mãos à testa, que sangrava em profusão.

Ele escorregou e caiu de costas, batendo a cabeça com força no chão. Ficou ali, imóvel. Soube o que tinha acontecido antes mesmo de conseguir confirmar. Virei-me bem devagar, e vi a figura desesperada segurando uma pá acima da cabeça, pronta para atacar novamente. A expressão em seus olhos não era de raiva nem vingança, mas de pura vontade de matar. Tive menos de um segundo para me preparar antes que a lâmina dura e fria da pá de Mather batesse em meu rosto.

# XI: REUNIÃO

ão consigo nem explicar o quão enjoado me senti ao recobrar a consciência. Talvez fosse como acordar de uma batida de carro com uma forte dor de cabeça. Mather tinha me tirado do lugar onde eu caíra, mas exatamente onde me deixara continuou a ser um mistério até que consegui focalizar alguma coisa. Parecia diferente, mas com certeza eu estava na clareira ao redor da casa, e o sol estava se pondo. Outra fisgada forte atravessou meu cérebro, fazendo-me gemer. Não conseguia escutar muita coisa, já que meu ouvido apitava terrivelmente. A necessidade de vomitar tornou-se insuportável, só que levantar não era uma opção: Mather me amarrara a uma árvore com uma boa quantidade de corda resistente. Ele me posicionara de modo que eu ficasse de frente para a clareira, com a casa à esquerda. Tentei dar a volta na árvore, na esperança de afrouxar a corda, mas foi um esforço inútil.

Mather amarrara minhas mãos para trás, deixando a árvore no meio. Em seguida, passara a corda em volta da minha cintura, prendendo-a também à árvore. Sem dúvida, não queria arriscar. Puxei as amarras algumas vezes, na esperança de conseguir afrouxá-las. Sem chance. Eu teria de esperar até recobrar completamente a lucidez e as forças. Assim, fiquei sentado ali de olhos fechados, indefeso, torcendo para que Mather demorasse bastante a voltar.

Devo ter desmaiado, porque, quando abri os olhos de novo, já era noite fechada. Uma lua cheia sobressaía em meio a nuvens escuras, iluminando a área com um brilho pálido e azulado. De vez em quando, escutava um pássaro ou alguma outra criatura movendo-se entre os galhos, ou disparando mato adentro na floresta, mas, afora isso, estava tudo quieto. Senti-me desesperadamente sozinho e mais vulnerável do que nunca.

Algum tempo depois — não tenho ideia de quanto —, um par de pontos verdes fosforescentes apareceu próximo a uma das árvores, do outro lado da clareira. A princípio, entrei em pânico, imaginando qual estranha e feroz criatura havia se interessado por mim. Em seguida, dei-me conta de que os olhos deviam ser de um gato, e até onde eu sabia, só havia um nas redondezas.

Ele ficou sentado me observando, talvez tentando entender a terrível situação em que eu me encontrava. Pouco tempo depois, o sr. Hopkins se aproximou. Sua aparência era muito melhor no escuro. Parecia até se mover com um pouco mais de graça e dignidade. Talvez a noite despertasse o que havia de melhor nele.

O sr. Hopkins aproximou-se dos meus pés e se deitou de barriga para baixo entre as minhas pernas. Parecia uma pequena esfinge a me olhar, a cabeça pendendo para um lado de maneira curiosa.

— As coisas não estão muito boas — falei, minha voz soando estranha. Ela estava rouca e fraca, como se eu tivesse gritado por horas a fio. — Tenho a sensação de que minha cabeça vai explodir.

O gato espirrou, e começou a ronronar, satisfeito. Pelo menos um de nós estava confortável. Sua orelha esquerda mexeu, como se em reação a alguma coisa. Tinha sido uma gota de chuva. Ele se levantou, virou e partiu em direção às árvores, em busca de melhor proteção.

Quando a chuva apertou, levantei os olhos para o céu, indignado, imaginando por que o Todo-Poderoso não gostava de mim. Estranhamente, a chuva pareceu aliviar um pouco a dor em minha cabeça e nos pulsos. Fechei os olhos, achando que ia desmaiar de novo.

— Quem sabe?

Foi quase um sussurro, e não saberia dizer de que direção tinha vindo. Abri os olhos, mas não vi ninguém. A chuva tinha parado, embora ainda estivesse escuro, até que a lua surgiu de novo por detrás das nuvens. Meus cabelos e sobrancelhas pingavam água. Minhas roupas estavam encharcadas e a dor nos pulsos ficara pior do que nunca.

— *Quem sabe?*

Encolhi-me. Mather repetira a pergunta um pouco mais alto, próximo à minha orelha esquerda. Achei que minha cabeça fosse explodir. Ele se colocou na minha frente e jogou o facho da lanterna em meus olhos.

— Responda. Quem sabe que você está aqui?

— Não sei...

— Claro que sabe.

— Bom, meu editor... e mais alguns colegas do escritório.

— Família, amigos? — Ele estava agitado.

— Também, alguns deles. — Menti.

Mather se aproximou e cutucou meu queixo com a ponta da terrível adaga de lâmina curva. Engoli em seco e me concentrei para não mexer a cabeça.

— A carta dizia para não contar nada a ninguém. Agora... diga a verdade!

— Bom, meu editor sabe... e a Gina.

— Quem?

— Ela é a fotógrafa da revista. Acho que falei com ela..

— É melhor não brincar comigo, sr. Reeves. — Mather estava sussurrando de novo. — Não faz ideia das consequências que irá enfrentar se mentir. — Após alguns segundos de tensão, ele afastou a adaga e a enfiou de volta na cintura.

— Onde...? — Minha garganta estava terrivelmente seca. — Onde está Soames?

— Soames está morto. Bem morto.

— O que quer dizer com *bem morto*? O que fez com ele? — A necessidade opressiva de fechar os olhos e apagar de novo estava ficando insuportável, mas eu queria escutar a resposta de Mather.

— Sabe o que é o nervo óptico?

— Tem algo a ver com o olho — murmurei.

— Isso mesmo. É o nervo que conecta o olho ao cérebro.

— E daí?

— Soames uma vez brincou que adoraria ver a si mesmo por dentro. Bom, agora ele viu! É impressionante o quanto podemos esticar o nervo óptico. — Ele riu.

Fiquei enjoado.

— Você não tem noção do quanto é louco, tem? Não gosto nem de pensar no que a polícia vai dizer quando vir aquela cova.

— Não muita coisa — replicou ele, sorrindo. — Vou tomar as devidas providências. Você sabe, nem todos os corpos estão lá.

— Sei. Você jogou alguns no lago.

— Isso mesmo.

— Soames também me contou que você herdou a casa. Mas você tinha me dito antes que a comprara de um velho.

— É, eu disse, não disse? — Mather riu, coçou o queixo com displicência e olhou para o céu noturno. — Meu Deus... pobre homem. Aposto que não sabe no que acreditar.

— Digamos apenas que, de agora em diante, aceito tudo o que diz com reservas. — Não sei ao certo o que me levava a continuar falando. Talvez eu ainda estivesse tentando adiar o inevitável.

— Para falar a verdade, a casa realmente pertencia a um velho cavalheiro... sr. West. Só que eu não a comprei exatamente.

— Ele também terminou na mesa de operações? — Lancei um olhar furioso para Mather, mas ele não pareceu se incomodar.

— Não... a sala ainda não estava arrumada. Além disso, eu queria resolver logo o problema e voltar para Londres. Não gostava da ideia de deixar Soames sozinho com a Dama. — Por um momento de ingenuidade, cheguei a acreditar que Mather tivesse ficado preocupado com seu falecido companheiro. O momento, porém, foi breve. — Eu tinha plena confiança no poder dela, mas Soames era astucioso quando precisava. Fiquei preocupado com a possibilidade de ele encontrar um meio de escapar... ou pior, de machucá-la.

— Aposto que o antigo dono foi totalmente enganado, não foi? Ele só percebeu quando já era tarde demais.

— Bem, não... na verdade, não. Eu sabia da existência da ilha porque, quando jovem, tinha visitado o lago Languor. Na época, a casa estava sendo construída, e me lembro de ter pensado que devia ser maravilhoso viver num lugar assim. A paz, o isolamento, nenhuma distração. Poder realizar um trabalho longe dos olhos intrometidos de uma sociedade ignorante e antipática era um sonho. Minhas experiências estavam ficando mais frequentes... admito que sempre foram um vício. Quando a Dama surgiu em minha vida, decidi que era hora de sair de Londres e ir para um local onde eu pudesse trabalhar em total privacidade, e onde ela pudesse se alimentar sem que os restos de suas refeições fossem descobertos.

"Lembro que o tempo estava lindo quando cheguei a Tryst naquele dia. Eu visitara a cidade algumas semanas antes, a fim de explorar a área e dar uma olhada na ilha. Duvido que o sr. West tenha me notado nas vezes em que aluguei um barco e naveguei pelo lago, tirando fotos e observando seus movimentos em torno da casa. É possível ter uma boa ideia do caráter psicológico de uma pessoa apenas observando-a. Parecia um bom dia para levar o negócio a cabo. Fiz um trato com o capitão do porto para que mantivesse qualquer outro visitante longe da água até eu voltar, só por segurança. Eu já havia captado a personalidade daquele homem desde o primeiro dia. Nenhuma moral. Sua única preocupação é com o prazer. Eu poderia lhe contar coisas a respeito dele que deixariam suas orelhas em pé.

"De qualquer forma, o sr. West ficou surpreso ao me ver, para dizer o mínimo. Acho que escutar alguém batendo à porta deve ter sido tão perturbador quanto inesperado. Ele apareceu após alguns instantes, com uma expressão de perplexidade no rosto encarquilhado, e exigiu saber o que eu estava fazendo em sua ilha. Fui educado a princípio. Não queria ter um dia desagradável; seria bom me mudar para a casa com o pé direito. No entanto, tive muita dificuldade para colocar o sr. West numa posição em que pudesse acabar com ele rapidamente e sem dor. Disse que tinha uma proposta a lhe fazer, que desejava comprar a ilha por um preço alto e que gostaria que ele me mostrasse o lugar. A ideia era afastá-lo da casa e matá-lo rapidamente. Enterrá-lo seria uma tarefa e tanto, porém era um preço pequeno a pagar. Infelizmente, ele não foi nada acolhedor. Continuou exigindo que eu deixasse a ilha, e tentou fechar a porta na minha cara... Por fim, perdi a paciência e empurrei a porta com força, derrubando-o no chão do corredor. Eu... eu tinha levado a adaga comigo. Perco a paciência com facilidade, você sabe, mas... acho que o sr. West despertou o que havia de pior em mim. Fiquei furioso por ele tornar tudo mais difícil, quando podia ter sido tão fácil."

Mather baixou os olhos para o chão e passou a língua pelos lábios de modo pensativo.

— É a vida, acho eu. Assim que acabei com ele, arrastei o corpo até a floresta e o joguei num lugar onde não pudesse ser encontrado, a fim de voltar logo a Londres e providenciar a mudança. Foi quando encontrei o centro de pesquisa. Arrastei o corpo dele para dentro do prédio, até o porão. O buraco tinha uma escada que ia até o fundo. E no fundo havia um ralo que se conectava ao lago, que podia ser usado para jogar o lixo fora. E foi exatamente isso que eu fiz. Arranquei a escada da parede e joguei o corpo no buraco, para que, uma vez decomposto, escorresse pelo ralo. Talvez uma parte dele ainda esteja lá... bem no fundo.

— Seu desgraçado doente! Como pode gostar de matar pessoas assim? — Queria Mather longe de mim. Ele estava me deixando arrepiado, e não pude evitar desejar ter me certificado de que ele estava morto quando o empurrara na cova.

— Muito tempo atrás, ocorreu-me que o que mais nos assusta não é a morte, as doenças ou a guerra nuclear. O mais aterrorizante não é o mundo exterior, mas o interior. — Ele deixou o pensamento pairar no ar. — Somos o que vemos no espelho. Mas somos também o que não vemos. Os órgãos, a carne, o... sangue. Só que ignoramos isso, porque é horrível. *Somos* horríveis. Entende? Se nos virarmos do avesso, a visão é horrenda, inimaginável. Sempre fui fascinado por isso. E é por esse motivo que faço o que faço, se quer saber. Quero entender por que somos tão verdadeiramente abomináveis uma vez retirada a pele.

—Você é louco!

— E você é jovem, ainda não compreende as complexidades da natureza.

Mather puxou o zíper da jaqueta, andou até a borda da clareira e sumiu no meio das árvores, em direção à praia. Eu ainda estava desconcertado. Por que ele sentia necessidade de me passar toda aquela informação? Estaria tentando se confessar? Achava difícil que sentisse qualquer culpa.

Não escutei nenhum barulho vindo da praia. Apesar do prognóstico sombrio que recaía sobre mim, eu ainda me sentia distante e lerdo. Talvez a pancada na cabeça tivesse embotado meu sentido de alerta. Enquanto lutava contra outra onda de enjoo, escutei uma voz me chamando. Fechei os olhos, deixando-me envolver por uma acolhedora escuridão.

*Estou aqui.* Era a voz feminina de novo, doce e sedutora.

— Onde?

*Perto.*

— O que você quer dizer com isso?

*Não importa. Escuta. Não pode desistir. Tudo isso vai acabar logo.*

— Não acho que gosto muito dessa ideia.

*Ninguém vai te machucar. Ele só vai fazer o que eu permitir.*

— Mather?

*É.*

— Quem é você?

*Sou Nhan Diep.*

— O quê? Devo estar sonhando.

*Não está não. Você não está nem dormindo.*

Para confirmar, abri os olhos e vi que ainda me encontrava na clareira. Nada sugeria que eu estivesse sonhando.

—Você não pode ser o mosquito. Não é possível.

*Mas sou. Estou nessa forma há muito tempo. Graças a Deus tudo vai terminar logo.*

— Por quê?

*Porque você está aqui.*

— Eu?

*É. Estive esperando por você.* Houve uma pausa, como se algo a impedisse de continuar.

*Se eu tivesse permitido, ele teria te matado na primeira noite, enquanto dormia. E te mataria agora, mas não pode. Embora isso o atormente bastante, ele não pode ignorar a minha vontade.*

— Mas por que você tem esperado por mim?

*Você é um ser raro, Ashley Reeves.*

— Raro?

*Achei que nunca fosse encontrá-lo, mas aqui está você, afinal. Minha salvação.*

Escutei vozes vindas de fora da minha cabeça, da direção da praia. Senti a presença dela se esvair e, pouco tempo depois, ela sumiu.

# XII: PRISÃO

A primeira voz, sem dúvida, era de Mather.

— Não é uma boa hora! Qual diabos é o seu problema?

—Vim pegar o barco. Ele não vai mais precisar dele, vai?

A segunda voz era familiar, embora não a tenha reconhecido a princípio. *Será Soames?*, pensei. Talvez ele tivesse sobrevivido ao ataque de Mather, afinal. Talvez Mather tivesse mentido quando disse que o matara. Houve uma pausa, em seguida escutei a mesma voz, mais alta.

— Isso está ficando sem graça. Não pode fazer isso para sempre sem esperar que alguém perceba. Estou fazendo tudo o que posso, mas não dá para continuar por muito mais tempo. — Se fosse Soames, parecia mais calmo e autoconfiante do que antes.

— O barco colidiu contra as pedras, portanto você perdeu a viagem.

Apesar da falta de jeito e do desconforto, virei o pescoço para a esquerda e vi, à luz do luar, Mather e o recém-chegado entrando na clareira. Os dois andavam em direção à casa, mas pararam no meio do caminho. O segundo homem notou minha presença. Ele ficou surpreso, mas conseguiu abrir um sorriso forçado ao se virar para Mather. Não era Soames, afinal. Era Derringher, o capitão do porto.

— Colidiu, foi? Isso vai lhe custar caro. O que vai fazer com ele?

— O que você acha? Ele vai ajudar na minha pesquisa. Algum dia, e não vai demorar, tudo vai ser recompensado. Escreverão livros a meu respeito, guarde as minhas palavras. Devia se sentir honrado por fazer parte disso. Devia ficar agradecido, e é essencial que continue a fazer seu trabalho; caso contrário, terá sido tudo em vão.

Ao escutar isso, o outro homem apenas balançou a cabeça e riu. Foi uma risada suja e rouca, e eu não gostei nada dela. Mather parecia ter sentido a mesma coisa.

— Escreverão livros sim, com certeza — disse o capitão. — Você está louco. E não pense que não sei o que anda fazendo. Você é doente… — A falta de respeito por Mather não era de surpreender, mas, mesmo assim, o deixou irritado.

— É melhor segurar essa língua maldita! Você não tem ideia do que eu faço, do que já descobri. Um idiota ignorante como você não pode imaginar as maravilhas, os milagres que o corpo humano ainda tem a revelar. Não preciso que camponeses como você venham aqui ridicularizar meu trabalho. Faça o que lhe mandei fazer ou não vai receber dinheiro algum.

O capitão ficou em silêncio por um tempo, em seguida se virou e agarrou Mather pelo colarinho.

— É melhor você cuidar dessa sua boca ou sou eu quem vai fazer algumas experiências! — Ele soltou Mather, que se contorcia, e o empurrou com força. — Quanto ao pagamento, quero mais. Mil libras pelo barco, e mais duas mil para ficar de bico calado.

— O quê? Mil libras por aquela porcaria? Escuta aqui! Não vou desperdiçar uma quantia dessas só para alimentar sua ganância.

— Ah, acho que vai sim, meu amigo.

— Acha, é? — Mather riu, algo que o outro não engoliu muito bem. — Você tem senso de humor. Acha que vou lhe dar dinheiro toda vez que me pedir?

— Acho. Na verdade, tenho certeza. Por que, se não der, vou ter uma palavrinha com meu amigo, o sargento Strutt, e suponho que você não vai gostar nem um pouco.

— Não tente me intimidar, seu nojento.

— O quê?

— Esqueça. Não vou ficar te explicando nada.

— Bom, então é melhor eu fazer uma visita à delegacia. Não é como se você não tivesse nada a esconder, é? Eles vão ter um dia cheio se vierem aqui. — Os olhos dele revelavam uma alegre malícia. — O que você acha?

— Boa tentativa, mas conheço você muito bem. Vai fazer o que eu mandar, ou não vai receber nem mais um tostão.

A tensão no ar era palpável. Os dois ficaram ali, encarando-se. De repente, sem esperar, escutei a voz de novo.

*Prepare-se. Isso não vai ser agradável.*

— O quê?

Se alguma coisa desencadeou a ação, não vi. Num átimo, Mather brandiu a adaga e investiu contra o capitão, apunhalando-o com força na barriga, coberta apenas por uma camisa fina. O sujeito grandalhão ficou lá, olhando para Mather por alguns segundos, antes de baixar os olhos para a mão, a faca e a mancha vermelha que se espalhava por sua camisa. Ele começou a tossir terrivelmente. Mather puxou a adaga e Derringher cambaleou para trás.

Virei para a direita e vomitei na grama. Ver Mather assassinando alguém me fez perceber o quão perto eu estava da minha própria morte. Eu seria o próximo, a menos que conseguisse fazer alguma coisa para me salvar. *Quando?*, supliquei. *Quando esse pesadelo vai terminar?*

*Logo*, foi a resposta. *Logo, logo.*

Virei a cabeça de novo e vi Mather correndo em minha direção. *Ó céus, ela está certa, vai acabar agora. Ele vai me matar.*

Mas não matou. Ele cortou a corda que amarrava minhas mãos e me pôs de pé. Uma dor percorreu minhas pernas e, por um momento de puro pânico, achei que não fosse conseguir andar. Mather me conduziu rapidamente até a porta da casa e me fez entrar. Passamos pela sala e seguimos pelo corredor até o quarto dele. Ele acendeu a luz, jogou-me no chão ao lado da janela e amarrou minhas mãos às costas de novo, antes de se virar e sair.

— Se tentar fazer algo idiota, vou descobrir. E você vai se arrepender. — Ele brandiu a adaga na minha cara, como se eu precisasse de convencimento.

—Aonde vai?

—Vou sair e fazer o sr. Derringher engolir as próprias palavras… assim como algumas outras coisas. — Uma gota de suor ou de água da chuva escorreu da testa dele. — Alguma vez se perguntou, sr. Reeves, assim como eu, se um ser humano é capaz de engolir seu próprio intestino? — E, com esse comentário arrepiante, saiu do quarto, trancou a porta e seguiu pisando duro pelo corredor, em direção à porta da frente. Ao levantar os olhos, vi que o painel da parede estava aberto, e o tanque, à mostra. Não consegui ver o inseto, devia estar escondido.

Senti-me enjoado de novo, compreensivelmente. Mather era mesmo um monstro, um demônio movido por um sadismo depravado. Ao tentar puxar a corda que prendia meus pulsos, percebi o quão fraco estava. Mesmo que ela estivesse frouxa, duvido que conseguisse soltá-la. Sentado contra a parede, sentindo a lama do corpo e das roupas secar aos poucos, foi difícil não me sentir completamente perdido.

Olhei para o tanque, e notei que o mosquito aparecera. Minha cabeça girou e começou a ficar pesada. Pensei na voz que tinha escutado, a voz que dizia ser Nhan Diep. Tudo parecia tão absurdo, e eu me senti tolo por acreditar, apesar do trauma pelo qual passara.

— Vou desmaiar — falei, para ninguém em particular. Minha cabeça pendeu para frente.

Dormência, seguida por uma série de imagens aleatórias. Senti a presença dela de novo. Ela tentava entrar à força em minha mente, mas algo a impedia. Senti como se estivesse sendo empurrado num grande espaço vazio, na mais absoluta escuridão. Ela abrandou o controle que exercia sobre mim, deixando-me confuso e com frio.

Eu começara a bater os dentes, e meu pescoço doía, porque tinha ficado com a cabeça caída para frente. Ergui os olhos e fiquei horrorizado ao ver Mather, encharcado, de pé na porta. Em seguida, ao notar que ele ainda segurava a adaga numa das mãos, fiquei com o ar entalado na garganta. A adaga pingava água e sangue no chão. Olhei bem nos olhos dele, tentando imaginar o que pretendia fazer. Ele se virou de mim para o tanque, e de volta para mim. Tive a impressão de que estava desesperado para fazer alguma coisa, embora não estivesse pronto para dar o passo seguinte.

— Não pude evitar, pude? — Ele levantou a adaga, limpou a lâmina com um lenço e a colocou sobre a cama. — É impressionante a rapidez com que mentiras podem se tornar um estilo de vida — disse, olhando para a janela. Desejei que fizesse logo o que pretendia fazer, em vez de ficar me torturando. Era como se algo o impedisse, e o fato de não poder acabar logo comigo estava lhe causando um sério estresse. Ele parecia estar à beira de um colapso, perdera a capacidade de pensar de forma coerente e o controle sobre a situação. — Suponho que Soames tenha lhe contado tudo — prosseguiu Mather, andando até a cama e se sentando. — Eu não devia ter implicado tanto com ele. Foi injusto da minha parte, mas as experiências, elas… elas dominaram minha mente. É a excitação, a aventura. Depois da primeira vez, não consegui mais parar.

Ele estava muito além de qualquer ajuda. Eu também me sentia perdido, física e mentalmente esgotado, sem a menor condição de lutar ou resistir. Dependia da piedade dos impiedosos.

— Contudo, não me arrependo de nada — continuou Mather, olhando para os pés. — Considero a experiência toda um privilégio. Vi coisas com as quais poucos poderiam sonhar. — Ele soltou a risada mais peculiar e perturbadora que eu já escutara, e andou até o tanque. — E tudo graças a ela.

— Ela?

— É. Foi ideia dela virmos para cá. Aqui poderíamos continuar nosso trabalho sem sermos perturbados pela sociedade. Eu não estava bem preparado para os sucessos que se seguiram. O plano era muito simples. Nós a usávamos como isca para seduzir idiotas ingênuos.

— Vão dar pela minha falta. Não apenas meu editor, meus colegas também. Eles virão atrás de mim. Sei que virão.

— Colegas são diferentes de amigos e parentes. A preocupação deles geralmente é mínima. Eles terão coisas mais importantes com que se preocupar do que com você. Mesmo assim, se alguém tentar encontrá-lo, meu bom amigo, o capitão do porto, será capaz de...

— Ele está morto.

— Ah, é. — Mather realmente se esquecera. — Está, não está? Por que eu fiz isso? — Olhou para a adaga sobre a cama e de novo para o tanque. — Por que eu fiz isso? — Sua voz saiu mais estridente. O mosquito começou a zumbir novamente. Mather ergueu as sobrancelhas. — Agora eles virão. E aí? Primeiro Soames, agora Derringher. Por que me deixou fazer uma coisa dessas? Quer que tudo desmorone... é isso? — Ele começou a andar de um lado para outro do quarto, coçando a cabeça. Era como se, pela primeira vez, encarasse as consequências de suas ações.

— Estou surpreso que a Dama não tenha ficado chateada com o que você fez — falei.

— O quê?

Não pude evitar achar a expressão de Mather engraçada. Ele parecia confuso e irritado. Também dava a impressão de estar desenvolvendo um tique nervoso.

— Atrair todas essas pessoas até a ilha e assassiná-las foi um negócio bem arriscado. Mas, agora que matou Derringher, as coisas pioraram para o seu lado. As pessoas vão notar que ele desapareceu. É apenas uma questão de tempo até que comecem a procurar por ele. E como ela vai arrumar sangue quando você estiver atrás das grades? Você é o único fornecedor dela.

Mather olhou para o tanque. O Vermelho do Ganges estava quieto, mas senti que podia escutar e entender tudo o que estava sendo dito.

— Ela queria que eu fizesse isso. Tenho certeza! Isso não faz sentido. Por quê? Por que não me impediu? — Se o mosquito respondeu, não ouvi. — Não tem importância. Ela vai ter seu sangue. Sabe disso. Vou resolver o problema do Derringher. Tudo vai voltar a ser como era.

— Não vai, não. Logo haverá gente aqui. Muitas pessoas. E, quando elas chegarem, tudo irá terminar.

Mather pegou a adaga e olhou para a lâmina reluzente.

— Não antes de eu realizar uma última experiência. — Ele se virou devagar para mim. — Alguma sugestão, sr. Reeves?

Tentei me manter calmo e confiante, mas foi um esforço terrível. Meu corpo inteiro devia estar tremendo.

— Não. Nada que me venha à mente.

— Deveria rezar para que ninguém jamais o encontre, sr. Reeves... porque vou matar quem aparecer. Até o último coitado. — Ele investiu contra mim, um brilho insano nos olhos, uma expressão de concentração assassina. — Mato tudo e todos nesta ilha se for preciso, mas não deixarei que a levem!

Fechei os olhos e esperei pelo inevitável.

Depois de alguns segundos, abri os olhos e vi que Mather estava de pé a meu lado, segurando a adaga no alto com as duas mãos, brandindo-a. Os dentes estavam trincados; a testa, encharcada de suor devido ao esforço que despendia. Ele tentava com todas as forças me matar, mas algum poder estava intervindo, impedindo que fizesse isso. Mather gemeu, olhou furioso para o inseto no tanque, em seguida se virou e saiu batendo os pés. Escutei a chave girar na fechadura.

Meu estômago me lembrou de que não havia comido nada desde o café da manhã, mas pedir qualquer comida a Mather seria gastar saliva à toa. O horror de tudo aquilo era indescritível, mas, ainda assim, senti-me com sorte por estar vivo. Forcei-me a permanecer alerta, a escutar, a estar preparado para o que quer que acontecesse. Não havia muito a fazer já que eu estava amarrado. Minhas pernas estavam livres, mas isso não fazia muita diferença. Eu sequer tinha forças para me levantar. Se meu raciocínio era tudo que me restava, precisava mantê-lo ligado.

Alguns minutos se passaram, o esforço para ficar consciente tornando-se maior a cada segundo, até que ouvi um barulho de água correndo no banheiro. Mather estava tomando banho. Escutei-o murmurar consigo mesmo. Uma ou duas vezes, ele chamou um nome que eu não conhecia. Mather matara Soames e Derringher no espaço de uma hora, depois tentara me matar. Estava surtando. Seu mundo estava desmoronando à sua volta. Algo o levara ao desespero. Talvez tivesse sido a libélula. Ele não tinha mencionado o inseto desde que me atacara na floresta, mas devia estar pensando nele.

Perdi a concentração. O mosquito começara a voar em torno do tanque, obviamente irritado com alguma coisa. Então escutei: Nhan Diep estava invadindo minha mente mais uma vez. Só que agora suas palavras não transmitiam confiança nem serenidade.

*Por quê?* Parecia quase com medo.

— Por que o quê?

*Por que você está pensando em libélulas?*

— Não é da sua conta.

*Me diga!*

— Não. Você é produto da minha imaginação. E eu estou cansado de conversar comigo mesmo.

*Olhe para mim.*

— Não!

*Olhe para mim. Agora.*

— Não quero.

*Erga os olhos.*

Ergui.

*Agora olhe para a esquerda.*

Meus olhos se voltaram novamente para o tanque e o Vermelho do Ganges. Ela bateu as asas uma vez, depois duas, em seguida disse:

*Está me vendo?*

Não fazia sentido continuar negando.

— Certo — falei, quase rindo. — Estou vendo você.

*Agora olhe para mim. Olhe de verdade.*

Continuei a observar o inseto, espantado com sua aparência. Embora ela estivesse no topo do tanque, parecia preencher completamente minha visão. Em volta dela, era como se só houvesse aquela estática de televisão. Pequeninas partículas coloridas, brilhando em torno do tanque, obscurecendo qualquer coisa que pudesse tirar minha atenção.

Apesar de acalentar uma esperança desesperada de que tivesse imaginado a voz, o Vermelho do Ganges estava definitivamente olhando para mim. Eu podia sentir o olhar. Era inconfundível. E então, como se para demover qualquer dúvida de uma vez por todas, a voz se fez ouvir novamente, dessa vez mais alta, mais insistente, autoritária.

*Não sou produto da sua imaginação, Ashley Reeves. Sabe disso. Sou Nhan Diep!*

Não pude dizer nada, e pensar muito menos. Meu corpo e minha mente tinham sido subjugados, controlados de alguma forma. As palavras da criatura eram completamente implausíveis, mas, mesmo assim, mesmo na loucura daquele momento, senti que havia verdade nelas.

Ela continuou:

*Agora, me diga por que está pensando em libélulas.*

— Não sei — respondi, sorrindo como uma criança travessa. Senti a atitude dela mudar de preocupação para raiva e, no mesmo instante, o barulho de água corrente no banheiro cessou.

# XIII: MANIPULAÇÃO

A pesar do tamanho da confusão em que se metera, Mather começou a assobiar. O som começou no banheiro, depois veio se aproximando cada vez mais, até que escutei a chave girando na fechadura. O Vermelho do Ganges estava quieto agora e desaparecera novamente de vista.

A porta se abriu devagar. Mather entrou no quarto com visível cuidado. Ao fechar a porta às suas costas, percebi que a adaga estava enfiada no cinto do roupão. Ele se virou e ficou ali, parado, olhando para mim, sem saber o que fazer ou dizer. Havia em seus olhos uma mistura de emoções que não consegui identificar. Pude, no entanto, perceber medo. Era inconfundível. Mather agora me via como uma ameaça, um elemento não planejado de perigo. Ele queria me destruir, mas fora impedido por razões que não conhecia. Ainda desejava me matar — isso era óbvio —, mas acho que tinha medo do que poderia acontecer se tentasse. Teria de me aturar. E não tinha ideia do que fazer.

—Você realmente me quer morto, não? — As palavras saíram da minha boca quase por vontade própria. Eu só tivera a intenção de pensá-las.

Mather não respondeu; em vez disso, atravessou o quarto até o painel e fechou o compartimento. Fez isso lentamente, sem tirar os olhos de mim, preocupado, por mais improvável que parecesse, com a possibilidade de que, de alguma forma, eu conseguisse atacá-lo.

—Você adoraria que eu simplesmente caísse morto, isso tornaria as coisas mais fáceis, não? Deixa eu dizer uma coisa — falei, sentindo pela primeira vez que tinha algum controle. — Por que não me desamarra, me dá a adaga, e eu termino o trabalho sozinho?

A expressão dele permaneceu inalterável. Comecei a rir baixinho. Mather não se impressionou. Sua mão acariciou o punho da adaga.

— Seria melhor você tomar cuidado, meu amigo. — Ele se afastou do painel. — Volto logo. — Saiu e retornou alguns minutos depois, vestido com roupas limpas. A adaga encontrava-se agora escondida em algum lugar, sem dúvida ainda ao alcance da mão. — Levante-se — ordenou. Não tive certeza se escutara corretamente. Ele repetiu, sem deixar margem para dúvidas: — Levante-se! Fique de pé! — Deu alguns passos em minha direção.

— Não consigo. — Era verdade. Meu corpo não era nada além de um saco de carne e ossos, que não respondia a comando nenhum. Não me restava nenhuma energia. — Mal consigo falar, muito menos me mover.

Mais uma vez, ele puxou a adaga e a apontou para mim.

— Não tenho tempo para brincadeiras.

— Não tem tempo para brincadeiras? Antes tinha, e muito! Não é isso que gosta de fazer? Brincar com as pessoas?

Mather deu outro passo.

— Levante-se, agora!

—Vai ter de me ajudar — Observei ele se mexendo nervosamente, ainda desconfortável com a situação. Não queria me ajudar a levantar. Acho que não desejava nem me tocar. — Acredite em mim. Não tenho força suficiente para lutar.

— Sei, bom, me desculpe se não lhe dou o benefício da dúvida.

— Então, vou ter de ficar aqui.

—Você vai para o quarto de hóspedes! Preciso ficar sozinho para decidir o que fazer.

Pensei a respeito e percebi que provavelmente ficaria melhor no outro quarto. Eu estaria longe dele, longe daquela criatura, num lugar onde poderia clarear minha mente. Com certo esforço, usando a parede e o peitoril da janela como apoio, consegui me colocar de pé.

Fiquei encostado na janela por um tempo, juntando forças para me mover. Mather continuou apontando a adaga para mim, mantendo-me a distância. Minha cabeça começou a pulsar de novo, trazendo-me lágrimas aos olhos. Ainda não tinha noção do dano que Mather provocara em meu crânio. Até onde eu sabia, o ferimento poderia ser fatal. Mather me olhou com desprezo, como se eu estivesse fazendo uma cena ridícula. Isso me fez sacudir a cabeça.

— Era só ter batido com um pouco mais de força, e teria me matado bem ali, na floresta.

— Não bati tão forte assim. Não foi nada.

— Ah, foi mais do que nada — resmunguei —, pode acreditar.

— Mexa-se, anda.

— Estou me mexendo. — Afastei-me da janela e atravessei o quarto, cambaleando até a porta. Mather manteve a distância, mas ficou alerta para o caso de eu tentar uma escapada estúpida. Derringher devia ter vindo de barco para a ilha, mas eu não podia perder tempo procurando onde ele o tinha ancorado. Se pintasse uma oportunidade, teria de correr para o túnel na floresta. Só que antes, precisava nocautear Mather, o que seria extremamente difícil com as mãos amarradas.

Abri a porta com o ombro direito e já estava prestes a seguir pelo corredor quando Mather agarrou meu braço, obrigando-me a parar.

— Espere.

— Que foi?

— Shh! — Ele ainda olhava para mim, mas sua atenção estava em outro lugar. Parecia estar escutando. Após alguns segundos, ouvi um barulho que sobressaiu em meio ao interminável pulsar em minha cabeça. Era o som de um motor. E estava ficando mais alto.

Mather me puxou de volta para o quarto e me empurrou contra a janela. Consegui ver meu reflexo. Foi um choque: o rosto que olhava de volta para mim era quase irreconhecível. O cabelo sujo e desgrenhado. Ele caía em mechas ensebadas sobre a testa, grudado pela lama que secava. Minhas roupas estavam cobertas de terra, folhas e outras sujeiras típicas da floresta. Mather não devia ter me carregado, e sim arrastado até a clareira. Minha aparência era terrível. Mather andou até o painel, abriu-o e ficou na frente do tanque, murmurando alguma coisa que fui incapaz de captar. Ele então fez algo totalmente impensável. Abriu a tampa.

Depositando a pesada tampa de latão no chão, ele se virou para mim e sorriu ao ver a expressão de puro horror em meu rosto.

—Vou deixar você aos cuidados da Dama enquanto recebo nosso inesperado visitante. Naturalmente, se tentar gritar ou fazer qualquer coisa idiota, ela terá de tomar as devidas providências.

— Não pode me deixar sozinho com ela! — Sentia-me mais uma vez consumido pelo pânico.

— Infelizmente, terei de fazer isso. Agora, se me der licença. — Mather se virou e saiu; puxou a porta atrás de si, mas ela não fechou devidamente. Não consegui desviar meus olhos do tanque e, enquanto observava, o inseto surgiu devagar das profundezas da caixa de vidro e pairou à minha frente.

*Por favor... sente-se.*

Sentei na beirada da cama, como me mandara. O mosquito voou até a escrivaninha e pousou. Ela batia as asas de um jeito hipnótico, como já a vira fazer antes. O resto do corpo estava imóvel, e agora parecia quase marrom.

*Lembra do que falamos mais cedo?*

— Algo sobre o fim estar próximo. E que você não permitiria que ele me machucasse.

*Isso mesmo. Irei protegê-lo.*

— Ele tentou me matar.

*Tentou, eu lhe contei... ele tentou na noite passada, enquanto você estava dormindo, e depois de atacá-lo na floresta. Eu poderia tê-lo impedido de machucar você, mas não podia deixar que você escapasse.*

Era bem preocupante pensar que eu poderia tão facilmente já estar morto; que Mather teria ficado feliz em acabar comigo, se o mosquito não o tivesse impedido.

— E por que não deixou que ele me matasse?

*Você é importante para mim. Você possui algo que tenho procurado.*

— Sou mais importante para você do que Mather?

*Mather só está vivo porque tem sido útil.*

— Útil como?

*Sangue.*

— Mas por que precisa de sangue? Você não pode se reproduzir, pode?

*Não...*

Não detectei nenhuma tristeza na voz dela. Ela não parecia nem um pouco preocupada com a reprodução.

— Então, por que precisa de sangue?

Houve uma ligeira pausa e, em seguida, ela disse:

*Eu tenho uma sede insaciável por sangue.*

— E Mather tem sido capaz de lhe proporcionar o suficiente?

*Ele me proporcionou bastante. Quando o encontrei, soube imediatamente que seria um servo leal. Naquela noite em Londres, eu estava procurando, como já fizera muitas noites antes, por sangue novo. Na cidade, eu não podia matar sozinha, pois às vezes faço uma grande sujeira. Era difícil controlar minha sede, e eu não desejava arriscar-me a deixar um rastro que pudesse levar à minha captura. A ideia de ser presa é intolerável. Preciso de liberdade, ou de um companheiro que conheça minhas exigências e esteja disposto a me ajudar. Mather mostrou que seria um parceiro desse tipo. Pude sentir as várias camadas de sangue decorrentes de suas experiências a quilômetros de distância. Quando entrei na casa, o cheiro foi enlouquecedor. Joguei-me contra a porta até eles me deixarem entrar.*

*Assim que entrei na sala, soube que tinha encontrado alguém que poderia usar. Não demorei muito para dominar a mente de Mather. Foi fácil fazer dele um fantoche. Eu o convenci, sem precisar de muito esforço, a aumentar a frequência das experiências, a fim de manter o suprimento de sangue num nível satisfatório. A cada experimento, sua fascinação pelo macabro crescia. A escuridão que havia dentro dele foi destruindo sua alma, seu senso de certo e errado. Em pouco tempo, ele fazia experiências todas as noites — não apenas para me agradar, mas para satisfazer sua própria sede de mutilação.*

— E quanto a Soames? Ele alguma vez tentou impedi-la?

*Firmei rapidamente minha influência sobre ele, só que mais através de intimidação do que por controle. Dei-lhe inúmeros exemplos do que aconteceria se tentasse cruzar meu caminho, ou interferir no trabalho de Mather. Quando, por fim, nos mudamos para cá, achei que as coisas seriam perfeitas. O entusiasmo de Mather pelas experiências cresceu, e o sangue fluía em abundância.*

— Mas agora tudo está prestes a terminar.

*Isso mesmo. Nada pode interferir agora. E tudo por sua causa.*

— Minha?

*Sua vinda para cá foi o princípio do fim.*

— Para todo mundo?

*Não. Não para todo mundo.*

Ela pareceu surpresa, como se eu tivesse falado algo ridículo. Lembrei o que dissera antes, sobre não permitir que Mather me machucasse. Não entendia por que ela estava tão determinada a me manter vivo. Não achava que eu pudesse significar mais do que apenas comida.

— Por que está tão preocupada com o meu bem-estar?

*Já fui humana, e traí o homem que eu amava. Por causa dessa traição, fui amaldiçoada.*

— Ngoc Tam.

*Ele mesmo. Ele era meu marido. E... não conseguia viver sem mim. O sangue dele me trouxe de volta do túmulo e, como recompensa, eu o deixei por um homem mais rico e uma vida de luxos. Venho viajando pelo mundo há centenas de anos, procurando pelo sangue dele, a fim de voltar a ser humana.*

Pude imaginar o que viria a seguir, por mais improvável que pudesse parecer.

— Mas, com certeza, o sangue do seu marido era único. Sem dúvida, nenhum sangue além do dele poderia devolver-lhe a humanidade.

*Ele vinha de uma família de viajantes. Eles devem ter se espalhado pelo mundo todo. Devem existir muitos descendentes hoje em dia. Sabia que um dia me depararia com um. E agora isso aconteceu. Quando senti o cheiro do seu sangue pela primeira vez, soube que era o dele. Tão particular e forte. Fiquei entusiasmada além da conta. Minhas orações tinham finalmente sido atendidas. Quando chegar a hora certa, quando estivermos completamente sozinhos, vou beber... e serei sua.*

Comecei a tremer, e não porque o quarto estivesse frio.

*Quando já estava perdendo a esperança, encontrei o que meu coração tanto desejava. Nas suas veias corre o sangue de meu antigo amor, Ngoc Tam.*

— Não, isso não é...

*Sua linhagem o remete...*

— Mas...

*Gerações de distância, mas ainda forte. Com o sangue de Tam, a maldição será quebrada, e eu não mais estarei presa a essa forma asquerosa, escrava da sede de sangue. Por favor, acredite, não desejo machucá-lo. Tudo de que preciso é de algumas gotas de sangue.*

— Então, a lenda é verdade. Não é de se espantar que estivesse preocupada com a libélula.

*A libélula? Você está pensando nela porque leu um dos livros de Mather. Ah! Fiquei preocupada à toa.*

— Não — sorri. — Estava pensando nela porque ela está aqui na ilha. O gênio está aqui. Ele veio por sua causa.

*Shh... não minta... é inútil.*

— É verdade! Mather também sabe. O gênio a encontrou e acho que quer impedir que se torne uma mulher de novo.

*Mesmo que ele realmente esteja aqui, não vai me impedir. Nada pode me impedir agora. Não vou permitir!*

Nesse instante, escutei vozes. Com grande esforço, consegui colocar-me de pé. Olhando pela janela, vi refletidas na luz do luar duas figuras passando à direita da casa, indo em direção à trilha que levava à floresta. A princípio, não consegui ver direito com quem Mather estava, mas ele parecia conduzir alguém para o centro de pesquisa. Com algum esforço, consegui escutar o que ele estava dizendo:

— ... trabalhando, tirando fotos. Sei que está tarde, mas ele queria tirar o máximo que conseguisse antes de voltar amanhã.

Foi quando escutei a voz dela. Linda e, ao mesmo tempo, aterrorizante, uma vez que parecia deslocada em meio àquele teatro de horror.

— Ah, tudo bem... Só que peguei um barco sem avisar no porto da cidade. Espero que não tenha problema, não consegui encontrar ninguém...

— Não se preocupe. Conheço o capitão do porto muito bem. Tenho certeza de que ele não vai se importar.

— Ash me ligou mais cedo e a ligação caiu. Parecia que ele estava com problemas... — A voz dela sumiu na distância.

— Gina! Ó céus, não! Por favor — implorei. — Você precisa impedi-lo. Você tem de...

*É inútil.*

— Não! — Lutei contra a corda que me prendia os pulsos, mas o esforço foi em vão. Mather fizera um bom trabalho. — Eu preciso... Ele vai matá-la.

Senti uma aflição desesperada. Precisava sair daquele quarto e protegê-la. A ideia de deixar Gina sozinha com ele era insuportável.

— Eu preciso impedi-lo.

*Quieto, meu amor. Em pouco tempo, ela terá ido embora. Então, nada mais poderá lhe causar dor. Seu sofrimento só pode existir enquanto ela estiver viva.*

— Você pode fazer alguma coisa. Tem o poder de controlá-lo.

*Sim, tenho.*

— Então use!

*Não. A vida dela não me interessa. Ela apenas nos garante uma distração necessária.*

— O quê?

*Enquanto ele se preocupa com ela, vou tomar de você o que preciso. Acho que Mather está mais acostumado comigo, mas chegou a hora de partir. É melhor que ele esteja longe quando eu me transformar. Não quero que ele tente interferir.*

— Não. Não faça isso, por favor.

*Entendo que esteja com medo. Mas isso não vai machucar.*

— Por favor!

*Você está fraco. Deve descansar agora.*

— Para que sugue todo o meu sangue? Acho que não.

*Não pretendo ser tão cruel.*

— Certo... olha só, pode ficar com o meu sangue, mas, por favor, primeiro salve a Gina. Ela não merece isso, não merece estar perto dele. Me prometa... prometa que vai...

*Não quero todo o seu sangue, só uma ou duas gotas.*

— Se virar uma mulher de novo, ainda precisará de proteção contra o gênio. Se ajudar Gina, prometo que cuidarei de você.

Pude sentir que ela pensava no assunto. Estava insegura, nervosa. Acho que acreditava que eu tinha falado sério sobre a presença do gênio, mas não sei se achava que ele seria capaz de impedi-la de tomar o que queria.

*Preciso do seu sangue. Esperei por tempo demais para que ele me seja negado agora. Tanto a garota quanto o gênio são irrelevantes!*

O mosquito pairou no ar praticamente em silêncio, em seguida voltou para a escrivaninha. Eu não tinha ideia do que ela pretendia fazer. Quando achei que a tensão estivesse prestes a ser quebrada, escutei algo se mexendo lá fora. O Vermelho do Ganges se virou para a janela e se retesou. Senti pela primeira vez que ela estava com medo. Nesse momento, ela deixou de ser um monstro, tornou-se uma criatura frágil, que encarava a perspectiva bem real da própria morte.

# XIV: SALVAÇÃO

e havia algo lá fora, não estava à vista. Após uns dois minutos de apreensão silenciosa, conseguimos virar e nos encarar novamente. Nhan Diep não disse nada a princípio. Talvez estivesse remoendo as coisas que tínhamos conversado, mas tive a clara sensação de que era algo mais. Suas asas começaram a bater mais rapidamente; então, antes que eu me desse conta, ela vibrou e alçou voo mais uma vez. Diep atravessou o quarto até a janela e pairou logo abaixo do caixilho do vidro, olhando para a noite lá fora. Não mais compartilhava seus pensamentos, relutante, pelo visto, em me deixar escutar o que estava pensando. Ela se virou ligeiramente e, antes que eu pudesse reagir, voou direto para meu pescoço.

Não consegui me mover. Se tinha sido o medo ou a poderosa influência que ela exercia sobre meu corpo, não sei. De qualquer forma, eu estava à mercê dela. O tubo de alimentação, longo, brilhante e afiado, poderia penetrar minha pele em menos de um segundo. Não conseguia vê-la, visto que estava bem debaixo do meu queixo, mas podia senti-la. Suas pernas começaram a produzir um zumbido cruel, e senti o estranho roçar do ar causado pelo bater das asas. Senti-me grato quando ela por fim quebrou o silêncio.

*Entendo como se sente. Você deseja essa mulher porque acha que ela irá completá-lo. O único jeito de abrandar a dor em sua alma, ou preencher o vazio em seu coração, é saber que o amor que sente por ela é retribuído. Essa é a verdade, não é?*

Não consegui mover os lábios para responder. Talvez porque eu ainda estivesse paralisado pelo choque da proximidade do mosquito; talvez pela maneira como ela resumira meus sentimentos em umas poucas e simples frases. Qualquer que fosse o caso, nunca me sentira tão vulnerável em toda a vida.

*Contudo, posso lhe oferecer uma alternativa. Assim que ela se for, posso tomar seu lugar. Você tem o sangue do meu marido. Seria um par ideal. Se me der seu sangue de livre e espontânea vontade, eu me entregarei a você.*

— Não vou desistir dela. Deve haver um jeito...

*Mather irá matá-la. Você já deveria saber.*

Acho que, no fundo, eu sabia, e vinha tentando com todas as forças ignorar. Havia pouco ou nada que eu pudesse fazer para ajudá-la. Por outro lado, sabia que havia uma possibilidade de que tudo o que Mather me contara sobre as habilidades assassinas do mosquito fosse mentira. Ela poderia ser inofensiva, mas como algo tão gigantesco e colorido não seria mortal? Não podia aguentar a ideia de Mather tocar Gina, e não poderia ajudá-la se meu sangue fosse sugado, e minha pele se dissolvesse. Minha única esperança era colocar o mosquito fora de ação por tempo suficiente para que eu conseguisse me soltar e fugir. E eu teria de agir rapidamente. A expressão que vira no rosto de Mather, antes de ele e Gina sumirem de vista, era de ansiedade, impaciência.

*Será muito mais fácil se você parar de lutar comigo. Fique quieto, deixe-me entrar. Não precisa mais ter medo. Não vou machucá-lo...*

A voz dela era profundamente enfeitiçante. Por um breve instante, quase me convenci de que a melhor coisa que eu poderia fazer era esquecer meus problemas e entregar-me à sua sedução. Seria tão fácil, tão simples. De uma maneira terrível, comecei a achar a presença dela reconfortante. Minha cabeça já não doía mais, o pânico desaparecera, sendo substituído por uma calma crescente. Não me ocorreu que ela pudesse estar manipulando a minha mente, e mesmo que me tivesse ocorrido, provavelmente não me importaria. Eu estava me sentindo melhor a cada segundo. O que acabou me arrancando do profundo torpor foi pensar em Gina; isso aniquilou a influência do inseto numa única e poderosa tacada. A dor e o tormento voltaram de imediato, mas a influência de Diep foi quebrada.

— Por favor, só a deixe sair da ilha com vida. Depois, pode fazer o que quiser comigo.

Diep começou a rir, um som de que não gostei nem um pouco. Parecia seco, antigo, e dava a impressão de sugerir os séculos que ela passara vagueando pela Terra.

*Precisa parar com essa bobagem ou serei forçada a matá-lo, e não quero fazer isso.*

A voz dela ecoou em minha mente, me segurando, prendendo meus pensamentos. A dor começou a diminuir de novo. Dessa vez, quando tentei pensar em Gina, não consegui visualizar seu rosto. Era como se o mosquito bloqueasse meus esforços, distorcesse minhas lembranças. Entrei em pânico, concentrei-me em resgatar a imagem de Gina, mas minha energia se esgotava rapidamente. O inseto não estava apenas entorpecendo a dor e a frustração, drenava também minha energia, minha vontade. Eu estava sendo reduzido a um vegetal, um prisioneiro confinado em seu próprio corpo. Tive consciência de que começara a gemer, embora o som parecesse vir de algum outro lugar. Ela me dizia algo. Talvez estivesse cantando — era difícil de dizer —, mas era tão reconfortante, tão tranquilizador, que eu não queria que parasse... nunca.

E, no momento em que achei que nunca mais teria de me preocupar com nada, escutei algo tentando forçar a passagem pelo espaço estreito entre a porta e o umbral. Abri minhas pesadas pálpebras e vi o espaço aumentar e uma pequena forma surgir no quarto. Ele andou sorrateiramente até o pé da cama, próximo a meus pés. Com cuidado, olhei para baixo e vi o gato desviar a atenção de mim para o mosquito em meu pescoço. Fiquei surpreso por perceber que o inseto continuava a entoar sua melodia. Ela não devia ter escutado o sr. Hopkins entrar.

Mesmo tendo imaginado o que eu veria, o que aconteceu em seguida foi um choque. O gato deu um salto em minha direção, capturando o mosquito por uma das asas com a pata dianteira direita. Os dois voaram para longe do meu peito e caíram no chão. O feitiço foi quebrado instantaneamente. Com esforço, fiquei de pé e corri para a porta aberta, atravessando-a o mais rápido que pude. Encontrei a porta da frente fechada, porém não trancada. Agarrando a maçaneta com os dentes, consegui abri-la, o tempo todo com medo de escutar o zumbido frenético do mosquito atrás de mim. Um segundo depois, vi-me envolto pelo frio da noite, e, com a energia renovada, saí em disparada pela clareira em direção à trilha, sem ousar olhar para trás. Como se o destino ainda não tivesse me castigado o suficiente, tropecei numa pedra, torci o tornozelo e caí de cara no chão.

Minhas bochechas ficaram quentes e ardidas, e por sorte não quebrei o nariz. Fiquei também com a testa coberta de terra e cascalho, mas, tirando isso, não me machuquei. Consegui me virar e sentar. Com a ajuda da luz da lua, procurei por uma pedra, que encontrei a cerca de um metro atrás de mim. Um dos lados parecia particularmente afiado, então virei-me de costas e o usei para cortar a corda que amarrava minhas mãos. Levei alguns minutos para concluir a tarefa, mas eu sabia que não conseguiria ajudar Gina com as mãos amarradas. Soltei um suspiro de alívio quando a corda por fim se rompeu, e joguei-a longe antes de me levantar. Meus braços doíam terrivelmente, e, ao me colocar de pé, senti uma fisgada na perna direita. Eu tinha torcido o tornozelo, e estava com uma sensação horrível de que não era uma simples torção. Comecei a andar, e após alguns segundos, consegui aumentar a velocidade para uma leve corrida, ainda que desengonça-da. A dor era terrível, mas eu não tinha tempo para descansar. A vida de Gina estava em jogo.

Cheguei ao portão mais rápido do que esperava. Enfiei a mão na folhagem do lado direito e encontrei o ferrolho. Puxei-o e abri bem o portão. Não havia necessidade de fechá-lo — precisava manter a rota de fuga livre para depois.

O sombrio centro de pesquisa parecia um fantasma à noite. Se ele tivesse uma aparência tão ruim na primeira vez em que o vi, jamais teria entrado. Dava a impressão de estar envolto por um ar infernal, doentio e nojento. Sabendo o que me esperava lá dentro, entrar criava um prospecto terrível. No entanto, a ideia de deixar Gina com Mather por mais um segundo sequer era ainda pior. Aproximei-me, xingando ao sentir a fisgada em meu pé. Inspirei fundo o ar fresco pela última vez e entrei no prédio, permitindo que a tenebrosa escuridão me engolisse por completo.

O saguão era apenas um apanhado de formas negras e cinzentas. Mather podia estar escondido em qualquer lugar. O único som era o dos cacos de vidro esmagados por meus pés enquanto seguia até a outra extremidade. Achei ter visto uma luz difusa em volta da porta que levava ao porão, mas era difícil ter certeza. Apesar do desconfor-to, andei até ela, prestando atenção a qualquer barulho.

Ele tentara fechar a porta, mas ela estava tão emperrada que apenas ficou encostada na moldura. Com algum esforço, e tentando o tempo todo não fazer barulho, empurrei a porta. Ao olhar para a escada, vi uma luz bruxuleante ao fundo. Eles estavam lá. Segurando o corrimão para sustentar um pouco do meu peso, desci os degraus com cuidado.

Ao chegar ao pé da escada, escutei o grito de Gina. Ela parecia chocada, assustada e zangada, mas pelo menos estava viva. Minha cabeça pareceu desanuviar um pouco. Aproximei-me sorrateiramente da entrada da sala e dei uma olhada em volta.

Só conseguia ver Mather. Ele estava de costas para mim, de pé na beira do buraco, com a adaga em uma das mãos e a outra junto ao corpo. Havia um lampião ao lado de seu pé direito, iluminando a cova. Ele devia estar observando Gina, embora eu não tivesse ideia do que ela estaria fazendo dentro do buraco. A seguir, vi um espocar forte, e ficou claro que ela estava tirando fotos, para ele. Mather não tinha a intenção de nos deixar sair da ilha, então por que as fotos, se ele poderia ir até a cova sempre que quisesse? Talvez desejasse um registro do seu trabalho, algo que sobrevivesse depois que os corpos tivessem se decomposto. No entanto, como o mosquito havia ressaltado, o tempo de Mather estava acabando. O meu desaparecimento e o de Gina seriam notados. As autoridades viriam até a ilha. Talvez Mather quisesse ser lembrado. Talvez as fotografias representassem paz de espírito para ele, um meio de assegurar que o mundo veria o que tinha feito, que ele não seria esquecido. Poderia ser assim, tão simples, fútil e louco. Escutei uma espécie de choramingo. Sabia o que Gina estava vendo e o cheiro que sentia lá embaixo. Precisava tirá-la de lá.

O tempo era um fator importante. Não sabia até quando a paciência de Mather iria durar, mas sabia que acabaria em algum momento, talvez logo. Vi outro espocar, que fez com que Mather piscasse e esfregasse os olhos por um ou dois segundos. Podia usar isso a meu favor. Com os nervos à flor da pele, esperei pelo espocar seguinte. Era impossível avisar Gina ou entrar escondido na sala; eu podia fazer algum barulho e acabar me entregando. A luz estourou e, assim que Mather ergueu a mão para esfregar os olhos, corri direto para ele.

A dor foi tão surpreendente quanto terrível. Eu me movi rapidamente, e o impacto produziu um estalo em meu tornozelo, provavelmente danificando-o ainda mais. Mesmo assim, dei um encontrão forte em Mather com o ombro, empurrando-o para dentro do buraco. Ele bateu com a cabeça na parede oposta antes de cair esparramado sobre a pilha de corpos. Era a segunda vez que o empurrava na cova, e rezei para que fosse a última. Fiquei bastante aliviado ao ver que ele não caíra sobre Gina. Tinha sido um risco necessário. Ele estava caído de lado sobre os corpos, gemendo. A adaga não estava à vista. Olhei para Gina, e vi a clara expressão de alívio em seu rosto iluminado pelo lampião, que tinha permanecido no lugar. Ela olhou de volta para mim e, em seguida, para o corpo contorcido de Mather, e subiu em dois ou três corpos até ficar bem abaixo do portal. Ajoelhei-me no chão, tomando cuidado para não jogar meu peso sobre o tornozelo torcido, e estiquei o braço para alcançar as mãos dela. Consegui içá-la.

—Você está bem?

— Ó Pai. Ai, meu Deus! — Ela tremia ao sair do buraco e me abraçar. — Que diabos está acontecendo?

—Vamos, vamos dar o fora daqui. —Virei-me para sair, mas Gina parou e olhou de volta para o buraco, para o corpo contorcido de Mather.

— A gente não... devia fazer alguma coisa em relação a ele? — Ela pendurou a câmera no pescoço.

— Como assim?

— Bom, você acha que ele está morto?

— Não sei, mas não temos tempo...

— Não podemos deixá-lo aqui. Ele vai vir atrás da gente.

— Não vou matar ninguém... nem você.

— Essa cova... — Pude ver seus olhos marejados de lágrimas. — Você sabe o que tem ali?

— Sei... Tudo bem, me dá uma mãozinha aqui — pedi, postando-me na lateral da mesa de operações e segurando o tampo com força. Senti-me grato ao ver que, com um pouco de força, ela se mexeu. Gina pegou o outro lado e viramos a mesa de modo que a ponta mais estreita ficasse de frente para o portal.

— Em cima dele? — perguntou ela, os olhos brilhando em círculos brancos na escuridão.

— Isso. — Empurramos com força, notando o sangue ressecado se despregar do chão ao arrastarmos a mesa. Ela balançou na beira do buraco e, com um último empurrão, deslizou e caiu sobre os corpos. Escutamos um baque surdo, e Mather gritou. Sem hesitar, viramo-nos e saímos em disparada.

Subi a escada na frente de Gina, o mais rápido que meu tornozelo me permitia. Ela insistiu em que eu a usasse como apoio, ressaltando que uma queda de volta ao porão não ajudaria em nada a situação. Precisei concordar, mas não consegui deixar de sentir que eu estava atrasando o que talvez fosse nossa única chance de escapar. Graças a Deus, conseguimos manter uma boa velocidade e, em pouco tempo, tínhamos atravessado o saguão. Ao alcançarmos a porta, congelamos. Escutamos atrás de nós outro grito horrível, animalesco. Um berro zangado, de alguém traído, tão alto que parecia irreal. Mather estava furioso. A julgar por aquele terrível rugido primitivo, imaginei que, caso tivesse a oportunidade, ele ficaria feliz em arrancar nossos membros.

Saímos correndo em direção à trilha da floresta. Teimei com Gina que podia andar sem ajuda e, apesar da dor, consegui manter um bom ritmo.

— O que ele fez com você? — Gina perguntou enquanto seguíamos.

— Ele me bateu com uma pá.

— Ah.

Quando chegamos a casa, ela estava perturbadoramente quieta. Não vi sinal do mosquito ou do gato. Gina me puxou pelo braço e a segui em direção à praia e ao barco em que viera. Se tivéssemos sorte, conseguiríamos escapar.

Ao chegarmos ao início da trilha que atravessava as árvores em direção à praia, escutei uma voz em minha cabeça. Parei e agarrei Gina pela jaqueta, impedindo que continuasse. Nós dois nos viramos de volta para a casa e vimos o pequeno demônio zumbidor se aproximando.

*Dê mais um passo e eu a mato!*

# XV: SEPARAÇÃO

ão havia nada que eu pudesse fazer. Ficamos parados, enraiza-
dos, enquanto o inseto se aproximava. Não fazia sentido tentar correr. Diep poderia nos seguir para qualquer lugar. O
monstro deteve-se à nossa frente e pairou no ar, mexendo a
cabeça de um lado para o outro. Não parecia ter se machucado com o ataque do sr. Hopkins.

— O que... o que é isso?

— É um inseto... muito... perigoso.

*O que pensa que está fazendo? Ela devia estar morta!*

— Eu precisava salvá-la. Você precisa entender...

*Não entendo nada! Isso não faz sentido! Eu deveria matá-la, aqui e
agora. Talvez, depois que você vir o corpo dela sem vida se dissolvendo na
terra, irá perceber o quão insignificante ela é.*

— Deixe a gente ir. Por favor. — Eu lutava contra a fadiga que me
atormentava. Estava mais uma vez perdendo rapidamente a energia e
a resistência contra a persuasão do mosquito.

— O que você está fazendo? — Gina me perguntou, com os
olhos fixos no Vermelho do Ganges.

— Eu... eu estou falando com ela.

— O quê? Mas é...

— Eu sei, é difícil de explicar, mas ela pode se comunicar comigo.

— Como?

— Não sei... apenas pode.

—Você está imaginando coisas.

*Ah, não começa*, pensei.

— Por favor, acredite em mim. Ela não é como os outros insetos.

— Isso eu posso ver. Mas não acho...

— Por favor. Seja tolerante. — Olhei-a bem nos olhos. — Nossa vida depende disso.

— Não se esqueça daquele maluco no buraco. Ele pode já estar vindo para cá.

— Com ele, a gente pode lidar. Com essa aqui, é um pouco mais difícil.

*Então Mather está vivo?*

— Mais ou menos — respondi.

Gina se virou para mim, balançando a cabeça. Devia achar que eu estava delirando.

— Olha só, a gente realmente precisa ir — disse ela. — Por mais perigosa que essa coisa seja.

*Você não vai embora! Se preza a vida dessa mulher, vai ficar na ilha.*

Olhei para Gina, que me devolveu o olhar como se tentasse ler meus pensamentos.

— Se a gente ficar, o que vai acontecer com ela?

O inseto ficou em silêncio por alguns instantes, pensando na resposta.

Gina sussurrou para mim:

— O que você está fazendo?

— Estamos tentando chegar a um acordo.

— Olha, não estou entendendo o que está acontecendo, e, no momento, nem me importo. Ash, a gente *precisa* sair desta ilha. O maníaco pode voltar a qualquer segundo e nos matar!

— Confie em mim. Isso vai muito além da nossa compreensão. Precisamos tomar muito cuidado.

— O quão perigoso isso é?

— Se ela enfiar o tubo de alimentação em você, pode injetar uma saliva tóxica que dissolverá a carne em torno da picada.

Gina não falou nada, apenas olhou para o mosquito de boca aberta.

*Isso é ótimo. Faça com que ela fique com medo de mim.*

— Então — comecei, olhando para o Vermelho do Ganges. — O que vai acontecer com ela?

*Estou pensando.*

Pensei em dar o bote na criatura. Talvez eu tivesse uma chance de esmagá-la entre as mãos, antes que ela pudesse revidar. Não gostava da ideia de ficar coberto de saliva, mas talvez fosse a única forma de impedir que atacasse Gina. Ela não esperaria que eu tomasse uma atitude tão drástica. Só que, nesse momento, como se para me lembrar de que conseguia ler meus pensamentos, Diep alçou voo e passou por cima de nossas cabeças, parando atrás de nós.

*Para a casa! Agora!*

Ficou claro que qualquer tentativa de surpreendê-la seria inútil. Ela saberia de meus planos assim que eu os formulasse. Não tinha opção. Precisava fazer o que ela estava mandando.

—Vamos — falei para Gina, o desespero sem dúvida evidente em minha voz. —Vamos entrar.

— O quê? Isso é ridículo!

— Por favor, apenas confie em mim. Não temos escolha.

— Ash, pelo amor de Deus, vamos embora — disse Gina, virando-se de volta para a praia. — A gente vai embora agora, nem que eu tenha de arrastá-lo!

O mosquito partiu como um dardo para cima de Gina, passando com o tubo de alimentação rente a seu rosto. Gina gritou e se jogou em meus braços.

*Tome conta dela… ou da próxima vez não vai ser apenas um aviso.*

—Tudo bem, tudo bem — falei, fazendo sinal com a mão para o mosquito parar. — Gina, por favor, apenas confie em mim. Não vou deixá-la machucar você. — Voltamos para a casa em silêncio, o Vermelho do Ganges nos seguindo de perto.

Eu tinha alimentado a esperança de nunca mais ver o interior daquela casa de novo. Ela pareceu estranhamente diferente quando entramos. As sombras pareciam mais densas, mais misteriosas, e a luz mais etérea. Pela expressão no rosto de Gina, ficou claro que ela compartilhava do meu incômodo.

O mosquito me instruiu a levar Gina para o quarto de Mather, talvez porque se sentisse mais confortável lá. Aquele era, afinal de contas, seu lar, seu santuário. Sentei na cama ao lado de Gina, enquanto o Vermelho do Ganges pairava no ar de frente para nós. Não vi sinal do sr. Hopkins. A luta devia ter terminado em algum outro lugar da casa.

Fiquei observando o mosquito por um tempo, tentando adivinhar sua intenção. Acabei perguntando:

— E agora? — Gina se virou para mim, mesmo sabendo que eu tinha falado com o mosquito.

*Sinto muito. Mas tenho de fazer isso.*

— Não! — Eu precisava medir minhas palavras. Gina já estava perturbada o suficiente; seria muito fácil piorar ainda mais as coisas.

*É o único jeito.*

— Por favor. O que quer que você ache que possa rolar entre a gente… nunca vai dar certo.

Ao escutar isso, o inseto riu e se aproximou de mim. O rosto de Gina se contraiu em uma expressão de pura incredulidade. Eu podia imaginar o que estava passando na cabeça dela.

*Talvez, mas eu tenho o dom da persuasão. Com o passar do tempo, você verá as coisas a meu modo, e irá me amar.*

— Está errada. Não pode forçar ninguém a amá-la.

*Você me subestima. Tudo o que Mather fez desde que eu o encontrei foi sob o meu comando. Vocês dois são homens fortes, mas, assim como a mente dele se curvou a mim, a sua também irá. Se eu quiser que você me ame... é o que vai acontecer!*

— Não enquanto eu respirar, nunca.

Ela apenas riu de novo.

— O que está acontecendo? — Gina havia se esforçado para escutar alguma coisa. Talvez achasse que eu não tinha enlouquecido, afinal.

— Uma diferença de opiniões.

— O quê?

— Nada.

— Nada uma ova! Por que você está falando com o mosquito?

— Ela me deseja.

— O quê?

— É difícil de explicar.

— Essa coisa vai nos machucar ou não?

— Não se eu puder evitar.

*Você não pode salvá-la. É melhor lhe contar a verdade. Ela vai morrer logo.*

— Não toque nela! — gritei, amaldiçoando imediatamente minha estupidez.

— Ash — interveio Gina. — Acho que a pancada na cabeça te deixou meio confuso. Você não está pensando direito... o que não me surpreende... mas...

— Está tudo bem. Deixa comigo. — Tentei pensar numa forma de sair daquela situação. O Vermelho do Ganges estava em silêncio. Eu não queria contar a verdade a Gina, mas não tinha energia para mentir. Dada a situação surreal em que nos encontrávamos, era improvável que ela acreditasse em mim, de qualquer jeito. Contudo, eu precisava dizer alguma coisa.

— Bem. — Respirei fundo.

— Ei — cortou-me Gina, pegando minha mão direita entre as dela. — Está tudo bem. Sei que você passou por momentos bem difíceis.

Olhei-a no fundo dos olhos.

— Verdade. — Sorri. — Mas, mesmo assim, você não vai gostar nada disso. — Algo pousou calmamente em uma das vidraças. A princípio não notei nada; tampouco Gina ou o mosquito. Imaginei que tivesse sido uma folha ou algo parecido. — Escuta, sei que vai parecer loucura, mas, por favor, tente ser compreensiva. Entenda, essa coisa quer matar você porque se acha destinada a ficar comigo.

Os olhos de Gina se arregalaram ainda mais.

— Ah...

— Eu sei, é ridículo.

— Bom... é um pouco difícil de acreditar, com certeza.

— Existe uma possibilidade de que, ao beber meu sangue, ela volte a ser mulher.

— Mulher! Meu Deus! Você sabe o que está dizendo? Acorde! A gente realmente precisa sair daqui, Ash. Não temos tempo para isso. — Gina fez menção de se levantar, mas agarrei o braço dela com firmeza, puxando-a de volta para a cama. O mosquito emitiu um zumbido zangado na direção dela.

— Olha só — falei. — Eu acredito nisso. Bem, em algumas partes... eu acho.

— Certo — replicou Gina, obviamente sem acreditar em nada. — E por que essa coisa precisa do seu sangue?

— Ela diz que sou um descendente de seu falecido marido. Carrego o sangue dele, e ela precisa do meu sangue para quebrar a maldição.

— Entendo...

— Ela acha que, assim que voltar a ser humana, poderemos ficar juntos... como um casal. — Não precisei olhar para Gina para imaginar a expressão em seu rosto.

— E ela quer me matar porque acha que sou uma rival?

— É.

— Bom, fico feliz por termos esclarecido isso. A primeira coisa que farei depois de voltarmos para casa é levar você ao médico. — Ela olhou para a janela. — Aquele negócio é um amigo do mosquito?

— O quê? — Segui o olhar de Gina e a vi pela primeira vez. Agarrada ao vidro, olhando diretamente para nós três, estava uma enorme libélula. Era um pouco menor do que o Vermelho do Ganges, mas não menos surpreendente.

Somente então, ao perceber que perdera nossa atenção, foi que o mosquito se virou para a janela. A reação foi quase imediata. Ela recuou como uma bala, bateu na parede ao lado da porta e caiu sobre o carpete, onde se debateu por um ou dois segundos, como se tentasse recobrar os sentidos. Em seguida, ergueu-se no ar e se virou para a janela novamente, dessa vez colocando-se mais longe do vidro.

*Não... agora não!*

Ela continuou a gritar, só que agora numa língua que eu não entendia. Voou de um lado para o outro do quarto, incapaz de ficar quieta. A libélula continuou imóvel, tão imóvel que parecia um simples objeto de decoração. Então, como se ouvisse meus pensamentos, ela se despregou do vidro, começou a bater as asas e se afastou da casa, pairando a alguns metros de distância. O grito do mosquito foi aumentando, até se tornar um assovio agudo. Olhei para Gina, que esfregava os ouvidos. De repente, a janela explodiu, lançando milhares de pequenos cacos sobre nós dois. Instintivamente, viramo-nos de costas, com medo de que o vidro cortasse nossos rostos, mas por sorte não nos machucamos. Nós nos levantamos, enquanto Vermelho do Ganges continuava a gritar, aflita. Ela fora atingida pela chuva de cacos. Um líquido vermelho escorria de um dos lados de seu abdômen.

Olhei para a libélula lá fora pelo buraco na janela, convencido de que ela estava me observando. Foi então que escutei uma voz, mais autoritária, mais insistente do que a do mosquito. Ela falou apenas uma palavra, mas foi suficiente para me arrancar do estupor.

*Vão.*

Agarrei a manga da jaqueta de Gina e a puxei enquanto corria para a porta. Já tínhamos quase saído do quarto quando o Vermelho do Ganges passou por cima de nossas cabeças e parou na nossa frente, pingando sangue sobre o carpete. Ficar naquela posição parecia lhe exigir um enorme esforço, o que provava o quanto ela estava desesperada para nos manter sob controle.

*Voltem! Afastem-se da porta!*

— Não. Acabou. Nós vamos embora.

*Vocês não vão a lugar algum. Não esperei tanto tempo para ser enganada!*

— Ele não vai deixar que consiga o que quer. Já está nesta ilha observando você há um bom tempo. Se ele quiser botar um ponto final nisso tudo hoje, é o que vai acontecer.

*Não vou permitir que ele faça isso! Eu...*

Olhei por cima do ombro e vi que a libélula tinha entrado no quarto. Ela estava ao lado da janela, movendo-se ligeiramente para cima e para baixo, a atenção voltada para nós. De repente, o Vermelho do Ganges recomeçou a gritar, e caiu sobre o carpete, contorcendo-se.

*Vão!*

Olhei para o Vermelho do Ganges enquanto andava em direção à porta. Gina levantou o pé e trincou os dentes enquanto o mosquito se contraía na frente dela.

— Não! Não faça isso!

— Por que não? Posso matá-la agora mesmo!

— Não. Isso não é com a gente. A libélula veio por causa dela... deixe-o fazer isso. — Puxei-a pelo braço para fazê-la se mover, e ela me seguiu quarto afora.

Instantes depois, atravessávamos o corredor. Escutei o mosquito gritar de dor atrás de nós, devido aos ferimentos e à tortura infligida pela libélula. Não demoraria muito até o golpe fatal. Segui Gina noite adentro e atravessamos a clareira em direção à praia e ao barco dela.

Ao erguer os olhos, vi que o céu estava claro. Esperava que não chovesse mais, que o tempo não piorasse, para que pudéssemos atravessar o lago sem problemas. O pesadelo acabaria logo. Os horrores da ilha já tinham deixado sua marca em mim, e eu temia por minha sanidade mental.

Fomos nos embrenhando pelo meio das árvores em nossa fúria de escapar, sem nos preocuparmos em seguir a trilha. Escutei o fogo antes mesmo de vê-lo: um crepitar alto de madeira dilatando e estalando. Então, enquanto descíamos o morro em direção à praia, já tendo atravessado as árvores, vimos o fogo.

— *Nããão!* — gritou Gina, preenchendo a noite com sua assustadora indignação. Os dois barcos, o dela e o do capitão do porto, encontravam-se a cinquenta metros da praia, ambos em chamas. Eles pareciam estar sendo atraídos um para o outro, como se alimentassem uma fúria conjunta. Mesmo que pudéssemos alcançá-los, seria inútil. Fiquei mais deprimido ainda.

—Tem outro barco aqui na ilha — falei, tentando não soar muito derrotado. — O de Mather. Não sei onde ele está, mas com certeza podemos encontrá-lo. — Eu estava entrando em pânico. Sabia que o túnel poderia ser uma opção melhor, mas, se Mather estivesse atrás de nós, ele viria da floresta.

— Isso não pode estar acontecendo! Tínhamos de ter vindo direto para cá. Veja só onde esse seu negócio de bancar o dr. Dolittle, falando com a droga dos animais, nos meteu!

Tive a horrível sensação de que, a qualquer momento, o terror ia consumir nós dois, como se fosse um monstro de carne e osso.

— Tem razão, sinto muito, vamos tentar contornar a ilha. Precisamos tomar cuidado… mas não consigo pensar em outra forma de…

De repente, minhas palavras foram abafadas pelo som de uma risada.

— Ó céus, ó céus — falou Mather, saindo do meio das árvores atrás de nós, onde havia se escondido. — Que diabos vocês vão fazer agora, sr. Reeves? O senhor parece estar se metendo numa situação complicada atrás da outra. — Ele permaneceu ali, rindo da gente, o rosto e as roupas cobertos de terra e sangue, sem dúvida resultado da queda na cova. A expressão mista de júbilo e travessura infantil me deixou furioso.

Andei em direção a Mather, sentindo minha frustração se transformar em ódio. Naquele instante, não estava nem um pouco preocupado com que ele pudesse estar carregando alguma faca. Eu queria machucá-lo, e não havia nada que ele pudesse fazer quanto a isso.

— Já aguentei o suficiente! Escutou? O suficiente! — Fechei os punhos, pronto para atacar.

Contudo, como sempre, a autoconfiança de Mather era justificada. Não sei onde ele a estivera escondendo, mas, assim que me aproximei, ele levantou e apontou uma espingarda para mim.

— Por favor, se acalme. E prefiro que os dois mantenham distância, se não se importarem.

Gina e eu nos entreolhamos. Pelo visto, não havia como escapar daquele inferno.

Mather nos conduziu de volta à clareira, e nos mandou parar. De onde estávamos, podíamos ver o lado esquerdo da casa. Cacos de vidro brilhavam no chão, refletindo a luz do quarto de Mather.

— O que aconteceu com a janela? — Ele se colocou à nossa esquerda.

Sorri.

— Enquanto a adorável Dama Escarlate nos entretinha, chegou um visitante inesperado.

O rosto de Mather se contorceu numa expressão de nojo. Ele grunhiu, desapontado.

— Coisinha nojenta comedora de mariposas! Vou esganar aquele pescoço imundo!

— Se está falando do sr. Hopkins, não foi ele quem quebrou a janela.

Mather se virou para mim.

— Então, quem foi?

— Quem é o sr. Hopkins? — Gina olhou de mim para Mather.

— É um gato.

— Ah.

— Então? Quem foi? — Mather estava ficando irritado.

— A libélula. Ele...

— Libélula? Bah! Você está mentindo.

— Não estou não. Vá e veja você mesmo. Antes de sairmos, sua preciosa Dama lutava para salvar a própria vida.

— Não!

— É verdade — comentou Gina.

Nesse momento, algo passou voando pela porta da frente. Estava menor do que antes, e parecia esgotada, para não dizer esvaziada. Ela voou direto até Mather, emitindo um zumbido agudo que machucava os ouvidos.

Mather ficou estático. Seu belo espécime fora terrível e, talvez, fatalmente machucado. Ele manteve a espingarda apontada para mim e Gina, porém seus olhos estavam fixos no inseto que se aproximava.

— Ah, minha Dama — disse ele. — O que aconteceu?

*O gênio! Tien Thai! Ele veio me pegar.*

— Não.

*Sim! E a culpa é sua, por ter aberto o tanque. Caso contrário, ele não teria tido a chance de vir atrás de mim. Agora você vai me ajudar a derrotá-lo.*

O monstro vermelho pairou na frente de Mather, estudando o rosto dele, talvez em busca de respostas.

— Mas não sei se consigo matá-lo. Eu...

*Seu sangue. Preciso dele agora. É o único jeito.*

Imaginei na hora por que ela simplesmente não pegava o *meu* sangue. No entanto, se ela acreditava que voltaria a ser mulher ao bebê-lo, talvez isso a deixasse mais vulnerável à libélula.

— Não! — Mather deu um passo para trás, visivelmente abalado, e apontou a espingarda para o mosquito.

*O que pensa que está fazendo? Vira essa coisa para lá, seu idiota!*

De modo um tanto relutante, Mather obedeceu.

— Eu não... eu não quero.

*Não quer o quê?*

— Não quero dar meu sangue para você.

*Do que está falando? Já disse, isso não vai machucar. Agora amarre esses dois enquanto nos encarregamos da libélula.*

— Por que não posso matá-los? É inútil...

*Você não vai matá-los!*

— Que tal a garota? Você não precisa dela viva! Tome o sangue dela.

*Preciso que ele coopere. Ela não pode ser machucada... pelo menos por enquanto...*

O último comentário doeu, mas não podia dizer que não era esperado. Eu sabia que o Vermelho do Ganges tentaria tirar Gina da jogada em algum momento. Só esperava estar pronto para quando chegasse a hora.

— O que está acontecendo?

Tinha me esquecido de que Gina não conseguia escutar o inseto.

— Ela quer o sangue dele para poder se curar.

Gina olhou para Mather e, em seguida, para o mosquito. Mather devolveu-lhe um olhar zangado.

— Certo... — Gina não acreditava em nada do que eu estava dizendo. Não que isso fosse uma surpresa. Todavia, ela parecia ter entrado no jogo. Afinal de contas, por mais surreal que a situação fosse, qualquer um podia ver que algo com sérias consequências estava prestes a acontecer.

— Entenda, não é com a dor que estou preocupado — Mather falou para o mosquito, com uma expressão estranha estampada no rosto. — Eu só... — Ele parecia estar se sentindo ameaçado pelo Vermelho do Ganges, talvez pela primeira vez.

*Preciso do seu sangue. É o único jeito de eu recobrar as forças para lutar contra Tien Thai. Agora abaixe essa arma e ME DÁ SEU SANGUE!*

— Não! — Mather continuava na defensiva.

O inseto ficou furioso. Gina agarrou meu ombro e me puxou com delicadeza, fazendo com que nos afastássemos de Mather.

— Deixe-me lidar com a libélula — pediu Mather. — Depois você pode sugar esses dois até eles ficarem secos.

*Não! Se não me der seu sangue, vou tomá-lo à força... e isso vai doer de verdade.*

— Não! Você não faria isso. — Mather estava perdendo o controle da situação, e sabia disso. — Não depois de tudo o que eu fiz por você!

*Você só fez o que eu mandei fazer, nada mais.*

— Mas precisa haver outro...

Nesse momento, escutei o mosquito emitir um grito estridente. Para Mather, deve ter soado mais alto, porque ele abaixou a espingarda e levou a mão esquerda à testa. Sem dúvida, a dor era bem intensa.

— Pare! Pare! Por que está fazendo isso comigo? — Ele parecia à beira das lágrimas.

O mosquito não demonstrou a menor compaixão; ao contrário, continuou a investir, sem dúvida relutante em colocar um fim ao sofrimento de Mather antes que ele cedesse à sua sede. Então, para minha surpresa, ele deixou a mão cair da testa e ergueu mais uma vez a arma com ambas as mãos, apontando-a diretamente para meu peito. Gina engasgou. A testa de Mather estava coberta de suor, os dentes trincados, e eu consegui escutar um choramingo quase inaudível, que revelava seu imenso esforço para lutar contra a vontade do mosquito.

— Você! — Mather falava comigo agora. — É tudo culpa sua! Você já devia estar morto! — Vi o dedo dele tencionar-se no gatilho. Congelei, em choque. Minha língua grudou no céu da boca enquanto eu me preparava para o impacto inevitável.

*Nããããão! Ele é meu!*

O mosquito voou em direção a Mather, mergulhando direto no cabelo dele, sem dúvida para enfiar o tubo de alimentação no couro cabeludo. Mather pulou de um lado para o outro, gritou e atirou no ar, deixando-nos surdos. Ele soltou a espingarda e começou a bater no inseto com as mãos.

— Precisamos sair daqui rapidamente. — Gina observava com assombro o espetáculo que se desenrolava a alguns metros de distância.

— O túnel — repliquei. — Tinha me esquecido dele. É nossa melhor chance.

— Túnel?

— Tem um túnel debaixo da ilha. Soames me mostrou a entrada. Talvez... talvez seja nossa única chance.

— Quem?

— Acho que ele se conecta com algum lugar do continente.

— Certo. E como a gente chega lá?

— Tem um alçapão na floresta. Acho que lembro como chegar lá.

Gina mostrou sua decepção. Não gostava da perspectiva de sair correndo em meio à escuridão das árvores. Contudo, não tínhamos alternativa. Estávamos prestes a sair correndo quando Mather finalmente se desvencilhou do mosquito em sua cabeça, pegou a espingarda e correu em direção à casa, o mosquito raivoso em seu encalço. Ele entrou rapidamente, fechou a porta de imediato e a trancou. O Vermelho do Ganges mudou de curso, rumou para a lateral da casa e entrou pela janela quebrada do quarto.

— Certo — falei para Gina, que estava agarrada a meu braço direito, dando-me apoio. — Vamos. Talvez eles se matem, talvez não. Caso não, um deles virá atrás da gente. E, seja lá qual for, vai querer sangue. Vamos embora.

Peguei Gina pela mão e a puxei em direção à trilha. Embora estivesse escuro, e a floresta parecesse quase toda igual, sentia-me confiante de que encontraria o caminho para o alçapão. Apesar do tornozelo torcido, conseguimos manter um bom ritmo. Com a ameaça de morte ainda forte, não era de surpreender que eu conseguisse me mover com rapidez, apesar da lesão. Paramos bem no começo da floresta. Escutamos um barulho de vidro se quebrando em algum lugar lá atrás. Gina afastou os galhos, deixando que alguns batessem em meu rosto ao voltarem para o lugar.

— Uau!

— Desculpe. — Ela parou e me deixou passar na frente, para mostrar o caminho. Logo me preocupei com a possibilidade de estarmos perdidos.

— Para onde agora? — Gina olhou em volta, sem conseguir ver nada que não uma floresta desconhecida. Eu estava prestes a admitir minha derrota quando, através das folhas, percebi um desnível familiar no chão.

— Deve estar em algum lugar bem na nossa frente! — Continuamos adiante, e uns dois minutos depois entramos numa clareira, no meio da qual encontrava-se o alçapão. Ajoelhei-me com certo esforço e agarrei a corda.

— Olhe — falou Gina. Virei-me e vi que ela estava apontando para o céu noturno. Uma nuvem de fumaça preta subia da ilha, obscurecendo a pálida lua acima de nós. O centro de pesquisa.

— Esperto — comentei. — Ele obriga você a tirar fotografias para a posteridade e depois queima os corpos.

— Ele não está com as fotos — retrucou ela, dando um tapinha na câmera. — Eu estou.

Isso me fez sorrir.

— Bom, não podemos fazer nada com relação a elas até sairmos daqui. — Ergui a porta do alçapão, e Gina se curvou para me ajudar. Nós a jogamos para trás, levantando algumas folhas.

Agarrei-me à escada rústica, feita com pedaços de madeira, e desci com cuidado, atento a meu tornozelo machucado. O túnel tinha cerca de dois metros de altura. Eu teria pulado do chão da floresta se estivesse com os dois tornozelos saudáveis. Ainda assim, saltei da escada sobre um piso de lama macio, quase esponjoso, o qual, mesmo na escuridão, pude ver que estava pontilhado por folhas mortas e algumas poças. O túnel exalava um cheiro ruim de umidade e coisa velha, o que significava que já existia havia algum tempo.

— Fecha o alçapão atrás de você — gritei para Gina.

— Certo. — Escutei-a tentando agarrá-lo e puxá-lo. Depois de alguns instantes, ela desistiu. — Não consigo movê-lo. Está agarrado.

—Tudo bem, deixa… não temos tempo.

Segundos depois, Gina caiu no chão atrás de mim levantando água. Fomos engolidos por uma completa escuridão. Ela piscou para mim.

—Vamos. — Comecei a descer o túnel. Parei após alguns poucos passos. Não dava para ver nada, e eu odiava a ideia de tropeçar de novo. — Suponho que não tenha trazido uma lanterna, trouxe?

— Não, não trouxe — respondeu Gina.

—Ah, merda!

— Desculpe.

—Você não tem culpa. — Em seguida, eu me lembrei. — Espera aí, sua câmera...

— O que tem ela?

— O flash está funcionando, não está?

— Claro.

— Ótimo, então vamos usá-lo para iluminar o caminho.

— Boa ideia. — Ela ergueu a câmera e se posicionou à minha frente.

Gina foi guiando o caminho, iluminando o túnel a cada vez que o flash armava. Seguimos num ritmo bom, e pouco tempo depois emergimos numa grande câmara redonda. Pedi que ela apontasse o flash para as paredes. Para minha surpresa, no primeiro espocar, vislumbrei o que parecia ser um alçapão. O flash espocou de novo e ambos pudemos ver um alçapão no teto da câmara, próximo à parede mais distante, acima de um pequeno grupo de degraus que pareciam ter sido escavados na rocha.

— Provavelmente leva até a casa ou algo parecido — comentei. —Vamos seguir em frente.

Gina apontou a câmera para a continuação do túnel à nossa direita e acionou o flash mais uma vez. Quando estávamos prestes a entrar no túnel oposto, o alçapão se abriu e um facho de luz penetrou na câmara aberta. Vi o cano da espingarda, e soltei um gemido.

— Estou vendo vocês! Não se movam ou mato os dois!

Gina xingou; apenas deixei minha cabeça cair e suspirei. *Isso nunca vai terminar*, pensei. *Nunca*.

Mather desceu devagar os degraus, a arma sempre apontada para nós. Seu cabelo estava desgrenhado, o rosto pálido e extenuado. Trazia uma lanterna sob um dos braços, permitindo que segurasse a espingarda com as duas mãos. Como eu, Mather também passara por momentos bastante difíceis nas últimas horas. Parecia um vampiro, de uma palidez mortal, ao saltar na poça d'água.

— Então, acharam que conseguiriam fugir daqui, hein? Sinto muito, mas não posso permitir finais felizes. Na verdade, o fim vai ser bem desagradável para vocês dois.

— Cadê o mosquito? — Gina lançou um olhar furioso para Mather.

— Digamos que ela está ocupada no momento. Cuido dela quando chegar a hora.

— Acho que *ela* é quem vai cuidar de *você* — falei. — Isso se conseguir se desvencilhar da libélula.

— Também dou um jeito na libélula, não se preocupe. Além disso, se ele pudesse fazer alguma coisa, já teria feito.

— Eu não teria tanta certeza assim.

— Você não sabe de nada, sr. Reeves. Absolutamente nada. É uma pena que a sala de operações não exista mais. Eu tinha excelentes planos para você. — Ele voltou a atenção para Gina. — E eu também teria tido uma noite maravilhosa com essa jovem, se não tivesse sido tão mal-educado em nos interromper. — Sorriu. — Não tem importância. Talvez eu consiga fazer alguma coisa com isso aqui — continuou, balançando a espingarda — que possa me proporcionar algum divertimento. Mas, por ora... — prosseguiu, posicionando-se ao lado dos degraus. — Subam.

Mal podíamos acreditar. Assim que pensamos ter recebido uma segunda chance de liberdade, Mather nos impedira de novo. Nossa impressão era de que a sorte havia nos abandonado de vez. Subimos para a sala de estar daquela casa detestável. Mather nos mandou ficar na frente da lareira. Não vi sinal do Vermelho do Ganges, mas percebi que a porta da sala e a janela estavam fechadas, ele não tinha como chegar até nós.

— Bem, agora, quem vai ser o primeiro? O jornalista ou a fotógrafa? Acho que as damas deveriam ser as primeiras, embora, sendo uma fotógrafa, ela talvez aprecie o esplendor artístico de testemunhar a morte de perto. Não acha, sr. Reeves?

—Vá para o inferno! — exclamou Gina.

— Seria uma viagem curta — comentei. — Só que você foi bastante descuidado nas últimas horas. Em pouco tempo, a ilha vai estar coberta de policiais.

— É verdade, já percebi. Mas não vai ser nada fácil para eles. Assim que a Dama se acalmar, vou persuadi-la a voltar ao nosso plano original.

— Que seria?

— Se eles vierem... a gente os mata.

—Todos eles? — A expressão de Gina era de incredulidade.

— Bem, o máximo que conseguirmos antes de perdermos a vantagem. Acho que conseguiremos acabar com um bom número deles primeiro... Ela, com sua picada fatal, e eu, com minha boa amiga aqui.

— Será que eu preciso dizer o óbvio? — Ergui as sobrancelhas, mal conseguindo controlar minha descrença.

— E o que seria isso?

—Você é louco — Gina respondeu por mim.

Mather riu.

— Ah, entendo. Loucura é algo subjetivo.

— Não nesse caso — falei.

— Ah, bem, chega de delongas... acho que devemos terminar logo com isso.

Foi então que escutei um ruído curioso vindo do canto mais distante da sala, à esquerda da porta. Gina e eu olhamos na direção do barulho. Mather, que estava virado para a gente, quis olhar também, mas não ousou tirar o olho de nós. O som parecia o lamento estridente de um pequeno motor, esforçando-se para girar algo pesado demais. Continuou por uns quinze segundos e parou. Escutamos em seguida uma leve vibração, como um rápido bater de asas. Mather se esforçou bastante para não demonstrar, mas pude ver que estava com medo, provavelmente aterrorizado. E tinha bons motivos para isso. O barulho só podia vir de uma das duas criaturas, e ele estava encrencado com ambas. Deu a impressão de estar tremendo.

—Você agora está com problemas.

— Talvez — respondeu ele. — Mas resolvo isso depois de fazer vocês dois em pedaços. — Ergueu a espingarda no nível da visão. Fechei meus olhos.

Durante aqueles que poderiam ser meus últimos segundos, rezei rápida e intensamente para que algo ou alguém interviesse e nos salvasse. Em vez do tiro da espingarda, escutei um zumbido estranho. Ao abrir os olhos, vi uma pequena forma sair voando das sombras, como um dardo brilhante e prateado, planar próximo à cabeça semicalva de Mather e sumir novamente nas sombras. Mather poderia ter puxado o gatilho num ato de reflexo, mas felizmente ele apenas se virou, na intenção de confrontar seu atacante. Apontou a arma em várias direções, sem encontrar o que estava procurando. Então, pelo canto dos olhos, ele notou alguma coisa e se virou para a janela. Lá estava ela.

Uma vez iluminada, pude ver que a Libélula do Iêmen era quase toda cinza, com alguns pontinhos prateados. As asas eram gigantescas, e a cabeça, de olhos grandes e segmentados, parecia irradiar uma fina inteligência. Era óbvio que Mather não estava nem um pouco interessado em examinar a criatura, visto que rapidamente descarregou a espingarda contra a janela. De maneira surpreendente, a libélula escapou antes mesmo que a bala atingisse o vidro. A única consequência foi um buraco enorme na janela, mas nem sinal do inseto.

Mather xingou.

— Merda! Para onde ele foi?

— Não sei, mas você é um péssimo atirador — provocou Gina.
Era como se a espingarda não a assustasse nem um pouco.

Em resposta, Mather apontou a arma para ela.

— Nem sempre erro o alvo, minha jovem.

— Não — implorei. — Por favor, não faça isso!

— Mas claro. — Ele voltou a apontar para mim. — Por um instante, esqueci o que estava fazendo. Você é o primeiro da fila, não é?
— Eu me via mais uma vez em frente ao cano da arma.

— É uma espingarda de dois canos — observou Gina. —
Portanto, você só tem mais um tiro. Posso pegá-lo antes que a recar-
regue

— Ah, acho que não. Ainda tenho a minha adaga. Adeus, sr.
Reeves. É uma pena acabar com você desse jeito. — Mather estava
ajustando a mira, talvez pela última vez, quando o Vermelho do
Ganges entrou voando pela janela quebrada, agarrou-se à cabeça dele
e enfiou o tubo de alimentação direto em seu olho direito.

# XVI: ELIMINAÇÃO

A espingarda disparou, arrancando um enorme pedaço de gesso do teto. Gina e eu vimos o desdobrar da situação em meio à nuvem que se desprendeu. Mather se debatia em agonia, enquanto o mosquito fazia todo tipo de barulho. Diep parecia furiosa. Enquanto observávamos, chocados e enojados, mas petrificados demais para virarmos de costas, a carne em torno do olho de Mather começou a se dissolver. Tudo o que eu tinha escutado era verdade: o Vermelho do Ganges era realmente tão letal quanto a lenda alegava. Em pouco tempo, o resto do rosto sofria com os efeitos da saliva tóxica. Ele continuou a gritar sem parar, agonizando, até ficar rouco. Vapores subiam de sua cabeça, acrescentando àquela visão terrível um fedor insuportável. O sangue começou a escorrer de debaixo do olho com um chiado, caindo sobre o carpete em pequenos círculos vermelhos.

O mosquito largou a testa de Mather e se agarrou à sua nuca, fazendo bem menos barulho. Diep se posicionou de maneira confortável, apesar de Mather continuar a se debater, passando a drenar o sangue direto da jugular. Seu abdômen murcho começou a dilatar e inflar enquanto devorava o quente líquido vermelho. À medida que ia crescendo, recobrando a vitalidade, os ferimentos pareciam desaparecer. Ao olhar para a janela, vi que a libélula retornara. Ela pairava no meio do buraco feito pelo tiro da espingarda.

Gina também tinha visto.

—Vamos embora — sussurrou ela. —Vamos deixá-los terminar com isso.

Escutamos uma grande explosão; só podia ser o centro de pesquisa. Talvez o tanque de combustível do gerador tivesse explodido. Gina me deu um puxão no braço, em seguida agarrou a tampa do alçapão. Ajudei-a a abrir. Ao olhar em volta, vi a lanterna de Mather caída de lado. Peguei a lanterna e acendi. Não consegui deixar de dar uma última olhada nele. Seu rosto estava irreconhecível. Havia um grande buraco no lugar do olho e partes da testa e da bochecha direita tinham sido reduzidas a uma repulsiva substância amarelada. Talvez fosse minha mente brincando comigo, mas pude jurar que nesse momento o olho que sobrou se virou para olhar para mim. Quase gritei, mas Gina agarrou minha manga e me puxou para a escuridão do túnel. Fechei o alçapão atrás de mim.

Atravessamos a câmara subterrânea até o outro lado, em direção à continuação do túnel. Ainda não fazia ideia de onde ele ia dar, mas não tinha importância, contanto que nos levasse para longe da ilha. Com a lanterna iluminando o caminho, fizemos um bom progresso. Meus membros pareciam tão pesados que era um grande esforço forçá-los a responder a simples comandos.

— Bom — disse Gina, enquanto prosseguíamos —, pelo menos aquele maníaco não vai mais nos incomodar.

— Não é com ele que estou preocupado.

— Bom, a menos que aquela criatura consiga atravessar o alçapão da floresta, acho que estamos seguros.

— Mas nós não fechamos aquele alçapão.

— Por Deus, não se preocupe com isso. Temos que nos concentrar em chegar à outra ponta desse túnel.

— Se ela souber da existência daquela entrada, e que está aberta, pode vir atrás de nós.

— Não temos tempo para nos preocupar com isso. Além do mais, a libélula ainda está por lá, não está? Ela atacou o mosquito antes, talvez agora termine o serviço.

— Talvez, mas não podemos contar com isso. O Vermelho do Ganges provou ser bastante resistente… não consigo acreditar no que ela acabou de fazer com Mather!

—Você não está com pena daquele maluco, está?

— Não, claro que não. Ele teve o que merecia. — Eu só podia imaginar o que restava de Mather agora. Era difícil desejar aquele tipo de morte para qualquer pessoa, embora também fosse difícil pensar que ele não merecia. A dor em meu tornozelo estava cada vez pior. Queria gritar para Gina diminuir o ritmo, me deixar descansar, mas isso não era uma opção. Precisávamos sair dali o mais rápido possível, com ou sem dor. Gina olhava para todos os lados do túnel, com uma expressão ligeiramente desconfortável.

— Por que aquela coisa estava tão interessada em você? Não falou sério sobre ela querer o seu sangue para voltar a ser humana… falou?

— Falei. No entanto… já não tenho certeza. Talvez tenha sido a pancada na cabeça que provocou tudo isso, afinal.

— Mas você estava convencido de que podia se comunicar com ela. E Mather também falou com o mosquito.

— É, bom, finalmente estamos fugindo, então, que diferença faz, certo?

— Certo.

Mantivemos o ritmo por cerca de meia hora antes de escutarmos algo atrás de nós. Paramos, olhando um para o outro, os lábios tremendo. Gina apontou a lanterna na direção de onde tínhamos vindo. O zumbido foi ficando mais alto, mas não víamos nada. Não conseguíamos nos mover, muito menos correr, portanto tivemos de simplesmente esperar para ver o que acontecia. Eu vi primeiro. O tamanho gigantesco só era comparável ao brilho vermelho ofuscante de seu corpo. O mosquito parecia absorver a luz da lanterna, ficando com um brilho ainda mais intenso.

— Ó céus — exclamei. Acho que nós dois sabíamos que não adiantaria correr, portanto ficamos onde estávamos. O mosquito nos alcançaria em questão de segundos. Em vez disso, Gina posicionou a lanterna atrás da cabeça, preparando-se para atacar. Pelo menos um de nós, se não os dois, iria morrer... eu podia sentir. Diep diminuiu a velocidade, em seguida parou e ficou pairando na nossa frente.

*Já perdi a paciência. É melhor me dar o que eu quero agora... ou vai sofrer o mesmo destino de Mather.*

Gina trincou os dentes e olhou furiosa para a criatura. Dei um pequeno passo à frente, sentindo uma súbita onda de determinação.

— Certo. Pode pegar. — Foi difícil pronunciar essas palavras. O terror já tomara conta de minha mente, bombardeando meus pensamentos com toda sorte de imagens horríveis. Mas eu não via alternativa. Se continuasse a resistir, apenas forçaria o Vermelho do Ganges a pegar o que queria à força.

*Isso. Assim mesmo. Tudo vai acabar antes que você perceba...*

Ela voou em minha direção com cuidado, pronta para sair do caminho ao menor sinal de ataque.

— Não, não faça isso — disse Gina, afastando-se ligeiramente. Ela escorregou em alguma coisa, deixando a lanterna cair. Em um átimo, o Vermelho do Ganges estava sobre mim. Ela se agarrou à minha cabeça, deixando-me louco.

O que mais me surpreendeu foi o calor que ela gerava. A sensação era de que estava queimando. Mesmo sabendo que eu tinha feito a única coisa que podia fazer, fui inundado pelo desejo de tirá-la dali.

— *Nããããão!* — Gina gritou de algum lugar atrás de mim. — Sai de cima dele!

O mosquito se fixou em volta da minha cabeça e, sem hesitar, fincou o tubo de alimentação em minha nuca, sugando com uma força inacreditável, capaz de me levar às lágrimas. Dessa vez, gritei.

*Mal acredito que finalmente está acontecendo. Meu amado…*

Tirando a dor do tubo de alimentação rompendo a minha pele e sugando meu sangue, não senti mais nada. Ela não injetou a saliva, o que foi tanto um alívio quanto um choque. Devia ter falado sério quando disse que me deixaria viver. De modo inacreditável, Gina começou a sumir de minha mente. A dor foi diminuindo, assim como o pânico. Assim que comecei a me entregar totalmente à confortável influência do mosquito, algo me arrancou do estupor. O tubo foi retirado com violência, gerando um espasmo de dor pela minha espinha. A criatura largou minha cabeça. Olhei em volta, sentindo-me cansado e tonto, minha vista ligeiramente embaçada, e vi Gina gritando comigo.

— … escutou? Corra! — Ela agarrou minha mão e me puxou, nenhum dos dois muito preocupado com meu tornozelo torcido. Não sabia a situação do Vermelho do Ganges a essa altura, mas imaginei que ela não estava morta, pela maneira como Gina continuava a olhar para trás e xingar. Não me surpreendi quando, pouco tempo depois, escutei o zumbido de novo. Meus sentidos clarearam um pouco, e o desespero da situação voltou de imediato. Paramos e, aterrorizados, viramo-nos para encarar nosso perseguidor.

Meu sangue já desencadeara nela uma extraordinária mudança. Contra todas as expectativas, ela já estava do tamanho de uma coroa.

E o tamanho não era a única coisa que tinha se alterado. Os olhos já não eram mais segmentados como deveriam ser. Agora estavam brancos, enevoados. Achei ter visto um pequenino ponto preto, como um alfinete, em cada um deles, mas era difícil ter certeza. Sem dúvida, estava ocorrendo uma transformação dramática. Mas será que ela estava realmente se transformando em mulher? Apesar do que meus olhos me diziam, a parte racional do meu cérebro recusava-se a acreditar nisso.

Ela pairou e zumbiu na nossa frente, talvez decidindo o que fazer, sabendo que tinha tempo para isso. O tubo de alimentação parecia duas vezes maior: uma longa agulha grossa, cruelmente apontada e ainda pingando sangue. Senti o buraco na minha nuca. Ainda estava molhado de sangue, embora sem nenhum outro dano. Olhei para Gina.

— Faça alguma coisa, pelo amor de Deus — pediu ela.

— Como o quê?

— Você não — ela retrucou, virando-se para mim. — Aquela coisa! Ela vai ficar parada ali para sempre, até que a gente morra de fome?

Por um segundo, as asas do mosquito bateram descompassadas. Ela estava agitada, porém aproximou-se em silêncio de Gina, em seguida elevou-se, ficando acima dela, de modo que as pontas das asas roçavam o teto do túnel. Sem avisar, ela mergulhou em direção à cabeça de Gina, parando a milímetros de seu cabelo, e então afastou-se de novo. Dessa vez, escutei a risada.

Gina tremia. Olhou para mim, procurando não demonstrar medo.

— Está tudo bem — falei, tentando em vão disfarçar o tremor em minha voz. O mosquito continuou a rir, movendo-se para cima e para baixo alegremente. Vi que os olhos estavam, sem dúvida, formando pupilas. A visão era perturbadora.

*Sim.*

A risada cessara.

*Agora posso olhar para você com olhos humanos. É uma sensação tão estranha... não me sinto mais um alienígena, sinto como se estivesse voltando para casa. Não vai demorar muito. Logo, logo, serei como eu era.*

— E o que vai acontecer então? — Eu estava ciente, enquanto falava, de que Gina se virara para mim. Ela devia estar pensando que eu enlouquecera ou estava delirando, por falar de novo com aquela coisa.

*Vamos para bem longe daqui. Algum lugar novo, onde ninguém irá nos encontrar e onde possamos ficar sozinhos pelo resto de nossa vida.*

— Já falei, isso não vai acontecer.

*Só preciso de tempo para convencê-lo. Assim que você me vir como eu realmente sou, vai mudar de ideia. Vai me amar como eu o amo. Não vai demorar muito, prometo.*

— Estou falando! Isso não vai acontecer. Nós vamos embora desta ilha. O que você vai fazer não é problema meu. Encontre outra pessoa... qualquer pessoa... mas me deixe fora disso. Já lhe dei o que você queria. Por que não nos deixa ir embora?

*Achei que tivesse entendido como me sinto... a dor do desejo? A dúvida, o vazio?*

Olhei para Gina. Pela expressão do rosto dela, estava claro que queria saber o que estava acontecendo. Não consegui pensar em nada para dizer. Em vez disso, olhei de volta para o Vermelho do Ganges.

— Tudo bem, você está certa. Mas precisa deixá-la ir embora.

O zumbido do mosquito ficou mais alto. Tive a sensação de que ela estava irritada, perdendo a paciência.

*Ela corrompeu sua mente. Precisa morrer. Abra sua mente para mim. Submeta-se, e não haverá mais dor. Você merece coisa melhor do que se tornar um escravo da tirania dela. Ela irá controlá-lo e dirigi-lo para sempre se não se libertar agora. Por favor... deixe-me ajudá-lo...*

— Não toque nela, ou eu juro...

*Não irei machucá-la, se ela for embora agora. Diga a ela para correr e não olhar para trás. Assim que você estiver livre da influência dela, irá compreender.*

Se isso garantisse a segurança de Gina, eu estava preparado para fazer o que o mosquito queria. Não tinha tempo, nem força, para tentar salvar a mim mesmo. O inseto já drenara a maior parte da minha energia, e minha vontade estava começando a sucumbir também.

— Certo. Mas prometa que não irá machucá-la. Farei o que você quer, se deixá-la ir embora.

*Claro que prometo, meu amor. Tudo o que quero é fazê-lo feliz.*

— Certo. — Virei-me para Gina, que parecia bastante preocupada. Talvez ela tivesse adivinhado o que estava prestes a acontecer. — Escuta, você precisa ir embora… agora. Apenas siga pelo túnel, saia daqui.

— Você deve estar brincando. Não vou te deixar aqui com essa coisa!

— Não temos opção. Eu vou ficar bem. Ela não vai me machucar. Fuja e chame a polícia. Tenho a sensação de que não vou estar aqui quando eles chegarem… mas pelo menos eles vão encontrar Mather. Talvez alguns dos corpos também resistam e possam ser identificados.

— Não vou deixá-lo aqui.

— Você precisa!

— Ah, não, não preciso não!

— Escuta — Agarrei-a pelos ombros e olhei bem dentro dos seus olhos, arregalados de medo. — Se você ficar aqui, vamos acabar tendo que nos ver morrer. Essa é a verdade. Não podemos matar essa coisa. Devemos ficar agradecidos por ela demonstrar alguma misericórdia.

— Eu nunca me perdoaria, Ash. Não posso fazer isso. Não posso abandonar você.

— Por favor. Faça o que estou pedindo, é a única forma que tenho de te proteger. — Percebi que essa provavelmente seria minha última oportunidade de dizer: — Eu te amo.

— O quê?

— Estou apaixonado por você desde o dia em que começou a trabalhar, e sequer consigo pensar que nunca mais a verei. Agora vá embora... por favor. Sei que a hora é imprópria, mas... eu precisava que soubesse.

— Eu... — Gina não disse nada por alguns instantes, até que: — A pancada com a pá foi realmente forte, não foi?

Sorri, apesar de tudo.

—Vá embora, por favor — pedi. — Antes que ela mude de ideia. — Soltei-a.

Gina me olhou por um longo momento, em seguida, lançou um olhar furioso para o mosquito. Esperei que soltasse alguma praga ou que xingasse. Em vez disso, sem despregar os olhos da ameaça voadora, ela me disse:

— O que você acabou de dizer... foi a melhor coisa que alguém já me disse. — Com isso, ela se virou e correu. Observei-a se afastar; vi o facho de luz da lanterna diminuir aos poucos. Fiquei sozinho com o monstro, que estava produzindo uma fantástica luz vermelha. Escutei um barulho de balão estourando e vi que o corpo dela aumentara ainda mais. Era uma visão realmente inacreditável. Eu teria ficado boquiaberto se não estivesse tão consumido pelo medo e pela aversão.

*Não vai demorar muito. Descanse. Durma. Eu o acordarei quando chegar a hora.*

A tentação era grande demais. Eu precisava desesperadamente dormir. Ainda assim, a dúvida me atormentava. Ela parecia agitada, e tive a sensação de que queria que eu dormisse por outro motivo. Decidi que era melhor ficar acordado.

— Pois bem, e quanto a Mather? Não se arrepende de tê-lo matado?

*Por que eu me arrependeria? Ele não tinha mais utilidade para mim. Sua vontade de matar e a capacidade de atrair vítimas eram as únicas coisas que me faziam tolerar sua existência. O mundo ficará melhor sem ele.*

— Ele alimentou você e a manteve em segurança. Duvido que outros fizessem o mesmo.

*Talvez. Mas, no fim, tudo o que ele fez foi em proveito próprio. Ele não se preocupava com ninguém além de si mesmo.*

— Tem certeza? Tem certeza de que ele não se preocupava com você?

*Isso não importa. Você deveria dormir. Estou me transformando rápido agora. Em breve, terá terminado. Deve guardar sua energia.*

— Por que quer que eu durma?

*O quê?*

— O que não quer que eu veja?

*A transformação é feia…*

— Não é isso. Você não se importa em me causar repugnância. O motivo é outro.

Escutei outro estourar de balão, e percebi que o tubo de alimentação estava começando a se retrair. Algumas pernas também estavam encurtando, juntando-se novamente ao corpo, o qual parecia, ao mesmo tempo, crescer.

*Não vou manter meu poder por muito mais tempo.*

— Poder? Você quer dizer ameaça?

*É. Argh!*

Ela se virou e se contorceu no ar à medida que o abdômen ia inflando e esticando.

*Não tenho mais tempo. Se você não vai dormir… não tenho escolha. Não queria que visse isso. Precisa entender… para assegurar o seu amor, eu preciso remover todas as conexões do seu coração... espero que com o tempo me perdoe.*

Ela conseguiu se aprumar. Vi então que os olhos eram quase humanos, as pupilas grandes, pretas e rodeadas por brilhantes anéis verdes. Naquele instante, segundos após adquirirem uma forma humana, eles revelaram uma intenção macabra. Ela partiu, passou direto por mim e seguiu pelo túnel, agora tão grande quanto um corvo e mais desajeitada do que antes, mas ainda voando rapidamente.

— Gina — gritei, partindo em correria. — Ela está indo! — Não tive dúvidas de que não conseguiria alcançar o monstro. Mesmo que alcançasse Gina a tempo, não tinha como protegê-la. O Vermelho do Ganges era grande demais para ser espantado com um simples tapa. Ela mataria a nós dois. Corri mesmo assim.

Gina fizera um bom progresso, apesar de sua relutância em me deixar. Ela agora andava mais rápido, tentando se afastar o máximo possível do monstro. Mas não fazia a menor diferença. De minha posição, a certa distância, vi o horror brilhante se aproximando dela, diminuindo o espaço numa velocidade incrível. O mosquito a pegaria em questão de segundos. Quando eu a alcançasse, ela já estaria morta. Nesse momento, quando já me via totalmente tomado pelo desespero, algo passou voando rente à minha orelha direita. Não era maior do que um pardal, mas se movia com intenção letal e numa velocidade que lhe permitia rasgar o ar. Ele disse duas palavras, cuidadosamente pronunciadas.

*Não desista!*

Não desisti. Em vez disso, prossegui com mais energia ainda, resgatada de algum lugar desconhecido, e atravessei o túnel como um tufão, apesar do pesadelo que me esperava à frente.

Pude ver o Vermelho do Ganges pousar na nuca de Gina, o peso inesperado fazendo-a tropeçar e cair de joelhos. Só que então, antes que o mosquito tivesse a chance de fazer qualquer outra coisa, a libélula atingiu-o como uma bala, removendo-o da cabeça de Gina, juntamente com um chumaço de cabelo. Gina gritou e, embora seus olhos estivessem se enchendo de lágrimas, pôde ver o desdobramento da situação. Finalmente a alcancei, e a puxei para mim. As duas formas digladiavam-se na água que, ao longo dos anos, gotejara do lago acima. O Vermelho do Ganges, com o corpo agora torcido e estendido quase além do reconhecimento, lutava contra a libélula, cujo corpo menor estava atracado às costas do mosquito, as asas batendo de maneira enlouquecida. Pudemos apenas observar a batalha de boca aberta, rezando para que a criatura menor vencesse.

Gina passou o braço em volta da minha cintura. Apesar da adrenalina que me percorria o corpo, minha visão embaçou e comecei a desmaiar. Gina percebeu e me sacudiu, a fim de me manter acordado.

— Ei! Não acabou ainda.

Concentrei-me no Vermelho do Ganges e em seu inimigo determinado. Era uma luta decisiva, em que apenas um sobreviveria. E, a julgar pela forma como as coisas estavam acontecendo, o resultado para o qual torcíamos parecia improvável. A libélula tinha imobilizado seu enorme oponente, e o atacava repetidamente com seu pequeno ferrão, fazendo com que o abdômen rosado rachasse e sangrasse. Mesmo assim, parecia um esforço inútil. Eu estava convencido de que era apenas uma questão de tempo até que o Vermelho do Ganges revidasse com um golpe fatal.

— Preciso fazer alguma coisa — disse Gina. E me puxou para a parede. — Aqui... segure isso. — Ela me entregou a lanterna. — Aponte para eles.

— Por que... o que você vai fazer?

— Essa é nossa única oportunidade. E você não está em condições. — Ela começou a andar em direção aos dois oponentes.

— Não, não se aproxime. Por favor.

— Está tudo bem. Confie em mim. — Gina atravessou confiante o chão molhado e parou a alguns centímetros dos insetos.

*Não!*

Foi o mosquito, e ela parecia mais zangada do que nunca, embora dessa vez a raiva estivesse maculada pelo medo.

*Mantenha-a longe! Mantenha-a longe!*

Os dois insetos se separaram sobre o chão molhado. Ambos pareciam incapazes de alçar voo. A libélula dava a impressão de ter gasto toda a sua energia no ataque furioso, enquanto o Vermelho do Ganges, ainda brilhando, ergueu-se nas duas pernas mais longas e fortes e soltou algo que não mais parecia um zumbido, mas um grito quase humano. Ela estava se preparando para atacar, para liberar o golpe fatal. Nesse momento, enquanto Gina esperava por uma oportunidade, escutei uma voz. Era a libélula.

*Agora! Ataque agora!*

— Agora, Gina!

Ela levantou o pé esquerdo. O Vermelho do Ganges se virou para ela e congelou. Parecia prestes a gritar de novo, desta vez de medo, porém não teve a chance. O sapato caiu sobre sua cabeça e, de repente, a água ao redor das pernas de Gina ficou escura de sangue.

Permanecemos onde estávamos por algum tempo, nossos cérebros paralisados. Por fim, consegui me mover e me aproximar de Gina. Passei o braço em volta da cintura dela. Ao olhar para baixo, vi inúmeros pedaços vermelhos e pretos sobre a fina camada de água. O sangue respingara sobre o jeans de Gina e na parede da frente. Não acreditei na quantidade. Ao olhar para ela, vi que ainda tentava digerir tudo o que tinha presenciado. Ela respirava fundo e olhava para o que restara do mosquito.

— Escutou? — A pergunta pareceu sair de meus lábios antes que eu pensasse em fazê-la.

— O quê?

— A libélula. Escutou o que ela disse?

— Escutei... escutei você — respondeu ela, olhando para mim. — Só isso.

Ambos nos viramos para nosso cinzento salvador. Movi o facho da lanterna para que não refletisse direto nele. Ele agora pairava no ar, parecendo bem mais saudável do que momentos antes. A libélula se virou e voltou pelo túnel em silêncio.

— Bem — falei, sorrindo para Gina. — Acho que não importa.

— Não... Vamos, vamos dar o fora deste lugar.

— Boa ideia — retruquei, só que então Gina parou abruptamente e segurou meu braço. Seu sorriso desapareceu.

— Que foi?

— Não consegue ouvir?

Ficamos imóveis, escutando. A princípio, só ouvi os respingos de água caindo do teto. Em seguida, comecei a perceber o som de pequenos passos na água, aproximando-se cada vez mais.

— Ah, não — falei. — O que será agora?

Começamos a nos afastar. Gina pegou a lanterna de minha mão e a apontou para o túnel, na direção do barulho.

— Que negócio é aquele?

— Não sei. — Sacudi a cabeça. — E não quero saber.

— Shh. Olhe! — Olhei, embora não quisesse. — Que diabos é aquilo?

Vi duas pequenas órbitas verdes brilhando no escuro, vindo em nossa direção. A ficha não caiu logo de imediato, mas pouco depois entendi. Rindo alto, caí de joelhos. Estiquei os braços, as lágrimas escorrendo sem controle de meus olhos. Enquanto a pequena figura se aproximava lentamente, chapinhando na água, Gina respirou fundo. Ele diminuiu o ritmo, miou, subiu em meus joelhos e ficou de pé, as pernas traseiras sobre minhas coxas e as dianteiras apoiadas em meu peito. O sr. Hopkins esfregou o focinho em meu nariz, em seguida roçou a bochecha direita em meu queixo.

— Olá para você também — falei. — Não tem ideia do quanto fico feliz em vê-lo. — Gina ajoelhou-se a meu lado e começou a coçar as costas do sr. Hopkins.

Assim que terminamos nossa demonstração de afeto, peguei-o no colo e continuamos a seguir pelo túnel. Devemos ter andado por uns três quilômetros até o alçapão seguinte. Ao nos aproximarmos, vi uma tábua de madeira presa à parede do túnel, logo abaixo da porta. Era velha, estava amarelada e coberta de umidade, mas as letras ainda eram legíveis.

## TRYST

O sr. Hopkins começou a ronronar, o som sendo estranhamente amplificado pelo ambiente fechado do túnel.

— Tudo aquilo — disse Gina, enquanto eu subia a pequena escada para abrir o alçapão. — Aquele negócio lá atrás. Ninguém vai acreditar no que aconteceu, vai? Não tenho certeza nem se eu acredito.

De maneira instintiva, desci novamente e a peguei pela mão. Para meu alívio, ela sorriu.

— E você se importa? — Apertei a mão dela com mais força. — Estamos vivos, afinal.

— Verdade… mas ainda acho que não devia ter saído do escritório hoje.

— Estou feliz que tenha saído.

— Vamos, vamos embora. Antes que algo mais apareça neste túnel.

Horas mais tarde, com o sol já alto no céu, Gina e eu nos vimos dentro de um trem razoavelmente vazio, a caminho de Londres. Abri meus olhos cansados e olhei em torno do vagão, que, tirando a gente, não tinha ninguém. Um barulho me acordara. Pensei ter escutado um zumbido, semelhante ao produzido por um grande inseto. Agucei os ouvidos, mas não consegui detectar nada além do barulho do trem, passando em alta velocidade pelos subúrbios.

Depois que demos nossas declarações à polícia local, o inferno se instaurou. Ainda estávamos na delegacia quando os detetives voltaram, e assim que nossa história foi confirmada e os detalhes registrados, recebemos permissão para ir embora, com a promessa de que seríamos interrogados novamente num futuro próximo. Tudo o que desejávamos era ir para casa e deitar numa cama aquecida.

Contudo, antes de partirmos para a estação, tivemos de resolver uma última coisa. Depois de explicar o porquê de não ter aparecido na noite anterior para uma estupefata Annie Rocklyn, perguntei se ela não se incomodaria de encontrar um lar para o sr. Hopkins.

— Sir Anthony! — exclamou ela, saindo de detrás do balcão para pegar o assustado gato no colo. — Meu Deus, onde diabos você o encontrou? Achei que o tivesse perdido! Ah, meu pobre, pobre gatinho. Mamãe sentiu muito a sua falta. Sentiu sim.

Deixamos o par recém-reunido matando as saudades e saímos da pousada.

Agora, sentado no trem, olhei para a bela moça dormindo a meu lado, usando meu braço de travesseiro. Os ombros se mexiam para cima e para baixo durante o sono, e sua felicidade era contagiante. Senti uma profunda calma, não apenas porque tudo tinha acabado, mas também porque estava mais perto dela do que jamais estivera antes.

Não consegui deixar de pensar no que ela me dissera quando saímos do túnel. Era verdade que poucos acreditariam em nossa história, se é que alguém iria acreditar. Tinha a sensação de que, com o passar do tempo, eu próprio começaria a duvidar. Talvez isso seja parte do grande processo de cura pelo tempo, uma forma de assegurar que não enlouqueçamos por, às vezes, nos mostrarmos bastante idiotas ao nos envolvermos em eventos inexplicáveis.

Fechei os olhos e deixei que o sono me tomasse nos braços mais uma vez, ciente de apenas uma coisa além do zumbido monótono do trem: um leve pulsar, quase imperceptível, em minha nuca.

# EPÍLOGO

*Vale de An Lao, Vietnã*
*2005*

Num minuto, Cam estava amarrando uma corda em torno do galho quebrado de uma amoreira; no seguinte, olhava em direção ao lugar em que sua mulher, Long, havia sentado sobre um pedaço de tronco, remendando sua surrada camisa de trabalho. E tudo o que pôde ver foi um corpo esparramado no chão.

Ele se virou e correu até ela, levantou-a nos braços e a chamou repetidas vezes, na esperança de acordá-la do misterioso sono que se abatera sobre ela. Seus esforços foram inúteis. Ele buscou sentir a respiração, o pulso, mas não encontrou nada.

Como? Como sua amada, o único raio de sol em sua vida, lhe fora tomada de modo tão rápido, tão inesperado, tão silencioso?

Cam carregou o corpo dela de volta para a cabana e a deitou na cama. Andando de um lado para outro do quarto, ofegante, segurando as lágrimas que certamente o consumiriam, tentou pensar em algo — qualquer coisa — que pudesse reverter o que acontecera. Foi então que se lembrou.

Um velho vivia nas colinas a leste da pequena vila. Raramente descia, e as pessoas raramente iam lá, mas havia décadas circulavam histórias sobre seus poderes. Diziam que ele era tão velho quanto as montanhas e mais sábio do que qualquer outro homem vivo. Os anciões da vila juravam que ele era um gênio, que podia curar e talvez restaurar a vida. Não podia ser verdade, mas Cam precisava descobrir. Era intolerável pensar numa vida sem Long.

Por sete horas, ele carregou o corpo da esposa pela trilha tortuosa da montanha, até que, ao cair da tarde, chegou ao pico. Fazia frio lá em cima e a trilha tornara-se quase completamente coberta por arbustos espinhosos. Ao olhar em volta, os olhos marejados de lágrimas devido ao vento, notou uma pequena construção de madeira. Cam abriu caminho pelos arbustos, cortando-se inúmeras vezes com os espinhos, até por fim chegar à porta da cabana.

Ela estava entreaberta, mas Cam não viu nada além da escuridão. Estava prestes a depositar o corpo de Long no chão, para poder entrar, quando escutou uma voz:

— Pare! Não se aproxime. Sei por que está aqui, e não posso ajudá-lo.

—Você... — começou Cam, sentindo as lágrimas escorrerem. — Você não pode fazer nada?

— O que me pede é mais do que pode imaginar. Os perigos são imensos.

— Então, *pode* fazer isso? — Cam se aproximou da entrada, esforçando-se para ver o velho, mas sem conseguir distinguir nada em meio às sombras.

— Posso... mas...

—Tem de me ajudar! — Cam caiu de joelhos. — Por favor, farei qualquer coisa, qualquer coisa se a trouxer de volta para mim. — Ele começou a chorar abertamente, olhando para dentro da cabana, na esperança de que seu doloroso pesar persuadisse o velho a ajudá-lo.

Houve uma pausa, durante a qual só era possível escutar os soluços de Cam e o assovio do vento. Em seguida:

— Ela o ama? Incondicionalmente?

— Sim — Cam respondeu de imediato, enxugando os olhos. — Nós nos amamos mais do que pode imaginar.

— E ela estava feliz com a vida que levava? Nunca se sentiu tentada a deixá-lo por outro? Alguém que pudesse lhe oferecer uma vida melhor?

— Não! — Cam retrucou com firmeza, quase zangado. — Ela só tinha um desejo: estar comigo. Isso e nada mais.

— Humm. — Foi a resposta.

— Não vou a lugar nenhum até que a traga de volta para mim, velho. Se recusar, eu me mato aqui, agora. — Cam olhou para a escuridão, sabendo que não havia como duvidar da verdade de suas palavras. — Se não puder tê-la neste mundo, irei me juntar a ela no próximo.

Houve outra pausa. Cam permaneceu ajoelhado no chão por alguns minutos, imaginando o que aconteceria. Nesse momento, um rosto apareceu na penumbra da cabana. Era mais velho do que poderia imaginar. A pele seca e terrivelmente enrugada, o cabelo fino e delicado. Nunca vira uma criatura tão velha e frágil.

— Pois bem, meu jovem. — O velho suspirou, movendo-se com desconforto. — Traga-a para dentro. E traga também um daqueles poderosos espinhos.

# AGRADECIMENTOS

Como base de pesquisa, gostaria de citar o livro
*Mosquito: The Story of Man's Deadliest Foe*, de
Andrew Spielman e Michael D'Antonio, uma fonte valiosa
de fatos sobre o terrível inseto. No entanto, qualquer erro
factual presente neste romance é inteiramente culpa minha.
Além do livro citado e das inúmeras visitas a World Wide Web, o
resto provém das profundezas de minha imaginação...
Que Deus os ajude!

Gostaria de agradecer a todos da Random House
Children's Books, não apenas por terem publicado meu
livro, como também, juntamente com o pessoal da
Transworld Publishers, por se mostrarem colegas e
amigos preciosos, sempre generosos nos elogios, apoio e
encorajamento. Adoro vocês, de verdade.

E o mais importante: minha profunda e permanente
gratidão a certa dama que conheci numa festa.
Charlie Sheppard: editora respeitada, amiga sincera e verdadeira
heroína. Obrigado, Charlie.

D.V. Carter, 2005

Impresso no Brasil pelo
Sistema Cameron da Divisão Gráfica da
DISTRIBUIDORA RECORD DE SERVIÇOS DE IMPRENSA S.A.
Rua Argentina 171 – Rio de Janeiro, RJ – 20921-380 – Tel.: 2585-2000